SHIT !

Durant vingt-cinq ans, Jacky Schwartzmann a enchaîné les emplois alimentaires, autant pour gagner sa vie que pour observer ses contemporains. Il est aujourd'hui auteur et scénariste de bandes dessinées et de longs-métrages. Il a notamment publié *Mauvais coûts* (prix de la Page 111 2016), *Demain c'est loin* (prix *Transfuge* 2017 du meilleur espoir polar, prix du roman noir du Festival international du film policier de Beaune et prix Amila-Meckert 2018), *Kasso* et *Shit !* (prix *Le Point* du polar européen 2023).

Paru au Livre de Poche :

KASSO

JACKY SCHWARTZMANN

Shit !

ROMAN

ÉDITIONS DU SEUIL

ISBN : 978-2-253-19614-3 – 1re publication LGF

Pour José, Omer, Angel et Maïté

Pour les gens de Planoise, quartier dans lequel j'ai passé une enfance de rêve

PREMIÈRE PARTIE

Des capacités mais aucun travail

> Tout se ramène à ceci : gagner ou perdre.
> On ne reste jamais stationnaire.
> Car ne pas bouger, c'est commencer à perdre.
>
> François MITTERRAND

1

Enculés d'Albanais

C'est pour ne jamais devenir comme Frédéric Blanchard que j'ai choisi de ne pas être enseignant. Nous avons pourtant de nombreux points communs. Nous sommes tous deux de gauche, lui France insoumise, moi modeste socialiste. Nous consacrons tous deux notre carrière, pour ainsi dire notre vie, à la jeunesse. Nous sommes tous deux de fervents républicains, amoureux de notre pays, la France. La différence ? Il pue de la gueule.

Je le soupçonne de chiquer des chaussettes sales.

Ses fringues aussi puent de la gueule. Pantalon en velours côtelé, chaussures Paraboot à rebord et coutures apparentes, chemise blanche, veste de marin informe. Frédéric porte un uniforme. Ensuite, c'est dans la tête : il est toujours fâché. Révolté. Ulcéré. Il fait tourner dans son cerveau surchauffé des gimmicks révolutionnaires, on dirait DJ Staline : le ministre de l'Éducation nationale est un nazi qui dispose d'une administration complice dont la principale obsession est d'augmenter les effectifs des classes ; tous les gouvernements, depuis 1983 et le tournant mitterrandien de la rigueur, sont vendus au grand capital ; les Arabes sont les nouveaux prolétaires ; les flics sont des chiens. Amen.

Cela dit, seules deux choses priment réellement à ses yeux : le combat et lui-même. Frédéric aime combattre et aime surtout se regarder combattre. Persuadez-le que les tomates sont des êtres vivants comme les autres et il voudra interdire le gaspacho, il deviendra gaspachiste. Il est de toutes les causes : Antifa, #Me Too, LGBTQIA+, veganisme… Frédéric est le sauveur de l'humanité, le Che des HLM, le Trotski des salles des professeurs. Le problème, c'est que c'est une façade. Car ce qui l'intéresse surtout, c'est d'être vu ainsi. Il est d'un tel narcissisme qu'il préfère parler à la place des opprimés qu'il prétend défendre. Pour être vu. Pour satisfaire l'ambition d'une vie : être dans *L'Est républicain* demain matin. Ou, réussite suprême, passer aux régionales sur France 3 Bourgogne-Franche-Comté.

Frédéric est un cuistre qui n'a jamais réalisé qu'il était exactement tout ce qu'il déteste : un dominant. Quinquagénaire, blanc, hétérosexuel. Voilà son grand drame : il est dans le bon camp. Il donnerait tout ce qu'il a pour être une victime et, enfin, se battre en vrai.

Frédéric est un con qui, de temps à autre, voit juste dans le cœur des gamins. Cela a été le cas lorsqu'il m'a alerté sur la situation de la petite Dounia Belhabchia : « La gamine veut s'orienter vers un CAP sanitaire et social. Elle veut faire aide-soignante, c'est n'importe quoi, elle a d'énormes capacités. Il faut convoquer les parents et leur imposer un passage en seconde générale ! » Imposer des choix au nom de grandes idées, certes généreuses, a été pas mal tenté au cours du vingtième siècle, pour des résultats assez mitigés. Je me garde bien de le faire remarquer à Frédéric, qui, je n'en doute pas, me rappellera mes sympathies socialistes, mon jeune âge et ma prise de poste tellement récente. Et puis comment lutter contre quelqu'un qui ne veut que votre bien ? Quelqu'un qui sait, lui, ce qui est bon pour vous ? Ce qui est bon pour la petite Dounia ? On ne raisonne pas un dogmatique, un conformiste, un enkysté, bref : un encarté. On ne le contredit pas, sous peine de l'entendre étaler son bon sens. Les pédophiles, les djihadistes et les élus LR ont eux aussi du bon sens, et on ne les écoute pas pour autant.

*

Ce n'est pas tous les jours que l'on doit reprendre un élève pour ses bons résultats. C'est même une première. J'ai beau réfléchir, cela ne m'est pas arrivé avant aujourd'hui. Je ne suis en poste que depuis trois mois, je n'ai même pas une année scolaire pleine dans le curriculum, pourtant j'estime que la situation ne se présentera pas souvent. Dounia, élève de troisième, dernière d'une fratrie de quatre enfants, est mon élue. Première de sa classe, passionnée de biologie, énormes capacités en mathématiques et attitude irréprochable. Décidément, le métier de CPE est surprenant.

Dounia est une adolescente lambda qui a fort à faire avec son physique. Elle appartient à une caste de pestiférés dans la cour d'école : celle des gros. Grosse, en l'occurrence. Les enfants sont les pires des salauds pour tout ce qui touche au physique, c'est injuste, c'est comme ça. Ici, l'apparence physique revient presque à un crime contre l'humanité. Elle divise, en tout cas.

Dounia a un regard à la fois craintif et délicat, il se pose doucement sur les choses et les visages. On ne le sent pas, pourtant il est là. Elle a un regard sain, correct. C'est drôle, mais on se trompe rarement avec les yeux. ADN de la bonne âme ou, à l'inverse, de la carne. Et Dounia donc, c'est bon. Son attitude corporelle entière dénote une grande timidité. Les épaules en boule et la tête basse, les mains qui triturent les manches à peine trop longues d'un sweat à capuche Adidas : Dounia est persuadée qu'elle me dérange et me fait perdre mon temps. Du haut de ses quatorze ans, elle a parfaitement intégré les notions d'habitus, d'héritage culturel et de reproduction sociale. Je doute qu'elle ait lu Pierre Bourdieu. Elle l'a pratiqué. Elle pense évoluer dans une société d'Ancien Régime, une société de titres et non de mérite. Les titres sont invisibles mais bien présents : dans les crânes. Et se pose, évidemment, le problème du réseau. Une petite rebeu de Planoise n'a pas de titre et son réseau se cantonne à son entourage. Elle se pense destinée à devenir vendeuse dans une boutique de fringues ou de smartphones, tandis que ses frangins seront techniciens fibre pour SFR ou encore mécaniciens chez Speedy. Quant aux fonctions que l'État propose, on privilégiera, là encore, le low cost. Aide-soignante, donc.

Je veux casser cette vision qu'elle a de la société. Et j'ai une bonne nouvelle pour Dounia : nous ne sommes plus sous l'Ancien Régime. À charge pour moi de la convaincre. J'ai gagné un peu de terrain en lui faisant remarquer et admettre qu'infirmière, déjà, c'était un peu mieux qu'aide-soignante. Étape suivante, maintenant :

— Tu sais ce qui m'a toujours énervé avec les enfants, Dounia ? Les petits garçons veulent être médecins, les petites filles infirmières. Tu trouves ça normal, toi ?

— Je sais pas.

— Bien sûr que non. Il faut oser vouloir être médecin, tu comprends ? Et toi, avec tes capacités, je veux que tu sois ministre de la Santé. C'est ce que tu dois viser. Tu n'as pas le droit d'abandonner à ton âge.

— Mais les études, monsieur Morel ? On ne peut pas, c'est trop long…

— Dounia, arrête de croire que c'est impossible. On peut se parler très franchement, toi et moi ?

— Oui.

— Les métiers d'avocat, de professeur, de commissaire de police ou de médecin sont pour toi aussi. On y accède grâce à des examens écrits anonymes : pas de discrimination ou de racisme possibles à ce stade. OK ? Les limites, elles sont d'abord dans ta tête. Tu bosses, tu passes un concours ou des examens, tu gagnes. Première chose. Ensuite, les études…

— Mes parents ne pourront pas m'en payer.

— Payer médecine ? C'est une faculté, Dounia. Il n'y a que des frais d'inscription. Tu fais un job d'été, tu as tes frais d'inscription. OK, c'est injuste, les fils de bourgeois n'ont pas à se soucier de ça, mais on n'est pas là pour faire la révolution, on est là pour toi, pour parler de toi. Tes parents ne pourront pas te payer un petit appart d'étudiante : tu vas rester chez eux longtemps. Ils ne te paieront pas de voiture non plus : tu prendras le bus. C'est injuste, c'est comme ça. T'as pas envie de te faire adopter par des riches, non ? Ils sont très bien, tes parents ?

— Oui. Ils sont bien.

— Alors crois-moi, Dounia : tu vas faire médecine parce que tu es excellente et parce que c'est ce que tu veux. On n'a pas tous les mêmes cartes en main, c'est vrai : ça s'appelle la société. Ça s'appelle le réel. Je te dis pas que c'est le meilleur des mondes, mais t'es dedans, c'est le tien.

— Je comprends. Je vais réfléchir.

— Et ne te laisse emmerder par personne.

*

Comme tout le monde, des fulgurances racistes me traversent, me transpercent. Le racisme est un réflexe naturel contre des agressions, réelles ou supposées. Le racisme est une défense. Après, la raison intervient, régule. Légifère, en quelque sorte. Le cerveau reptilien est lepéniste, le surmoi humaniste. Ainsi, lorsqu'il m'arrive de penser de mauvaises choses sur mes voisins en raison de leurs origines, je m'en veux immédiatement. Je me régule. Cela étant dit, à mes yeux, les Albanais demeurent des enculés.

Les frères Mehmeti tiennent ce qu'on appelle communément un four, un point de deal. Jusque-là, rien d'extraordinaire. Planoise compte un peu moins de vingt mille habitants, c'est une grosse cité et les fours y sont nombreux. C'est d'ailleurs ce qui alimente des guerres récurrentes entre bandes rivales. C'est la sempiternelle histoire du territoire, qui gangrène les relations internationales et, accessoirement, la rue du Piémont.

Ma rue. Elle est composée de cinq ou six séries de bâtiments différents. Comme si on avait eu plusieurs architectes, qu'on n'avait pas été capables de les départager et qu'on leur avait demandé à chacun de dessiner son projet. Certains sont des gros cubes à sept étages, d'autres, plus ramassés, n'en comptent que cinq. Comme le mien, au tout début de la rue. J'ignore quand, j'ignore pourquoi, mais il a un jour été décidé que les immeubles de plus de dix étages, les tours, ce n'était pas bien. On a ainsi privilégié des petites structures. Pour faire plus cosy, moins parcage. Conneries. C'est toujours la même bêtise de croire qu'en agençant autrement on améliorera le sort des habitants. On repeint, on dresse des parcs de jeux pour les enfants, on ajoute des bancs par-ci par-là, on pense que cela suffira et on ne comprend pas que ce soit toujours le bordel.

Mon immeuble s'étale sur trois cages d'escalier. La 1, la 3 et la 5. Je suis de la 3.

Là où les frères Mehmeti squattent et tiennent commerce. Ce sont des porcs de capitalistes et le peu d'estime que j'ai à leur égard réside dans le fait qu'ils le sont en dehors des règles. En mode sauvage. Leur TVA est dans le Porsche Cayenne qui les rend si fiers et c'est là leur unique rébellion. Ces gens n'ont qu'un projet, qu'un but, qu'une quête : l'argent. Le commissaire Martin, de quelques années mon aîné et que je suis amené à côtoyer régulièrement, m'a dit une fois qu'un point de deal à Planoise pouvait rapporter dans les 5 000 euros par jour. Pour certains, beaucoup plus. On comprend mieux les kalachnikovs.

Toujours est-il qu'un four s'apparente à une tour imprenable. Vauban, version sauce samouraï. Il faut bien comprendre que l'immeuble est à eux, physiquement, concrètement. Deux ou trois choufs – entendez des adolescents en scooter – sillonnent en permanence le secteur. Si le moindre flic débarque, les téléphones portables se mettent en branle et le four en sommeil. Au premier étage, un appartement équipé d'une porte blindée a été réquisitionné et transformé en officine. Défilé permanent dans l'escalier, la clientèle, une file indienne comme en rêverait tout professeur de collège. Et dehors enfin, à l'entrée de l'immeuble, assis toute la journée sur une chaise de camping Decathlon, celui qui filtre les entrées. Si incroyable que cela puisse paraître, ce type exige des habitants un justificatif de domicile pour accéder à l'immeuble. Il a ses têtes de Turcs, dont je fais partie.

J'ai emménagé ici un dimanche, il y a un peu plus de trois mois. Dimanche, jour off. Dès le lundi, j'ai fait la connaissance de ce jeune homme qui m'a expliqué les règles, ses règles, sa règle en fait, pour être tout à fait précis : personne n'entre dans la cage sans son accord. Si j'habite là, je dois le prouver en fournissant un justif. J'ai tenté de m'insurger, j'ai été récompensé par une gifle. Je n'avais jamais été à ce point humilié, dans ma vie d'adulte. Mais depuis, je ne me suis plus jamais déplacé dans Planoise sans une facture ENGIE.

2

L'établi

J'ai passé toutes mes années universitaires à Besançon. Avec Lisa. Lisa est du même village que moi, dans le Jura. Elle a patiemment gravi les échelons de ma vie. Elle a commencé comme simple copine de collège, est devenue amourette adolescente, dépuceleuse, amour de jeunesse et, pour finir, concubine. Le bac en poche, nous avons emménagé dans un super petit appartement, rue de la République, dans le centre-ville de Besançon, et formions un couple plutôt stable qui détonnait dans le milieu estudiantin et festif. Mais ça nous allait. Lisa aux Beaux-Arts, moi en sociologie.

La séparation a été si douloureuse qu'il m'a fallu fuir.

Zapper cette période, ces lieux, cet espace. J'ai eu mon concours et, donc, l'opportunité de commencer autre chose. Quand un type du Jura normal apprend que sa première affectation est un collège de Planoise, la gigantesque cité de Besançon, il pense en premier lieu au suicide, puis se rabat sur la démission pure et simple. Pas moi. Moi, j'ai décidé d'emménager dans le quartier. Il me fallait du nouveau. Planoise, situé à cinq bons kilomètres de Besançon, ressemble plus à une cité autonome qu'à un de ses quartiers. Des tramways et quelques lignes de bus relient évidemment l'ensemble, mais un coup d'œil sur Google Maps suffit à se rendre à l'évidence : Planoise est une ville à côté de la ville.

Le départ de Lisa a pesé très lourd dans ma décision de m'installer là, certes. Mais ce n'est pas tout. Cela représentait aussi pour moi un geste militant, presque une stratégie. En ce qui concerne le militantisme, c'était simple : ne m'estimant pas supérieur aux Planoisiens, je n'avais pas de raison de vivre dans un autre quartier que le leur. Résultat : j'ai aujourd'hui une bien piètre opinion des Albanais, alors que je n'en côtoie que deux. C'est triste. Pour ce qui est de la stratégie, j'ai considéré que l'unique façon de m'intégrer et de me faire accepter dans le quartier était d'y vivre, d'en partager le quotidien et les affres. Faute. J'ai découvert que beaucoup des enfants de l'immigration méprisaient les Français, les Blancs. Bref : les francaouis. Sans aller jusqu'à la haine systématique, il demeure néanmoins un hiatus, une sorte de cousinage raté. Les hommes politiques défilent à la TV et parlent régulièrement de mixité sociale. À les écouter, vivre dans une cité est une chance. Aucun journaliste ne leur demande jamais : « OK, super, maintenant pouvez-vous nous dire dans quel quartier sont scolarisés vos enfants ? » Aujourd'hui je le sais, vivre dans une cité n'est pas une chance, c'est une galère et c'est dangereux. Quant à la mixité, parlons plutôt d'un millefeuille. Les nationalités ne se mélangent pas, elles se superposent, se supportent, se confrontent et se clashent, la plupart du temps. Un point commun, cela dit : les revenus sont faibles. Avec mon salaire de CPE, je suis quasiment un nanti.

Une chose est sûre : les hommes politiques, quelle que soit leur appartenance, sont des crevures qui n'ont pas la moindre idée de la vraie vie et des relations qu'entretiennent les Français entre eux. Les interpeller ? Cela reviendrait à appeler Jeff Bezos pour lui demander où est passé votre colis Amazon : il ne saurait même pas de quoi vous parlez.

*

Pas se mentir, lorsque j'ai emménagé dans mon immeuble, voilà trois mois, j'ai eu un mouvement de recul. Énorme envie de tout plaquer, tant pis pour le concours. Énorme envie de retrouver mon Jura natal et sa douceur de vivre. Mais j'étais là. Papa et Simon, mon frère aîné, étaient de corvée. Impensable de craquer devant eux. Papa est un gars d'atelier, toute sa carrière chez Jura Décolletage, délégué CGT et tout ce qui va avec. Deux passions : la lutte des classes et l'équipe de France de foot. Simon a choisi une tout autre voie, puisqu'il est restaurateur. Installé à Dole, son établissement gastronomique marche bien, il ne compte ni ses heures ni les stagiaires qui défilent et qu'il paie le moins possible.

Maman, professeure des écoles de son côté, dit que nous resterons toujours des prolétaires, quoi que l'on fasse dans la vie. L'âme prolétaire de Simon prend de moins en moins de place. Elle tient dans la boîte à gants de son Audi S7 Sportback Quattro flambant neuve à 100 000 balles. Nous évitons le sujet, afin de préserver l'ambiance des repas de famille. Est-ce que l'on s'entend ? L'unique valeur, pour Simon, est le travail.

Il réduit toujours les gens à cette variable et évalue leur score, suivant une espèce d'échelle de Richter du taf. Qu'un gars soit un acharné de boulot, on ne regardera pas trop le reste. Il est infect avec sa femme ? Odieux avec ses enfants ? Il tue des adolescentes, les découpe à la scie égoïne et balance les morceaux à ses chiens ? Certes, mais attention : c'est un sacré bosseur.

Est-ce que Simon et moi nous entendons ? Oui. Il faut juste que l'on ne parle pas de politique. Et puis il y a le foot, notre socle, notre humanité en somme. Papa est le président du club des supporters de l'équipe de France de Saint-Claude. Mon frère et moi avons assisté à pas mal de matchs, au Stade de France et ailleurs. Papa nous a narré l'épopée de 1982. « Comment ont-ils pu perdre ce match ? » Il s'agit peut-être de la question que j'ai le plus entendue, à la maison. Papa a, cela dit, préféré cette bande à celle de 1998 ou à celle de 2018, malgré les victoires de ces dernières. Je sais pourquoi. Zidane et les autres l'ont propulsé dans une nouvelle dimension, qui lui était totalement inconnue : celle de la victoire. Ça l'a fait vieillir. Et puis la victoire, il faut bien le dire, ce n'est pas hyper-hyper CGT compatible.

À un peu plus de 15 heures, c'était plié : nous avions vidé le Renault Trafic du restaurant de Simon. Mes meubles, mon écran plat, des fringues et puis mes piles de bouquins. J'ai proposé un café, avant d'abandonner l'idée, faute de filtres et de sucres en morceaux. À la place, j'ai payé une HK tiède. Dernière image : Simon qui met le clignotant et se penche en avant pour regarder dans le rétroviseur extérieur. Papa qui me sort un « Tu vas être bien ici » auquel il ne croit pas une seconde et moi qui, j'ignore pourquoi, me demande : « Mais comment ont-ils pu perdre ce match ? »

C'était un beau dimanche de fin d'été. J'ai rangé quelques affaires, après quoi j'ai pris ma vieille Renault Clio pour tourner dans le quartier. Découvrir mon nouveau chez-moi. Planoise est en réalité composé de trois pôles, trois centres : celui de l'avenue d'Île-de-France, celui de la rue de Franche-Comté et celui de la place Cassin. Chacun de ces trois pôles dispose de son petit centre commercial. Les deux premiers datent des années 1970, et cela se voit. Un magasin d'alimentation low cost est entouré de coursives qui desservent de petits commerces : boulangerie, boucherie, café, boutiques de fringues moches et de téléphonie. Au sol, un carrelage rouge et aussi lisse que du verre poli, après cinq décennies de patins à roulettes, de Caddie et de rodéos à scooter. À intervalles réguliers, les urbanistes de l'époque ont disséminé des sortes de petites serres sous des puits de lumière. La consigne n'a pas dû être très claire puisque, apparemment, les habitants pensent qu'il s'agit d'annexes de la déchetterie. Vous avez tout là-dedans : des vélos rouillés, des seringues, des emballages improbables et quelques arbustes faméliques.

Le secteur Cassin est plus récent. Il a son Intermarché. Les immeubles datent des années 1980 et nous sont plus familiers, modernes, contemporains. Pourtant, on n'y vit pas mieux. Il se dégage une impression de rouille, de calcification. Les gens bougent évidemment, les voitures tracent, mais il y a comme une chape qui plane et plombe. Tout le monde est enfermé ici, voilà l'effet que ça donne. Chacun tourne autour de son centre commercial, balance ses merdes dans les bacs de terre où des plantes héroïques survivent depuis tant d'années. Les passants ne semblent pas en activité, mais en hébétude. Ils ne se déplacent pas quelque part, ils se traînent. Avec un horizon circulaire beaucoup trop proche.

Voilà, quatre kilomètres carrés de cité-dortoir.

Planoise est allongé, accolé à la rue de Dole, cette quatre-voies qui ressemble vaguement à un périphérique. Notable différence, la rue de Dole ne s'enroule pas autour de Besançon, elle est toute droite, elle fuit. Et, où que vous soyez dans Planoise, vous êtes toujours à moins de deux minutes en voiture de ce grand axe routier. Comme si l'étranger qui s'y aventure devait pouvoir s'en extirper très vite et à tout moment. La rue de Dole, promesse de départ, de vivre autre chose, ailleurs.

*

Le lendemain de mon emménagement, le lundi, j'ai effectué la prérentrée, sans élèves. Équipe de surveillants sympas et d'horizons différents, direction correcte, enseignants pas encore chiants. La journée s'est passée à merveille et j'en étais même arrivé à me dire que, oui, papa avait raison : j'allais être bien ici.

Le soir, je suis rentré chez moi, satisfait donc. Voltaire est au bout de ma rue, à cinq cents mètres. Étant vaguement écolo, j'appréciais le fait de pouvoir aller au taf à pied. Petit plus de cette nouvelle vie. Mais patatras : en bas de mon immeuble, une bonne centaine de personnes attendaient. J'étais totalement incapable de dire ce qu'ils foutaient tous là. Et, voulant juste rentrer chez moi, j'ai fait la connaissance de Réda. Assis toute la journée sur une chaise de camping, devant les interphones brûlés depuis si longtemps que plus personne ne sait qui vit là. Considérons-le comme un physionomiste qui décide de qui entre, qui n'entre pas. Le justificatif de domicile, c'est lui. La gifle aussi.

Petite visite guidée. Passé le barrage de Réda, les clients découvrent une cage d'escalier plus délabrée tu es au Pakistan. Les boîtes aux lettres sont toutes déglinguées et peu importe : le facteur ne fait pas partie des bonnes têtes, selon les critères de Réda. En face des boîtes aux lettres mortes, un ancien appartement. Le logement est si vétuste qu'il a été muré – la porte d'entrée évidemment, mais aussi les fenêtres. Condamné et muré, donc, afin de prévenir toute tentative de squat. Résultat proche du néant, puisque le squat a bien lieu, partout dans la cage d'escalier.

L'escalier. Des volées d'une dizaine de marches qui desservent les paliers : deux appartements par niveau. Au premier étage, sur la droite, l'appartement « appartient » aux Mehmeti, par je ne sais quel miracle notarial. Ces gens ont leur cadastre. La porte est en métal et elle est blindée. Une ouverture, au niveau de la taille, a été pratiquée à la disqueuse. Vous vous plantez devant, vous annoncez ce que vous voulez tout en passant les billets, on vous file votre came. Ensuite, vous giclez, très vite. Parce que dans l'escalier c'est la queue. Une fois en bas, vous ne ressortez pas par-devant : trop de monde qui attend. Une porte de secours munie d'une barre d'ouverture donne accès à l'arrière du bâtiment. Ainsi, sans le savoir j'imagine, cette organisation imite les standards sanitaires les plus poussés. On ne revient pas en arrière, on ne croise pas les nouveaux arrivants.

Derrière la porte blindée se trouvent ceux qu'on appelle les charbonneurs. Ils sont deux : un qui gère l'argent, l'autre la marchandise. Dans ce four, ni héroïne ni cocaïne. Ici on ne fait que du shit, et c'est notre seul avantage. D'autres coins de Planoise sont dédiés aux drogues dures, notamment au crack, accompagné de ses consommateurs, ses aficionados, tout droit sortis de *The Walking Dead.*

Voilà, le four, chez moi.

Seule chose que j'ignore : l'endroit où est stockée la drogue. On parle de plusieurs dizaines de kilos. La plupart des dealers paient des nourrices, des familles pauvres qui gardent la marchandise en échange de 300 ou 400 euros par semaine. D'autres louent des containers sur des sites dédiés au gardiennage de meubles. Les Mehmeti, je ne sais pas. Est-ce que cela m'intéresse ? Pas plus que ça. La curiosité, juste. Parce que, voyez-vous, je suis aux premières loges : je suis carrément le voisin de palier. Comment tomber plus mal ? L'appart qui fait office de point de vente est situé en face du mien.

Chaque soir aux alentours de 23 heures, hors dimanche donc, Halim et Elvis Mehmeti viennent relever les compteurs et fermer boutique. Pas quarante ans à eux deux. J'aimerais dire pas quarante neurones non plus, mais ce serait faux. Martin me l'a répété de nombreuses fois : ceux qui réussissent dans le trafic sont plus malins que la moyenne. Et à vrai dire, s'ils ne font pas les cons avec l'argent et si on n'a pas la chance de les choper avec la came sur eux, ils ne risquent rien. C'est le cas d'Halim et d'Elvis Mehmeti qui, en dehors de cet horrible 4 × 4 Porsche ringard, donnent très peu dans le signe extérieur de richesse. On peut même dire qu'ils donnent plutôt dans le style romano, ne reculant devant aucun pantacourt et ne voyant aucune faute de goût aux chaussettes-claquettes.

Un soir de la première semaine, j'ai tenté de les approcher. J'ai ouvert ma porte à 23 heures, alors qu'ils refermaient et s'apprêtaient à partir. J'ai parlé de bon voisinage, proposé que Réda cesse de me harceler. J'en ai profité pour parler de la gêne qu'occasionnaient les allées et venues dans l'escalier. J'ai obtenu un franc succès comique. Elvis, le plus jeune, a éclaté de rire et m'a balancé une gifle d'une violence inouïe. J'ai cru qu'il m'avait arraché l'oreille.

J'étais fixé sur ma nouvelle vie et sur les relations de voisinage.

C'est ce soir-là que j'ai développé ma théorie concernant les Albanais et la sodomie.

3

Voyage au bout de l'enfer

Les Mehmeti n'habitent pas mon immeuble. Je crois qu'ils sont de la rue de Cologne. Mais ils ont repéré cette cage, qui leur a convenu pour une raison que j'ignore et qui me dépasse, et l'ont investie. Ce que je veux dire, c'est qu'il n'y a évidemment pas leur nom sur la porte ni sur la boîte aux lettres.

Leur nom de famille, je ne l'ai découvert que ce matin, et totalement par hasard. Un de nos élèves de troisième s'est senti mal pendant le cours de musique de Magnin, une vieille folle au visage de chouette et à l'haleine de Gilbert Collard. Lorsque Dayo, le gamin, s'est présenté au bureau de la vie scolaire, j'étais au comptoir. « Mehmeti », s'est-il contenté de dire. Est-ce culturel ou générationnel, je l'ignore, mais une chose est sûre, ce genre de gamins ne savent pas se comporter. Pour le dire de façon un peu crue, ils sont mal élevés. Dire bonjour, au revoir, merci, ce n'est même pas que ça les emmerde, c'est simplement qu'ils n'en mesurent pas l'importance. Personne ne leur a expliqué qu'on aime habituellement bien les gens polis et que, dès lors qu'on vous aime bien, tout est plus aisé. Handicapés de la politesse, ils se font détester partout, leur stratégie sociale est lamentable. Et si vous représentez un minimum d'autorité, là c'est carrément Nique Ta Mère attitude.

Je dispose d'une âme d'éducateur, pas d'enseignant. Je ne sais pas d'où cela vient et je m'en moque, mais j'ai toujours eu comme préoccupation de montrer aux autres comment être plus malin que la moyenne et s'en sortir. Je vois la société comme une sorte d'immense jeu de rôles, chacun joue sa partie selon ses atouts, ses charmes, ses goûts et ses objectifs. Cela dit, nous subissons tous les mêmes règles du jeu que l'on ne peut réduire aux seules lois de la République. D'autres lois, peut-être plus importantes encore, s'imposent à nous : celles du civisme et du savoir-vivre. C'est précisément ce qui manque au petit Mehmeti, et c'est là, dans ce tout petit interstice, que je peux, moi, passer. Lui inculquer les quelques comportements à avoir en société. Si je n'obtiens que ça, j'ai déjà gagné. Qu'il faut dire bonjour. Qu'il faut enlever sa casquette quand on passe un entretien. Voilà, voilà pourquoi je suis CPE : je veux donner les clés de la société à ces gamins. Les codes. Les bonnes pratiques. Rattraper un peu le retard qu'ils ont accumulé, la faute à un héritage culturel de piètre qualité.

— Bonjour, déjà, ai-je répondu.

— Quoi ? a fait Dayo en fronçant les sourcils.

— Tu entres, tu commences par dire bonjour. Ça ne coûte rien, et les gens apprécient.

— Bonjour.

— Voilà ! Bonjour. Mehmeti, donc. Ton prénom ?

— Dayo.

— Et tu es là pour quoi, Dayo ?

— Malade.

Bon, avec certains, il y a vraiment du boulot. D'autant que, si j'ai effectivement obtenu un bonjour de cet adolescent, j'ai également eu droit à une fusillade du regard. Étape par étape, comme on dit. Aujourd'hui, un bonjour ; la prochaine fois, le sourire.

J'ai appelé les parents, suis tombé sur la mère, qui m'a annoncé qu'un des oncles du gosse venait le chercher. Dans une situation de ce type, mon rôle s'arrête là : prévenir et faire venir le responsable légal. J'ai donc réintégré mon bureau et laissé le soin à Aurélie, la surveillante, de gérer le gamin. J'avais pas mal de boulot, à commencer par préparer la prochaine réunion de la cellule de veille du quartier. On n'imagine pas à quel point le CPE que je suis est tourné vers l'extérieur de l'établissement. Ainsi suis-je, par exemple, un membre à part entière de cette cellule, au sein de laquelle je représente mon chef d'établissement. S'y trouvent des délégataires de la mairie, des différents bailleurs sociaux et de Ginko, la société qui gère les transports en commun de la ville. Il y a encore mes homologues du collège Diderot et des lycées Victor-Hugo et Tristan-Bernard, les trois autres établissements d'enseignement secondaire du quartier. La Police nationale est bien sûr représentée, par le commissaire Martin. Il est aussi notre policier référent, au collège Voltaire. Concrètement, j'ai son portable et, en cas de gros coup dur, je l'appelle en direct. Il est sympa, pour un flic. Il est plus âgé mais nous sommes de la même génération, nous avons obtenu notre concours à quelques années d'écart, lui en bleusaille, moi en racaille – pour ainsi dire.

Le type de la mairie, Jacquet, dirige la cellule. C'est un vieux garçon qui cultive un élevage de pellicules sur ses épaules. Ses dents, aussi, représentent un problème. Une bonne épaisseur de café-clope en recouvre l'émail. Il a les dents bronzées et il est, hélas, très souriant. Voilà, nous sommes une dizaine à nous retrouver à la mairie tous les mois. Et donc, cela se prépare. Pas envie de me ridiculiser lorsque c'est mon tour de prendre la parole. Je dois avoir sous le coude tous les problèmes de mon coin de Planoise. Je ne cache pas que le four de ma cage d'escalier occupe pas mal les conversations, et ce par ma faute. Sans dire que cela tourne à l'obsession, disons que cela me tend le string. Pourtant, c'est banal. Il y en a eu jusqu'à vingt dans Planoise, nous a assuré une fois Martin. Et toujours organisés de la même manière : les choufs, les nourrices, les charbonneurs.

Ce que nous faisons exactement en cellule de veille ? Nous poukavons.

Plus sérieusement, chacun expose les problèmes du quartier, de son point de vue. Ainsi, chacun est au courant de tout. C'est bien. C'est constructif. En toute honnêteté, j'y apprends des choses qu'un citoyen lambda ignore. Martin est de loin le plus croustillant, il nous balance des horreurs sur des gens que l'on croit connaître et j'adore ça. Il y a un concierge en moi qui se régale de bitcher à tort et à travers.

Qu'aurai-je à raconter de mon côté pour cette prochaine session ?

Rien de vraiment nouveau. Enfin, c'était ce que je croyais, jusqu'à ce que j'entende tout ce bordel dans le bureau des surveillants, juste à côté. Aurélie est étudiante en deuxième année de droit. Trop gentille, trop tendre. Elle peinait à imposer sa voix fluette. Une autre voix, grave, sale, pleine de gros mots comme des cailloux dans une rivière. Une voix que je connaissais. J'ai ouvert la porte mitoyenne et découvert Elvis au comptoir. Dayo à ses côtés. OK, Elvis est le tonton. Je me suis avancé et ai posé une main amicale sur l'épaule d'Aurélie, constatant au passage qu'elle tremblait.

— Qu'est-ce qui se passe, Aurélie ?

— Il se passe que j'ai pas de carte d'identité sur moi, a dit Elvis.

— Et vous êtes… l'oncle de Dayo ?

— Oui, c'est mon oncle, est intervenu Dayo.

— Bon, écoute, m'a dit Elvis, j'ai pas la journée. Ma sœur m'a demandé de chercher mon neveu, je suis là.

— Vous comprenez que…

Elvis a poussé un long soupir. Je commençais à sérieusement l'emmerder, voilà ce que ça voulait dire. Il a plongé la main dans sa poche de pantacourt. Il aurait pu en sortir n'importe quoi, un flingue, une machette, un bazooka. Ç'a été son portable. Il a contacté la mère de Dayo et me l'a passée, après lui avoir aboyé dessus en albanais. La jeune femme, dont j'ai reconnu la voix pour l'avoir déjà eue au téléphone juste avant, m'a confirmé qu'Elvis était bien le tonton. Dès lors, je n'avais plus aucune raison de bloquer Dayo.

— C'est bon, Aurélie, vous pouvez les laisser partir.

Elvis a claqué un merci qui voulait dire « Va chier » et a quitté la vie scolaire en speedant, son neveu trottinant derrière lui.

*

Réda est intraitable. Il insiste lourdement pour jeter un œil à mon justif et me fait remarquer au passage que ce type de document n'est valable que trois mois : il faudra songer à en imprimer un nouveau. C'est une blague. Bon, en tout cas, force est de constater qu'Elvis n'a laissé aucune consigne de bienveillance à mon égard. Je suis déçu. J'avais imaginé que le fait que nous nous soyons vus dans un autre contexte, ce matin, l'aurait placé dans de meilleures dispositions. Absolument pas. Et la présence des deux frères, Halim et Elvis, devant les boîtes aux lettres me laisse à penser que je ne suis pas au bout de mes surprises. Bingo : je suis accueilli par une tarte dans la gueule. Pas une petite gifle, non, un véritable coup de matraque asséné avec la paume de la main. Je peux témoigner d'une autre particularité du peuple albanais : ils ont des mains comme des pieds. Ce con d'Halim m'a défenestré les yeux et enculé l'oreille, je n'entends plus rien et y vois à peine. L'émotion, aussi, la peur, les larmes qui embuent jusqu'à la pointe des cheveux. Cela dit, je comprends vaguement ce que l'on me reproche : non, leur neveu n'est pas tenu de me dire bonjour. Il fait ce qu'il veut au collège, et moi je n'ai qu'à fermer ma gueule de petit pédé. Enfin, dans les grandes lignes, c'est le message qu'ils aimeraient me faire passer et que je reçois, il faut bien l'admettre, cinq sur cinq. Je vois passer la voisine du troisième, Mme Ramla. C'est une femme d'ordinaire assez sympa, d'origine marocaine, la cinquantaine. Elle élève seule ses deux gamins et, présentement, emprunte l'escalier en regardant ses chaussures. Et que pourrait-elle bien faire pour moi, hein ? Rien. D'autres voisins de l'immeuble entrent, sortent, voient les Mehmeti me dérouiller à coups de gifles, font comme si de rien n'était et m'abandonnent à mon sort. Je sais ce qu'ils pensent : si je me trouve dans cette situation, c'est que je l'ai cherché. Parce que je ne suis pas d'ici et que les règles, je ne les ai pas encore totalement assimilées. Là, en l'occurrence, c'est en train de rentrer dans ma caboche.

— Écoute-moi bien, fils de pute, dit Halim. À partir de maintenant, notre neveu, il fait ce qu'il veut au collège. T'as compris ?

— Comment ?

Gifle.

— Dayo fait ce qu'il veut, il vient, il vient pas, tu le couvres et tu t'écrases.

— Bien sûr.

— Alors rentre chez toi, pédé d'Français.

Gifle, coup de poing dans le ventre, bisou à plus.

*

Je ne suis pas certain que ce soit une bonne idée de regarder à nouveau l'intégrale du *Bureau des légendes*. La série en elle-même est très bien, rien à redire à ce niveau-là. Le problème est que j'ai dévoré les cinq saisons une première fois, avec Lisa. Ce sont peut-être les meilleurs souvenirs que je garde de notre couple. Lisa et moi nous sommes dépucelés ensemble, avons multiplié les voyages, partagé nos espoirs sur l'avenir, nos envies, déterminé combien nous aimerions avoir d'enfants, bref, tout ce qu'un jeune couple peut traverser à deux, et ce que je préfère retenir, ce sont les dimanches après-midi, en pyjama, au lit, l'ordi sur les genoux.

Plus Lisa a évolué dans ses études artistiques, plus elle s'est éloignée de moi. Elle a rencontré John, performeur bruxellois venu enseigner quelques mois aux Beaux-Arts. Ce type lui a ouvert l'esprit, je crois. Il lui a montré des portes créatives dont j'ignorais jusqu'à l'existence et il est devenu son mentor. De quinze ans notre aîné, John était effectivement un type extraordinaire. Chaque fois qu'il venait manger à l'appart, Lisa et moi buvions ses paroles. C'est comme ça, il y a des personnes qui en jettent.

Lisa vit maintenant à Bruxelles, où elle a commencé à performer, elle aussi, tout en devenant l'assistante de John. Elle gère le planning de ses apparitions publiques et son emploi du temps dans une école d'architecture. Et évidemment, dès qu'elle en a le temps, elle lui suce la queue. J'aurais pu tout quitter pour suivre Lisa en Belgique, oublier mon concours et chercher quelque chose là-bas. Mais dans ces conditions, bon, pas trop. Je les ai découverts chez nous, alors que je rentrais d'une soirée ayant été écourtée pour je ne sais plus quelle raison. Lisa était sur la table de la cuisine, sur le ventre, ses mains accrochées au rebord. John, debout, le pantalon aux chevilles, la prenait par-derrière. J'ai défailli une première fois en l'entendant lui dire : « Dans ta chatte, c'est chez moi. » Ce que Lisa n'a pas démenti. J'ai défailli une deuxième fois : jamais je n'avais entendu Lisa jouir aussi fort. Elle hurlait de plaisir. Tellement embarrassant. D'autant qu'ils ne m'avaient ni vu ni entendu. Dans l'excitation, John a attrapé les cheveux de Lisa et lui a relevé la tête. Lisa m'a vu, ses yeux se sont arrondis, elle a poussé un cri de stupeur. Tout ce qu'elle a trouvé à dire, c'est que c'était la première fois. Mensonge, par charité.

Avant, j'étais heureux, je savais où j'allais dans la vie, comment et avec qui.

Après ça, j'ai basculé dans la peau du personnage principal d'un roman pas terrible de Michel Houellebecq.

Il est un peu plus de 23 heures lorsque s'achève le dernier épisode de la saison 2. Mathieu Kassovitz est un acteur incroyable et la fin de cette saison-là est tout simplement dingue. Kassovitz en combinaison orange, prisonnier de Daech. J'hésite à aller me coucher mais, comme je le faisais avec Lisa en pareille occasion, je décide de lancer le premier épisode de la saison suivante. On regarde juste les dix premières minutes pour voir comment ça part, promis. Et, alors que j'empoigne la télécommande et sélectionne l'épisode, les feux de l'enfer s'abattent sur ma vie. Littéralement. Vous savez, cette histoire d'il y a un avant et un après. Comme pour un type qui se fait amputer d'une jambe.

La cage d'escalier. J'entends d'abord les cris de jeunes qui s'embrouillent. Je ne comprends pas les propos mais l'intonation ne trompe pas, on est sur du « fils de pute », « je vais te buter », « je vais t'enculer ». Puis un silence, très court, que je qualifierais de dense. Parce que je tends l'oreille, que je n'écoute plus que ce qui se trame derrière ma porte d'entrée. Ensuite, les coups de feu.

Tellement près.

Je reconnais le staccato d'une kalachnikov, pour en avoir entendu dans des films ou des documentaires. Ça transperce les tympans et vient cogner au cerveau, fort ; je suis tétanisé, cloué sur mon canapé, persuadé qu'un type va entrer chez moi et mettre fin à ma vie. Fin à moi. Par réflexe, je roule au sol et parviens à me recroqueviller derrière mon meuble TV, comme si cela pouvait me protéger de quoi que ce soit. Je tremble tellement que mon genou gauche rebondit sur le meuble et que je suis incapable de stopper le mouvement. Je fais un boucan d'enfer, du moins c'est l'impression que j'ai : ils vont m'entendre, je suis foutu. Je pleure. Des larmes en continu, mousson de la frousse, gros débit, la 5G dans les canaux lacrymaux.

J'ignore combien de temps je reste ainsi.

Les hurlements et les bruits ont cessé. Mes oreilles sifflent. Pourtant, j'entends. J'entends des gémissements que je sais humains, mais qui font l'effet d'une bête à l'agonie. On appelle au secours. Je laisse encore passer deux à trois interminables minutes avant de pouvoir enfin me déplier, m'approcher de la porte d'entrée sur la pointe des pieds et regarder par le judas. Personne. J'ouvre prudemment la porte. Ce que je vois me glace.

Elvis Mehmeti. Enfin, je crois.

Parce que sa tête est dorénavant en deux dimensions, étalée façon pizza quatre-fromages sur la porte blindée restée ouverte. Assis dans un coin, la tête en moins. J'attends encore un peu et, maintenant persuadé que l'attaque est close, je sors. Une fois sur le palier, je constate qu'un autre corps gît dans l'escalier. C'est un Noir. Une kalachnikov par terre, au rez-de-chaussée. Dans la main d'Elvis, un flingue. Ces tarés se sont entretués. A priori, il n'y a personne d'autre. Enfin je veux dire, le danger est écarté. Je ne risque rien. Mme Ramla fait son apparition par l'escalier, affolée. Jamais je n'ai été aussi soulagé de ma vie de tomber sur un voisin. Des gémissements se font soudain entendre en sourdine. Ça vient du four.

Sans nous concerter, Mme Ramla et moi enjambons le corps d'Elvis et pénétrons dans l'appartement. Civisme, curiosité macabre, folie. Peut-être reste-t-il quelqu'un à sauver. Ce ne peut qu'être Halim, le grand frère. Tout en avançant dans le couloir, je pense : « Il ne faut pas polluer une scène de crime. » Toujours ces gémissements. Arrête de mater des séries TV, abruti, et essaie de faire quelque chose pour ce gars.

Le salon. L'appartement est totalement vide. Pas une chaise, rien.

Le gémissement devient râle. Un truc qui sort du fond des poumons. C'est terminé, le langage. C'est maintenant la chair qui bafouille, les organes qui bégaient. J'emprunte le couloir et suis la complainte, Mme Ramla derrière moi. Nous arrivons dans la salle de bains et tombons sur Halim Mehmeti. Sa poitrine est criblée de balles. Je ne suis ni médecin ni militaire, mais je le sais, il le sait : il est perdu. Il ne respire qu'une fois sur dix, en apnée, comme s'il s'entraînait pour la mort.

Je suis là, impuissant. Lui dire quelque chose ? Quoi ? Que ça va aller ? Il sait très bien que non. Peut-être qu'effectivement, dans la mort, cela se passe bien, mais moi, là, tout de suite, je n'en sais foutre rien. Alors autant me taire. Je le regarde dans les yeux. Mme Ramla entre à son tour, il tend la main, elle la saisit, et c'est terminé. Halim est parti les yeux écarquillés, sidéré d'être mort.

*

Immédiatement après la mort d'Halim, Mme Ramla et moi nous intéressons à la baignoire. Nous pensons à la même chose. La même idée. Ce n'est pas que nous soyons spécialement connectés ou brillants, non. N'importe qui penserait la même chose en pareille situation. La baignoire et son coffrage en carrelage ne sont pas fixés au sol. L'ensemble a été tiré au milieu de la salle de bains, laissant ainsi un trou béant dans le plancher. En bas, une échelle. J'entends les premières sirènes, flics ou pompiers, pas la moindre idée. Je regarde Mme Ramla comme pour demander : « Qu'est-ce qu'on fait ? » Sans rien dire, elle désigne le trou d'un mouvement du menton. OK.

Je pousse la baignoire encore un peu plus sur le côté et descends par l'échelle.

Vite, le portable, la fonction lampe de poche.

Je suis en bas de l'échelle.

Je comprends que je suis dans la salle de bains de l'appartement condamné et muré du rez-de-chaussée. Le carrelage au sol est cassé, la baignoire et le lavabo arrachés, stockés dans un coin. Seul le chiotte a été préservé et, vu l'odeur, il devait encore servir de temps en temps aux frères.

Éclairage téléphone. Le réel tient dans un halo de lumière de quoi ? Un mètre carré ? J'ai la sensation de fendre les ténèbres, l'odeur est désagréable. Ça sent le renfermé, mais bien, bien renfermé. Depuis au moins cent ans. Les chambres sont vides et ne recèlent rien de plus que des slogans écrits au marqueur sur du papier peint des années 1970. Nique la police, nique la France, ou encore Île-de-France en force. Cris de colère, cris de détresse qui me font penser à des naufragés en mer hurlant pour attirer l'attention d'un avion de ligne qui traverse le ciel au-dessus d'eux.

Cet appartement a visiblement servi de grotte à des néandertaliens. En témoignent les traces noires de foyers au sol. On a fait du feu dans le salon, si incroyable que cela puisse paraître. Les papiers peints sont arrachés. Des lés pendent misérablement, soldats de la décoration bon marché tombés sur le champ de bataille des logements sociaux.

Je suis dans la planque des Mehmeti.

Les sirènes de la police ou des premiers secours sont maintenant dans la rue. Je les entends en sourdine, comme sous l'eau. C'est un peu le cas. J'ai devant moi une vieille table en plastique, de celles qu'on trouve sur les terrasses. Sur la table, des armes de poing, ainsi que deux kalachnikovs. Une machine à compter les billets. Et de l'argent, beaucoup. Des liasses de billets de 50 euros, aucune idée du montant total. C'est drôle, on sait tous ce que vaut l'argent, cela fait partie de nos vies, c'est une mesure, une façon de calculer le réel, d'estimer le vivant, et dès lors que cet argent est en quantité démesurée, on n'a plus aucune idée de ce qu'il représente : 10 000, 50 000 ? Je n'en ai jamais vu autant.

J'entends du bruit de l'autre côté du mur. Je réalise que juste derrière, là, c'est la cage d'entrée et les boîtes aux lettres. Je n'ai plus le temps. Je ne sais pas ce qui me prend, la situation, l'adrénaline, j'attrape des liasses à pleines mains. Je repars en courant d'où je viens, mais ma jambe heurte un truc au sol. Je m'éclate par terre. Le fric et mon portable volent.

Me relève.

J'entends des pas et des voix dans l'appartement du haut. C'est trop con. Je suis trop con. Ramasse l'argent. Ramasse mon téléphone. Éclaire derrière moi pour voir sur quoi j'ai trébuché : de gros blocs enveloppés dans du plastique noir. Du cannabis, à l'évidence. J'ai à peine le temps d'enregistrer l'information que je grimpe déjà à l'échelle. Une fois dans la salle de bains du haut, en pilote automatique, je jette les liasses de billets dans le lavabo et remets la baignoire en place. Incroyable, ils ont même eu l'idée de la doter de roulettes. La baignoire s'encastre à la perfection, ni vu ni connu. Du grand art. Mme Ramla est toujours là, elle m'interroge du regard.

Je recule de quelques pas pour admirer l'installation et ne peux m'empêcher de sourire. Il est impossible de voir le truc, si on n'est pas au courant. Mme Ramla prend les liasses de billets, m'en tend la moitié et glisse l'autre dans ses poches de survêtement.

Je l'imite, fourre les liasses sous ma ceinture, dans mon froc. Pas traîner. Les flics sont derrière la porte. Je hurle :

— Ne tirez pas ! Je suis le voisin d'en face !

Mme Ramla plante son regard dans le mien et semble sonder mon âme. Elle finit par me tendre la main. Je la saisis, nous scellons un pacte dont je ne connais aucun des termes.

Un flic en uniforme déboule, essoufflé. Et pas content. La scène de crime, bordel !

Mme Ramla ne se démonte pas et l'engueule :

— On a entendu appeler au secours, vous voulez qu'on laisse crever les gens, c'est ça ?

4

Château en Espagne

Je suis tellement peu dépensier que l'argent peut représenter un problème pour moi. Qu'en faire ? Qu'acheter ? J'aime bien les fringues, oui, vite fait. Sans plus. Si, les baskets. J'ai un gros faible pour les Nike. Mais je n'ai que deux pieds. Je ne vais pas mettre 2 000 balles dans des *shoes*.

Ces 2 000 euros, c'est ma part de la somme ramassée dans la planque des Mehmeti. Cet argent m'a tout de suite posé souci. Il est sale, pour commencer, et surtout il me relie à la mort, à un double homicide. Enfin triple, si on compte le Noir tombé dans l'escalier. J'ai voulu m'en débarrasser, le dépenser. Je suis allé au Géant Casino, dans la zone commerciale de Châteaufarine. Temple de la consommation provinciale, véritable cathédrale de plain-pied dépourvue de divinité mais pas de sacré. Le sacre du produit, quel qu'il soit, et du client qui est roi. C'est ici que tout Planoise vient déverser ses salaires et subsides. Des dizaines de boutiques ceignent le Géant Casino, démesuré. Je n'ai pas compté, mais je ne serais pas surpris qu'il y ait une centaine de caisses. J'ai lu que

Châteaufarine était le plus grand centre commercial de Franche-Comté.

J'ai fait mes courses pour la semaine. Pris aussi un iPad.

La galerie marchande, ensuite. J'ai acheté deux Levi's, un beau sweat Superdry et une paire de Nike Air Max noires. Honnêtement ? Je ne me sens pas mieux. Je charge les courses dans le coffre de ma Clio, rapporte le Caddie, démarre et quitte le parking. L'idée d'appeler Lisa me traverse l'esprit. C'est vrai, quoi, à qui d'autre puis-je raconter ce qui m'est arrivé ? Ça fait du bien de raconter. Parler, ça exorcise. Ça fait sortir de la tête. Puis je m'interroge sur la véritable intention, sous-jacente, d'un tel appel : tentative pitoyable pour récupérer Lisa. Pour lui prouver que je ne suis peut-être pas un artiste contemporain bruxellois, mais qu'à moi aussi il arrive des choses un peu dingues.

Les trois minutes nécessaires pour rejoindre Planoise, par la rue de Dole, me suffisent pour trancher. Non, je ne vais pas appeler Lisa pour lui conter mes improbables aventures. Non, je ne vais pas essayer de l'amadouer. Je gare la voiture sur le parking qui fait face à mon immeuble, sors les courses, traverse la rue. Réda n'est pas à son poste, et pour cause : il n'a plus de patron. Je dois tout de même avouer que cela fait des vacances.

Je passe devant le four. La porte blindée est entrouverte. Les poulets n'ont pas pensé à la fermer à clé, ou pas voulu le faire. Ils ont apposé des scellés et fixé une Rubalise jaune, que les gamins de la cage se sont empressés de faire sauter. Ça a dû défiler toute la journée. Pour voir. Le sang. Pour sentir. L'odeur de poudre. Pour chercher. Des restes de shit ou d'argent.

Une fois chez moi, je remplis mon frigo, branche l'iPad, m'affale sur le canapé.

Je ne me sens pas traumatisé. Je ne m'y connais pas plus que cela en stress post-traumatique, mais je sais, en mon for intérieur, que je n'en souffrirai pas. Parce que je n'ai pas été seulement victime d'un traumatisme : durant cette fusillade survenue sur mon palier, j'ai agi. Je suis intervenu. Je suis entré dans cet appartement. J'ai descendu cette échelle. J'ai volé cet argent. Et je me sens un peu sale, oui.

Mme Ramla et moi avons été entendus en tant que témoins. J'ai rapporté les faits, la scène, de mon point de vue, omettant le coup de la baignoire amovible. Mme Ramla a forcément agi de même, sans quoi la police aurait fait une descente et récupéré la marchandise et l'argent. J'ai volé le fric, j'ai dissimulé la planque. Cela ne me ressemble certes pas, mais après ça je ne pouvais plus rien dire aux flics. Maintenant ? La situation ? J'ai la sensation bizarre de m'être embarqué dans un truc que je ne contrôle pas.

*

Stéphane Faucon, la cinquantaine, est totalement chauve. Il porte des lunettes de vue au cadre épais, blanc, qui font penser aux lunettes de soleil des coureurs cyclistes. Trapu, les yeux à peine rapprochés, il porte un bouc fin et long, je dirais bien vingt centimètres, aussi blanc que ses lunettes. Il a un tic, régulièrement il s'attrape le bouc, comme on empoigne un bâton de ski, et il le lisse. J'ignore si cela a à voir avec quelque chose de phallique, en tout cas on dirait que ça lui fait du bien.

Tandis qu'il me parle et se lisse méthodiquement les poils de la barbichette, je me demande s'il y a un lien entre son patronyme, Faucon, et le rapace du même nom. J'empoigne la souris de mon PC, dont l'écran est hors de sa vue, et clique sur la cartouche de recherche dans Google. J'écris : faucon. Des photographies de têtes de faucons apparaissent en gros plan. Mouais. Non.

Giselle, assise à ses côtés, est plus proche de la soixantaine. Elle a le menton si fuyant qu'on croirait qu'elle a la mandibule rentrée à l'intérieur de la bouche. Comme si elle n'avait pas de dents du bas. Ses dents supérieures en revanche sont bien visibles. Elle les a tellement en avant qu'elles sont presque à l'horizontale. Elles appuient sur sa lèvre inférieure qui, de fait, pend mollement. Une lippe humide et tombante. À cela s'ajoute le fait qu'elle a en permanence la tête en arrière, magie des verres progressifs. Comme si elle voulait nous montrer l'intérieur de ses narines.

Je clique pour quitter la fenêtre et reporte mon attention sur elle. Qui n'en peut plus. Qui ne s'est pas lancée dans l'enseignement pour subir ça.

— Il me faut un surveillant en classe, Thibault. C'est pas compliqué !

— Ben si, je dis. Justement, c'est compliqué. Les surveillants ne sont pas là pour ça.

— Et on fait comment, alors ?

Une vache de bonne question. Giselle Magnin est professeure de musique, matière qui de façon universelle ne sert à rien et fait office de récréation pour les élèves de collège. Sa vue est si mauvaise qu'elle distingue à peine les visages, alors les va-et-vient dans la salle de classe, n'en parlons pas. Les cours de Giselle sont ce que l'on fait de mieux en termes de mégabordel. Les enfants hurlent, piquent les instruments à vent pour souffler dedans comme des bœufs, quand ils ne s'excitent pas sur les timbales et autres caisses claires. On les entend de l'autre bout du couloir. Giselle fait ce qu'elle peut, elle crie beaucoup, elle pleure souvent.

Comment on fait, alors ? Je ne sais quoi lui dire. Pas plus que Stéphane Faucon, à mon avis, son collègue prof de SVT qui l'accompagne en tant que représentant syndical. Je demande à Giselle si elle a un handicap qui justifierait une aide, un assistant. Elle se vexe :

— Pourquoi ? Tu trouves que j'ai une tête de handicapée ?

Du coin de l'œil, je vois que Stéphane tourne la tête vers la fenêtre, pour masquer un sourire. Il se reprend, lisse son bouc et dit :

— Tu sais quoi, Giselle ? Va boire un jus, je vois avec Thibault ce qu'on peut faire. Je te rejoins en salle des profs.

Une fois Giselle partie, Stéphane souffle un grand coup et éclate de rire. Il remarque que, décidément, on ne fait pas un métier facile. J'enchaîne :

— Franchement, Stéph, t'es déjà passé devant sa salle ? On entend des cris de singes. Les gamins sont hystériques.

— Oh, je sais. Les élèves m'en parlent. Ils adorent ses cours.

— Tu m'étonnes : ils pourraient chier sur son bureau, elle verrait rien. Et surtout, elle n'a aucune autorité.

— Faut quand même qu'on trouve une solution, t'es d'accord ?

— L'euthanasie ?
— La CGT ne validera pas.
— Je peux envoyer des surveillants de temps en temps. Genre ils passent dans le couloir, si c'est trop le bordel ils entrent et ils font la police. Mais c'est tout. C'est pas leur rôle, ils ont pas le salaire qui va avec.
— C'est déjà pas mal. Je vais lui expliquer.

*

J'ai à peine trouvé le temps de manger. De retour au bureau, c'est Françoise Mille-Croix qui me tombe dessus. Françoise est une professeure totalement dévouée à ses élèves et chaque année, depuis maintenant vingt-six ans, elle réussit le tour de force d'emmener ses élèves de troisième une semaine à Madrid. Un exploit, quand on connaît les revenus de beaucoup de nos familles. Cette année, les choses s'avèrent plus compliquées que d'habitude. Françoise a épuisé toutes les demandes d'aide possibles. Elle est même parvenue à taxer le Rotary et le Lions, les Clubs de la ville. C'est dire. Pourtant, sept familles restent sur le carreau. Impossible pour elles de sortir la somme de 600 euros.

Françoise veut savoir si le FSE, le foyer socio-éducatif du collège, dont je suis le trésorier en ma qualité de CPE, peut payer. Compliqué. Le FSE ne vit que des cotisations que l'on demande aux élèves en début d'année scolaire et qui ne sont pas obligatoires. Ajoutez à cela quelques opérations dans le cours de l'année, genre tombolas, la vente de croissants à la récréation, et vous avez là les uniques ressources du foyer. Ses missions ne sont pas définies et peuvent aller de l'achat de fournitures scolaires pour les gamins dont les parents sont trop démunis aux ballons de foot nécessaires à la paix sociale d'une cour de récré. Aider les familles les plus pauvres pour les séjours linguistiques entre aussi dans le scope, mais là c'est vraiment cher. Sept familles à 600 euros. Le compte en banque du FSE présente actuellement un solde d'un peu plus de 7 000 euros. Si je donne les 4 200 que Françoise me réclame, j'hypothèque sérieusement la capacité d'aide des années à venir.

Je me défais de Françoise en promettant de trouver une solution.

J'ai la tête ailleurs. Encore tout chamboulé par les événements. La vérité est que j'ai reçu le plus gros shoot d'adrénaline de toute ma vie dans cet appartement abandonné. Du fric, des flingues et des dizaines de kilos de shit entreposés là, trésor de pirates urbains. Les Mehmeti froidement assassinés. Séisme intérieur, les plaques tectoniques de l'âme en vrac.

*

Existe-t-il un grand ordonnateur des cages d'escalier ? Une sorte de divinité des HLM, un démiurge du béton ? Une entité qui gère les allées et venues des uns et des autres et s'amuse à provoquer des situations embarrassantes ou juste cocasses ? Je le crois depuis cinq bonnes minutes. Je viens de rentrer du collège. Soulagement de ne pas trouver Réda devant les interphones. Ce mec a disparu de la circulation, à croire qu'il ne vivait même pas à Planoise. Moucheron attiré par la lumière d'un réverbère, on a coupé le jus, il est retourné dans la nuit errer à l'aveugle.

Joie, ensuite, de trouver du courrier dans ma boîte. Le facteur a retrouvé le chemin, notre chemin. Cela veut dire que la vie normale a repris ses droits ici. Au premier, je tombe sur deux flics qui enlèvent les restes de la Rubalise et des scellés sur la porte du four. Je les salue et, cherchant comment formuler la question qui me brûle les lèvres, j'entends des pas dans l'escalier.

Mme Ramla.

Pas revue depuis notre partage de pactole improvisé. Je constate qu'elle est passée chez le coiffeur. Ça lui va bien. Elle a fait une couleur, une coupe moderne, bref, elle s'est payé une séance de deux-trois heures à 200 euros. Je m'en amuse intérieurement. De son côté, elle louche sur mes baskets flambant neuves, mon sweat, et ne peut réprimer un petit sourire. « Monsieur Morel », elle fait en guise de bonjour. Je lui renvoie un « Madame Ramla » protocolaire. Et, alors que les policiers s'apprêtent à vider les lieux, elle les chope au vol, leur demandant tout haut ce que je me demande tout bas :

— Dites, messieurs, il va se passer quoi, avec ce logement ?

— Services sociaux.

— Habitat 25 ?

— J'sais pas, m'dame. Ou Néolia. En tout cas, nous, c'est fini. Les gars du labo ont tout ce qu'il leur faut.

*

Réveillé en sursaut à 5 heures du matin.

Le cerveau bosse en permanence, y compris durant le sommeil. Et le mien, cette nuit, il a bien carburé. Il a opéré la synthèse des informations récoltées durant la journée passée et en a tiré les conclusions. C'est si évident que je ne me pose pas de questions, je sais ce que je dois faire : si le FSE ne peut pas payer le séjour en Espagne des sept gamins trop pauvres, les Mehmeti, eux, le peuvent. Disons que c'est une subvention à titre posthume. La vie de ces deux salopards aura au moins servi à quelque chose : récolter les 4 000 euros manquants.

J'enfile mes habits à la hâte, mes baskets, ouvre la porte de mon appartement sans faire le moindre bruit, referme derrière moi et pénètre dans le logement squatté par les Mehmeti, sur cette scène de crime qui n'en est plus une. La porte n'est toujours pas verrouillée. Je m'éclaire à l'aide de mon téléphone, longe le couloir jusqu'à la salle de bains et y trouve tout intact. La baignoire est bien en place. Je glisse mes doigts sous le rebord, la déloge. Je tire, les roulettes adhèrent au carrelage, je fais glisser la baignoire au milieu de la pièce et emprunte l'échelle.

En bas, je retrouve le squat dans le même état. Pourquoi en serait-il autrement ? Je connais le chemin, passe devant les chambres et leur littérature au marqueur, puis investis le salon. Le shit est toujours stocké là, empaqueté par ballots, empilés aussi soigneusement que dans le jeu Tetris. Sur la table de jardin, les flingues. Tout est là.

Enfin, presque tout…

L'argent a disparu.

La salope.

*

Le bruit de la machine à expresso est infernal. Je suis sûr qu'on l'entend à l'autre bout de Planoise. Mme Ramla pose une tasse devant moi, en place une autre sous le percolateur et appuie sur le bouton des ristrettos. Une assiette de cookies sur la table, j'en prends un, goûte, délicieux. Elle m'attendait.

À côté de la boîte de sucre en morceaux, les liasses de billets, parfaitement empilées. Mme Ramla prend son café et s'installe face à moi. Elle soupire, sourit, me demande s'ils sont bons en désignant l'assiette de gâteaux, puis m'explique qu'elle est prostrée dans sa cuisine depuis 2 heures du matin, heure à laquelle elle est allée ramasser l'argent.

— Il y a 15 000 euros. J'ai recompté au moins dix fois.

— Ah, OK.

— Monsieur Morel, je suis descendue les chercher parce que si ce n'est pas nous qui les prenons, ils seront pris par quelqu'un d'autre.

— C'est possible.

— C'est certain. On est à Planoise. C'est la jungle… Ils ont aucune pitié dehors, croyez-moi. Vous êtes un gentil, vous. Vous ne savez pas. Il y a des gamins de douze ans qui seraient capables de vous descendre pour… ça.

— Je sais, je vous rassure. Je vis ici depuis trois mois, c'est largement suffisant pour comprendre.

— J'ai besoin de 7 800 euros. C'est ce qui me reste à payer pour ma Fiat.

— Prenez-les.

— Et vous ? Vous êtes descendu aussi, monsieur Morel…

— On a sept gamins qui ne peuvent pas partir en Espagne avec leur prof, c'est trop cher pour les parents. Il manque 4 000 euros.

Sans rien ajouter, je prends les liasses de billets de 50 euros, maintenus par des bracelets en plastique noir. Vingt billets, 1 000 euros par liasse. Je compte huit liasses et les fais glisser sur la table, devant Mme Ramla, qui pose la main dessus et me gratifie d'un grand sourire :

— Monsieur Morel, il n'a pas d'odeur. Vous sentez quelque chose, vous ?

Je souris, fais non de la tête et attrape un autre cookie. Je prends quatre liasses de billets, que je mets de côté, pour le foyer.

Restent trois liasses : 3 000 euros. À la fois beaucoup et si peu. Lisant dans mes pensées, Mme Ramla dit :

— Je connais des gens qui… qui en auraient bien besoin. Si vous êtes d'accord, bien sûr.

— Ça me va.

— Rosine, au deuxième, déjà. Elle a une retraite de misère, elle est veuve, elle n'a pas eu d'enfants… Bref, c'est dur pour elle.

Sur un signe de tête elle prend une des trois liasses restantes. Elle semble réfléchir un instant puis enchaîne :

— Je connais aussi très bien Mme Sanchez, de la cage 5. Son mari picole tout l'argent qu'il ne gagne pas. Il est au chômage. Ils ont cinq enfants…

5
Numéraire

Simon m'a installé à une table dans un coin, précisant qu'ici je serais tranquille. La vérité est que mon grand frère a honte de moi devant la clientèle bourgeoise de son restaurant gastronomique, clientèle qu'il assassine par ailleurs avec des tarifs lunaires. Comment peut-on dépenser autant d'argent en un seul repas ? Ça n'a l'air de déranger personne ici. Ce qui peut déranger, en revanche, c'est bien moi. La simple présence de ma Renault Clio – pourtant belle occasion, pas mal de kilomètres, certes, mais bonne bagnole – jure au milieu des Mercedes et des BMW. Mes fringues ? J'ai pourtant fait un effort, ce matin, en exhumant ma veste noire ; et si je dis *ma* veste noire, vous comprendrez que je n'en dispose d'aucune autre. C'est ma cape de superhéros pour la vie civile et banale, les enterrements, les mariages et, donc, les restaus un peu classe. Âne que je suis, j'ai gardé la veste durant le trajet entre Planoise et Dole, cinquante kilomètres, une heure de nationale. En l'enlevant tout à l'heure pour m'installer, j'ai remarqué qu'elle était froissée, achevant de me faire passer aux yeux de tous pour un intrus, disons comme un Gilet jaune perdu au Caesars Palace.

Simon m'a apporté une tasse sur une soucoupe, ainsi qu'une petite cuillère. J'ai trouvé étrange qu'il me paie un café en début de repas, avant de réaliser qu'il s'agissait d'un potage. C'était l'amuse-bouche, l'équivalent, pour nous autres Gitans de la plèbe, des chips. Ici je suis comme Dounia et Dayo dans la société : dans un milieu dont je ne maîtrise aucun code. Cela engendre deux désagréments : le premier, je m'en sors moins bien que les autres ; le second, je me fais remarquer. Lorsque Dayo utilisera l'expression « par contre » au lieu d'« en revanche » lors d'un entretien d'embauche, ce sera du même effet. C'est son amuse-bouche à lui, avec des conséquences plus lourdes. Si Dounia se met en tête de faire des études autres que médecine et qu'elle doit passer une épreuve de culture générale, ce sera tout aussi compliqué.

Mais la culture gé, cela se travaille. Tout comme la politesse et l'attitude en société.

Si je n'en étais pas persuadé, je ne ferais pas ce boulot. Eh bien, ici c'est pareil, je n'ai qu'à observer et imiter les clients. Quelques tables seulement sont occupées. À l'une d'elles, un couple de vieux qui coulent et se concentrent pour ne pas baver. Je les ai vus arriver en Jaguar, tout à l'heure. À une autre table, une famille de cathos intégristes, j'imagine, puisqu'ils sont blancs et ont quatre enfants. Les gamins se tiennent correctement, de vrais aliens. Une table de quatre vieux, enfin encore plus vieux que les autres. Ils lèvent leurs coupes pour trinquer ensemble, les deux hommes ont Parkinson, ils ne parviennent pas à s'aligner. Une des femmes, visiblement atteinte d'Alzheimer, dévisage tout le monde. Ils ne vont jamais s'en sortir. Certains déjeuners sont de véritables aventures.

Simon évolue en salle avec le sourire d'un présentateur de jeu télévisé à la con.

« Obséquieux » est le terme qui le définit le mieux. Il est aux petits soins, tente de devancer les envies et, au final, en fait trop. Les clients ne le voient peut-être pas, moi si. Je le connais par cœur et décèle ses faux-semblants, sa mièvrerie. Je m'en amuse. Me reviennent des souvenirs de lui, enfant, dans des situations ridicules, ou plus tard, adolescent, lors de cuites carabinées : le contraste est saisissant.

Simon passe régulièrement à ma table pour savoir si tout se passe bien.

C'est une obsession de restaurateur. « Tout se passe bien ? » Oui, Simon, tout se passe bien. Si tu savais… Trois dealers se sont entretués sur mon palier au fusil d'assaut, j'ai eu la peur de ma vie, je leur ai volé du fric post mortem, j'ai menti à la police, mais grâce à cela je peux financer le voyage en Espagne de sept pauvres gosses. En toute honnêteté, cela me remplit de fierté : jamais CPE n'aura été aussi utile et efficace dans son travail.

À 16 heures, la dernière tablée quitte enfin le restaurant. On a pris le temps, c'est dimanche. Simon me rejoint avec deux expressos. « Ça s'est bien passé ? » Cette obsession, décidément. Je le rassure, tout était excellent, les noix de Saint-Jacques poêlées, le verre de blanc qui l'accompagnait, tout parfait. Je mange chaque midi dans une cantine scolaire et le soir c'est repas surgelé ou, au mieux, steak frites. Donc le repas, là, j'étais à ça de verser une larme.

« T'as vu les parents ? » veut savoir Simon. Non. « Moi non plus, faudrait que je passe, mais tellement de boulot. » Je bois une gorgée de café, observe une fois encore le cadre, ce restaurant magnifique, une ancienne grange refaite à neuf. Papa m'a dit que Simon en avait eu pour 40 000 euros de travaux. Je me demande ce que nous avons encore en commun, mon frère et moi. Une chose est sûre en tout cas, il va se marrer avec ma minable combine de cash. À sa décharge, lorsque je lui ai demandé un petit service au téléphone hier, il n'a pas hésité une seconde. Avant même de savoir de quoi il retournait. C'est ça, la famille, la fratrie. On diverge, on s'engueule, mais lorsqu'il y a du grabuge, on ne se tourne vers personne d'autre.

Il demande :

— C'est quoi, ton histoire de chèque alors ?

— C'est simple, j'ai trouvé une enveloppe d'argent liquide à Planoise. Dans ma cage d'escalier. Y a des dealers, t'sais… y en a un qu'a dû la laisser tomber.

— Combien ?

— Dans les 4 000 euros.

— Belle prime, frangin !

— Oui, non. En fait, j'en ai pas besoin. Y a des gamins, au collège, qui peuvent pas faire un voyage scolaire, trop cher. Avec cet argent, je peux payer à leur place. Le seul problème, c'est le liquide.

— OK, tu veux que je prenne la braise et je te fais un chèque ?

— Voilà. Mais pas à mon nom, pour le foyer socio-éducatif du collège. Tu fais un don, quoi. J'imagine que tu peux déduire de tes impôts ?

— Ça, je vais pas me gêner.

*

Lundi, je retrouve mon quotidien. L'absentéisme, pour commencer. Les surveillants, tout bon. Les professeurs, idem. Les élèves, maintenant. Les profs ont mis les noms des gamins absents dans le logiciel Pronote, en direct. Je me connecte à mon tour, regarde, pointe, téléphone aux parents, demande le motif et rappelle qu'il est primordial de nous prévenir. À 9 h 50, juste avant la récréation, je monte retrouver Françoise Mille-Croix dans sa salle. La sonnerie, hurlements des gamins qui viennent de passer une heure à jacter en espagnol, troupeau d'adolescents que je calme au passage : « Doucement dans les couloirs, jeunes gens ! » Ils disent : « Bonjour, monsieur Morel », ils se branlent complètement de mes consignes, tout va bien, c'est un lundi normal.

Lorsque j'annonce la bonne nouvelle à Françoise, elle n'en croit pas ses oreilles. Un restaurateur dolois fait un don de 4 000 euros au FSE pour le séjour à Madrid. Je lui laisse le soin et le plaisir de l'annoncer aux familles. Je propose qu'on leur demande tout de même une participation, pour le principe, rien, 10 ou 15 euros. Françoise est d'accord, c'est bien, elle les appellera ce soir.

La banque qui gère les sommes ridicules que le FSE thésaurise est le Crédit mutuel, avenue d'Île-de-France. Au niveau du centre commercial, de l'autre côté de l'avenue, l'agence est sortie de terre dans les années 1990. Elle partage avec le centre Nelson-Mandela, à la fois maison de quartier et médiathèque, une esplanade bétonnée. C'est drôle, je crois que l'agence n'a jamais subi de braquage. Il faut dire que l'argent liquide n'est plus dans les banques, c'est vrai. Il n'est même plus nulle part. L'argent n'est plus qu'un échange d'informations, ce qui par ailleurs me dépasse totalement. Pourquoi ne pas changer l'information SMIC à 1 300 euros en SMIC à 2 300 euros, par exemple ? Toujours est-il que les Planoisiens sont tellement retirés de la société « normale », ils ne se sentent tellement pas faire nation avec le reste du pays que même les voyous ne font pas confiance aux banques. Ils ne tentent pas de les braquer. Ils préfèrent largement leur filière de malhonnêteté, celle des stupéfiants. Ils ont certainement raison.

J'en suis là de mes réflexions révolutionnaires lorsque Verdier vient me chercher à l'accueil. Il est sympa, Verdier. Totalement inoffensif. Petite quarantaine, passionné de randonnée, jamais à essayer de caser un produit financier, jamais un mot plus haut que l'autre et en même temps, vu ce que nous avons à négocier lui et moi, heureusement. Je me contente de déposer des sommes qu'il se contente d'enregistrer. Une ou deux fois par mois, comme aujourd'hui, je viens pour les pièces.

À la récréation du matin, des élèves de troisième vendent des croissants à tout le collège. Nous avons un deal avec le boulanger du centre commercial d'Île-de-France, qui nous livre chaque jour cinquante unités. Notre marge est de 50 centimes par croissant, ainsi nous grattons dans les 100 euros par semaine pour le FSE et donc, en bout de chaîne, pour les élèves. Le tout en pièces, évidemment.

Verdier et moi avons déjà nos petites habitudes. Il fait couler un café, je pose les piles de pièces, que j'ai préalablement placées dans des rouleaux en carton fournis par la banque, puis nous comptons. C'est un peu long, c'est chiant, il n'a pas le choix parce que c'est son job, et pareil pour moi. On en termine : 230 euros, c'est le dépôt du jour. Je lui donne ensuite le chèque de Simon, Verdier me tend ma remise de chèque et me demande si j'ai besoin de rouleaux. Oui. Dans l'armoire en métal derrière lui, à côté des dossiers suspendus, il a toutes les tailles, toutes les sommes. Je prends des 2 euros, des 1 euro, des 50, 20 et 10 centimes.

— Je vous donne rien pour les billets ? demande Verdier en déconnant.

Et, joignant le geste à la parole, il sort des bandeaux en plastique qu'il agite sous mon nez.

6

Les Arabes ont horreur du vide

Ils se marrent tous et, l'espace d'un court instant, je suis pétrifié. Je rougis. Il faut dire qu'Éric Martin n'est d'ordinaire pas un grand rigolo. Un de ces types qui savent ne pas relancer une conversation, ne pas meubler, laisser le soin et l'initiative à l'autre de causer. C'est un talent. Car les gens qui parlent trop parlent trop, c'est connu. Avantage aux taiseux. Je pense qu'à l'âge de deux ans, déjà, Martin savait qu'il serait un jour commissaire de police. Et je le soupçonne de ne jamais, jamais faire de blagues. L'humour, c'est une diversion, et donc presque une subversion.

Je ne critique pas, policier, il faut de la trempe. Pas déconner. Pas dévier.

C'est bien pour cela qu'il m'a cueilli à froid en attaquant la réunion : « Bon alors, Thibault, c'est vous qui avez descendu les Mehmeti ? Vous en aviez trop marre du boucan dans la cage ? » Mes collègues CPE sourient, les meufs de Néolia et d'Habitat 25 gloussent et Jacquet, le type de la mairie, se bidonne, les dents à l'air. Une chose est sûre cependant, la mort des deux Albanais va occuper une grande partie de la réunion de notre cellule de veille. Il ne s'est pas passé grand-chose de très excitant ces quatre dernières semaines. Planoise a vécu sa vie. Les barres, toits pointés vers le ciel, les pieds qui se vétustent. Les bagnoles, sur les parkings, qui vieillissent. Et les gamins, partout, qui se rouillent de l'intérieur.

De fait, c'est Martin qui tient le crachoir. Lui qui a des choses à expliquer, à décrypter pour nous. Car les nouvelles ne sont pas bonnes, contrairement à ce que l'on pourrait croire. Le shit représente une économie certes souterraine, mais bien réelle. Avec la chute de l'empire Mehmeti, tous les acteurs qui le faisaient prospérer se trouvent démunis, perdus : dangereux.

— Vous imaginez bien que les choufs qui se font 100 euros par jour ou les charbonneurs qui s'en font 300 ne vont pas se mettre d'un coup en intérim. Entre eux déjà, une compétition va se jouer, ils pensent tous qu'ils peuvent reprendre le four. Ce qui leur manque, c'est le stock. La planque des Mehmeti. Honnêtement, côté police, on n'a aucune idée d'où elle se trouve.

— Vous savez qui a fait le coup ? demande Jacquet. Pour les Mehmeti ?

— On est quasiment certains que c'est un coup de la rue de Dijon. Le gamin qui est venu descendre les Mehmeti était de la cage 1. Benjamin Sissoko. On le connaissait bien. Ces derniers mois, vous le savez, on a eu droit à une guerre de territoires. On est passés d'une vingtaine de points de deal répartis dans tout Planoise à seulement cinq ou six.

— Et ça change quoi ?

— Chaque four devient beaucoup plus intéressant. Anéantir un point de deal, c'est anéantir la concurrence.

La clientèle est toujours aussi nombreuse. Si vous êtes moins à partager le gâteau, les parts sont plus grosses.

— Moui, logique…

Le four de la rue de Dijon et celui des Mehmeti sont les deux plus importants. Au cœur du vieux Planoise. La rue de Dijon a gagné, on dirait… Mais ça ne va pas être plus calme pour autant rue du Piémont. Désolé, Thibault…

— Ah bon ? je m'étonne.

— Ceux qui bossaient pour les Mehmeti vont chercher leur stock et se faire la guerre. Ceux qui ne bossaient pas pour les Mehmeti aussi, d'ailleurs. La moindre petite frappe va se voir calife à la place du calife. Et surtout, la clientèle va continuer à venir : le temps que tous les habitués réalisent que le four est fermé, ça peut mettre des semaines.

Ce qu'expose Martin est limpide. Je m'en veux presque d'avoir pensé que j'allais dorénavant vivre dans le meilleur des mondes et des immeubles. C'est tellement évident. L'économie locale qui vacille, ce sont des types sur le carreau et des familles qui perdent leurs revenus. Un gars comme Réda ne va pas prendre des cours du soir ou trimer pour un SMIC. Sans compter les clients. J'en ai vu pas mal, ces dernières quarante-huit heures, qui trouvaient cage close. Beaucoup sont repartis d'où ils venaient, quelques téméraires se sont enfoncés un peu plus dans le cœur de Planoise à la recherche d'un autre point de deal.

La réunion se poursuit, sans que rien retienne mon attention.

Je n'en reviens pas moi-même : je vais regretter les Mehmeti. Je pense à des types comme Saddam

Hussein ou Mouammar Kadhafi qui se présentaient aux Occidentaux comme des remparts contre la barbarie. C'est moi ou le chaos. C'est exactement le même cas de figure. Et c'est le chaos.

*

La cantine scolaire ne vaut évidemment pas le restaurant étoilé de mon frère Simon, mais comparée à mes souvenirs de collégien, c'est beaucoup mieux. Le simple système de self apporte des garanties gustatives. À mon époque, c'était encore plat unique, et lorsque le chef, qui s'était certainement engueulé très fort avec madame le matin, décidait de préparer ses fameux épinards à la crème et œufs durs, on n'avait pas le choix. De nos jours, le plat unique n'a plus cours. Accessoirement, cela démine le terrain du porc, entre autres. Ajoutez à cela quelques repas végétariens pour contenter certains ayatollahs de la bouffe, et le tour est joué.

À l'entrée du self, je badge, comme les élèves. Mais, dès que le tourniquet s'actionne et me laisse le passage, nos chemins se séparent. Les élèves ont leur file, les adultes la leur. Bien sûr, nous allons au même endroit : aux plats. Aujourd'hui il y a bœuf carottes, pavé de saumon à l'oseille, hachis Parmentier ou gratin de chou-fleur. J'opte pour le saumon. En dessert, une part de tarte à la rhubarbe. Parfait.

Dans la file, je retrouve Farid. C'est notre meilleur surveillant en termes d'autorité. Il est jeune, mais aucun des autres ne tient les gamins aussi bien que lui. Il a le regard noir, une carrure imposante et, il faut bien le dire, la caution « arabe ». Cerise sur le kebab : Farid est du cru. Planoisien pur jus, avenue d'Île-de-France en force. Et ce qui ne gâche rien, il est brillant. Licencié en droit à seulement vingt et un ans, il est en master dans une école de commerce. En tout cas, s'il y a une personne dans mon entourage qui peut opérer une analyse intelligente et pertinente de la situation, côté tiéquar, c'est bien lui.

Dans la petite salle réservée aux membres du personnel, je m'assieds face à lui.

— Je sors d'une réunion à la mairie, dis-je en nous servant à chacun un verre d'eau. Y avait un commissaire. Il dit que la mort des frères Mehmeti n'est pas une bonne nouvelle pour le quartier.

— Il a raison.

— Ah oui ? Vous trouvez, vous aussi ?

— Le commerce du cannabis fait vivre des familles. C'est de l'économie. Le commerce est la base de la vie, et même de la civilisation. Pas de commerce, pas de gens civilisés.

— Vu comme ça…

— Le business, monsieur Morel. Et je vais vous dire un truc, les Arabes sont comme la nature : ils ont horreur du vide. Ils vont tous se ruer sur votre cage d'escalier pour récupérer le four. Il y a trop d'argent en jeu.

— Je me doute, oui.

— Ça va être la guerre en bas de chez vous, si ça a pas déjà commencé. Vous savez, je suis en master de commerce international, mais j'apprends rien. J'ai qu'à regarder ce qui se passe chez vous ou rue de Dijon, j'ai tout sous les yeux. Toutes les problématiques liées au business se retrouvent dans le cannabis : clientèle, marketing, mouvements de capitaux, gestion des stocks, logistique de transport, RH…

— Ce n'est finalement qu'une entreprise, c'est ce que vous voulez dire ?

— Rien de plus, rien de moins. Michelin fait vivre Clermont-Ferrand, Peugeot fait vivre Montbéliard, le shit fait vivre Planoise. Tout le monde fume en France. Prenez les facs de lettres et de droit, en ville. Tous ces petits bourges dépensent plein de fric pour fumer ou pour de la coke. Et je peux vous dire qu'ils connaissent le chemin pour trouver leur dealer, ici. Chez nous.

*

Jamais je n'aurais cru que cela m'arriverait, à moi. Un problème d'argent avec la banque. La honte. Mais si on m'avait dit que je me trouverais dans cette situation par la faute de Simon, mon propre frère, j'y aurais encore moins cru.

Un chèque en bois.

Refusé.

Verdier a eu la délicatesse de me prévenir immédiatement. Au téléphone, j'ai temporisé. Simple contretemps, aucune inquiétude, je vois ça avec lui tout de suite. Dans la foulée, j'ai joint Simon. Comment lui présenter les choses sans qu'il se sente agressé ? Comment ménager sa susceptibilité ? Je n'ai pas eu à me donner cette peine, puisqu'il a décroché en larmes. Un enfant. Dans la vie, il y a des lois immuables. Par exemple, vos parents vont mourir avant vous. Ou encore votre grand frère est stable et responsable. J'ai eu le sentiment que quelque chose se brisait au téléphone. Simon n'était pas, n'était plus à la hauteur, et d'une certaine façon je n'avais pas le choix : je devais maintenant assurer à sa place.

Simon effondré, Simon au tapis.

Simon a toujours eu de l'argent, a toujours aimé en avoir, le manipuler, le dépenser. Les fringues, les apparts, les voitures. L'oseille, c'est son ADN. À la question « Et ton frangin au fait, il fait quoi ? », j'ai tendance à répondre qu'il est blindé, tout simplement. Et là, tombé du piédestal, le Simon.

Ruiné.

Son restaurant, c'est les pieds pris dans un bloc de béton, et à la flotte. Coulé. Trop de dettes, pas assez de rentrées, aussi simple qu'une addition négative. Quant au train de vie… À l'évidence, la banque ne voit pas passer d'un très bon œil les traites de l'Audi S7 achetée en leasing. Delphine, sa compagne, ma belle-sœur donc, est assistante de direction. Elle roule elle aussi dans un véhicule pris en leasing : une Fiat 500 Abarth. Elle possède par ailleurs une garde-robe qui ferait baver de jalousie Monica Bellucci. Delphine gagne plutôt bien sa vie mais, sans le restaurant, ça coince. Les 4 000 euros qui auraient dû garnir le compte en banque du FSE sont, en quelque sorte, dans son dressing.

Simon me jure qu'il me rendra cet argent un jour, quand les choses se seront arrangées. Mais dans l'immédiat, il est, comment dire… provisoirement perdu.

*

Le gris de Planoise déteint sur mon moral. J'ignorais avant de vivre ici que le béton était vivant. Parce qu'il vieillit. Il sent mauvais. Comme les aisselles d'une cathédrale. Si vous passez trop près d'une sortie de cave, c'est une haleine de titan putride qui vous vient en pleine face. Partout ailleurs vous prenez de grands bols d'air : douce France. Ici, vous prenez des saladiers de soufre : rance France. Le mobilier urbain est minimaliste, les bancs ont été enlevés, soit parce que les petits cons y mettaient le feu, soit parce que les petits cons les squattaient et parlaient trop fort, tard le soir. Parfois, vous trouvez encore une antenne parabolique sur un balcon, oreille grande ouverte sur l'Algérie, le Maroc ou un autre de ces pays perdus, idéalisés, fantasmés. Les antennes paraboliques ont disparu parce que la technologie a évolué, mais le regard est toujours tourné vers là-bas. Les gens ne veulent pas être d'ici, et dans l'intimité des salons la nostalgie est une brume qui se dépose sur des tapis orientaux achetés sur Cdiscount.

Je longe la rue du Piémont pour rentrer chez moi.

Quelque chose que je ne m'explique pas demeure artificiel dans la cité. Quelque chose fait que ce quartier n'aura jamais d'histoire. Il n'y a pas de promenade sympa. Il n'y a pas de librairie. Il n'y a pas de cinéma. On ne flâne pas, on rouille. On ne pense pas, on gamberge. On n'aime pas, on se case. À Planoise, l'environnement n'est pas réel, on évolue dans le décor d'un théâtre de merde. Les rues portent toutes le nom d'une région de France, ou alors des noms de fleurs. Imaginez : on ne peut même pas prendre au sérieux sa propre adresse. On te fait croire que c'est un vrai quartier, on te fait croire que tu es en France, on te fait croire que tu es en vie. Tu sais pertinemment que ce n'est pas vrai. Tu n'es pas en vie, tu es en carton.

J'arrive en bas de chez moi. Ça zone, des clients, ceux qui venaient régulièrement il y a quelques jours encore et trouvaient du shit à leurs pieds. Parasites. Je suis dans la merde. J'ai vu Françoise aujourd'hui, qui a bien évidemment déjà annoncé la bonne nouvelle aux sept familles : on a trouvé l'argent. Leurs gamins partent à Madrid avec les autres. Nom de Dieu… Si j'avais cet argent, je le donnerais. De ma poche.

Les boîtes aux lettres.

Je n'ai pas de courrier. Le béton vieillit et sent mauvais, ses relents réels trouvent une résonance en moi. Ça sent mauvais en moi, je suis traversé, je suis dépité. Je monte l'escalier, m'arrête devant la porte du four et soupire. Bilan de l'opération Mehmeti ? J'ai dépensé un peu plus de 1 000 euros en conneries. J'ai filé 4 000 euros à mon frère, qui les a engloutis. C'est minable. Ah si : Mme Ramla a fini de payer sa voiture.

J'ai bénéficié d'une bonne éducation et je pense pouvoir dire que j'ai eu une enfance heureuse. Je n'ai pas de déviances, ma psychanalyse ne durerait guère plus d'un quart d'heure et j'ai juste assez d'ambition pour n'être ni un loser ni un requin. En somme, je suis un fils parfait.

Pourtant je suis là, devant ce four.

Je pousse la porte et la rabats derrière moi. Je vais jusque dans la salle de bains, dans laquelle je m'enferme. Je soulève la baignoire et la tire en arrière. L'échelle. Je descends.

En bas, j'ai dorénavant mes repères. Je me pose devant les ballots qui, à vue de nez et à bout de bras, pèsent entre 3 et 5 kilos. L'emballage en plastique noir est semblable à celui des sacs-poubelle, mais beaucoup plus épais. Les paquets sont aussi recouverts de gros Scotch noir très résistant, on dirait du tissu. Je parviens à déchirer le plastique de l'un des paquets, non sans peine.

En dessous, je trouve encore une couche de plastique, cette fois du film alimentaire, que j'arrache facilement. Et c'est du shit que j'ai maintenant entre les mains. J'en ai déjà vu, touché, manipulé et fumé, même si je n'ai jamais été un grand amateur. En revanche, jamais je n'ai eu entre les mains une telle quantité. Je repose le bloc marron et compte le nombre de ballots : il y en a vingt.

Lorsque j'ai eu mon concours de CPE, maman m'a payé un Vorwerk. Je n'ai pas compris comment on pouvait dépenser 1 200 euros dans un robot ménager ; j'ai encore moins compris que l'on m'en offre un, à moi. C'est en tout cas la première fois que je l'allume. Parce qu'il dispose d'une fonction qui m'intéresse au plus haut point aujourd'hui : la balance. Je place sur le Vorwerk le bloc de shit dont j'ai arraché l'emballage. Verdict : 5 kilos. Vingt ballots de 5 kilos : 100 kilos de drogue qui n'appartiennent plus à personne. J'imagine que cela représente une fortune. De quoi récupérer les 4 000 euros qui manquent pour le voyage scolaire à Madrid. Dix minutes sur Google suffisent à me renseigner sur ce que le bloc de 5 kilos que j'ai détourné peut rapporter : le gramme se vend autour de 6,50 euros. Je m'aide de l'appli calculatrice de mon smartphone et détermine qu'un peu plus de 600 grammes de shit me suffiront.

Je me suis ouvert une bière, que je vide consciencieusement à la table de la cuisine. Je réfléchis. Mon téléphone posé devant moi est toujours sur calculatrice. Je ne peux m'empêcher de compter ce que représente la marchandise cachée au rez-de-chaussée. Ces 100 kilos de haschisch, à la revente, représentent 650 000 euros. Vertigineux est le premier mot qui me vient à l'esprit.

Franchement, jamais un tel trafic ne pourra être enrayé. Les sommes sont beaucoup trop importantes. D'un coup, mon rôle de CPE me semble inutile, tout comme l'Éducation nationale elle-même. Comment expliquer à des gamins de quinze ans qu'il est préférable de travailler dur à l'école, alors qu'il y a pour 650 000 boules de came stockées dans leur immeuble ? Comment mon discours, celui que j'ai tenu à la petite Dounia par exemple, peut tenir face à de telles richesses ? Je pense République, mérite, ascenseur social, et il y a tout ce pognon qu'il est possible de ramasser juste en étant dealer. Dealer, un métier dangereux, certes, mais accessible. Ici, je veux dire. Un gosse un peu malin a tout ce qu'il faut sur place pour réussir : la demande, le réseau pour trouver un fournisseur, et même la main-d'œuvre pour tenir boutique. Je me sens comme un vieux con dépassé par les événements. Je termine ma bière et en ouvre une autre. Je suis désuet. Je suis bidon. Éducateur coupé d'une réalité qu'il a pourtant sous les yeux. Il y aura toujours des hordes de gamins prêts à se lancer dans le trafic. Ceux qui n'ont pas d'avenir. J'ai mal pour eux. À l'évidence, ils ne participent pas au projet, quel qu'il soit, de notre pays. Ils ne se sentent pas considérés, et donc impliqués. Partant, leur seule obsession est l'argent, facile de surcroît. Leurs rêves sont pleins de fric et les voies honnêtes que la société leur propose ne font pas le poids.

Moi ? Je dois trouver le moyen de vendre 600 grammes de shit pour sauver le voyage de sept gamins. Aucune idée de comment faire. Je ne vais pas m'asseoir sur une chaise de camping en bas, comme Réda. Je pourrais peut-être lui vendre, à lui, un kilo pour 4 000 euros, une sacrée affaire. Mais il n'est pas bête, il comprendrait que j'ai mis la main sur le pactole de ses patrons et ça me mettrait en danger, vu les enjeux.

Une idée me vient.

Une piste. Une fois ma seconde bière bue, je planque le paquet de shit dans le compartiment freezer de mon réfrigérateur, derrière les poissons panés et autres sachets de calamars. Je monte sonner chez Mme Ramla. De toute façon je n'ai guère le choix, car elle est assise tout autant que moi sur ce trésor. Ce shit, il est à nous deux, en quelque sorte ; je ne me vois pas en tirer profit sans lui en parler, même si c'est pour la bonne cause.

Je sonne à sa porte. Personne.

Je redescends chez moi, arrache une feuille à un bloc-notes et lui écris un mot, que je vais glisser sous sa porte. « Vos cookies sont vraiment excellents. Que diriez-vous d'en mettre en vente une toute petite partie ? »

DEUXIÈME PARTIE

Quelques progrès. Peut beaucoup mieux faire

C'est comme ça que fonctionne l'univers. T'as besoin d'un truc, l'univers te le donne. Tu peux soit être sa pute, soit faire en sorte qu'il soit la tienne. Voilà pourquoi je ne me fais jamais aucun souci, bordel. L'univers est ma pute.

Benjamin WHITMER, *Évasion*

7

C'est nous ou le chaos

Ce qu'Éric Martin et Farid ont prédit se réalise et dépasse même leurs pires estimations : ma cage d'immeuble a dorénavant des airs de guerre civile. Les clients ne cessent de se pointer et ils se coagulent, crétins, shiteux, agressifs. L'absence de Réda ne leur suffit pas pour comprendre que l'activité a périclité. Les gamins qui faisaient office de choufs, les guetteurs, ne jouent ni les modérateurs ni les bons samaritains. Loin de là. Dans un esprit assez moyenâgeux, ils se sont reconvertis dans le dépouillage. Ils détroussent. Font croire aux mecs que ça vend derrière le bâtiment, les attrapent, les défoncent, et ta montre, et ton portefeuille, et ton smartphone, magne ou je te plante.

Je sors du collège Voltaire, emprunte la rue du Piémont et vois déjà là-bas, au bout de la rue, le bordel. Deux ou trois voitures de police, un camion de pompiers. Des gamins qui sautillent là au milieu, Viêt-congs illuminés, insultent les uniformes, tous les uniformes. Des petits-bourgeois, étudiants, de bonne famille, nez éclatés, hagards, ne comprenant pas pourquoi on leur pète la tronche alors qu'ils viennent dépenser de l'argent. Ça gueule, ça insulte, un caillou fuse et explose le pare-brise d'une voiture.

J'arrive. Je ne suis plus qu'à une centaine de mètres.

Une meute s'est formée, des barres de fer jaillissent, je n'en peux plus de ces tarés, ce sont des putains de psychopathes avec le QI d'un aspirateur. Ils ont dépassé toutes les lignes, sont capables de lyncher un chauffeur de bus à cinq et de le laisser pour mort, ne pensent qu'à l'argent et au vol. Ceux-là sont irrécupérables, ils n'ont qu'un projet : se trimballer avec des liasses de pognon dans des sacoches Dior. La Porsche comme accomplissement suprême. Ces jeunes-là sont des enfoirés de capitalistes qui n'ont pas la moindre once de conscience de classe, ne serait-ce que de solidarité primaire. On parle de communautarisme ? Non. Jungle de consommateurs, de types qui ne pensent qu'à l'argent qu'ils peuvent accumuler, gangstattitude, rêve de femmes superbes rabaissées au rang de putes lascives et dociles, disponibles pour le mâle millionnaire.

Ceux-là appartiennent au règne de la guerre de tous contre tous.

Les gamins que j'ai au collège ne sont pas comme ça. Un ou deux, oui, le deviendront peut-être. En réalité, peu de gens cautionnent ces agressions à Planoise. Ils veulent être tranquilles, travailler, qu'on ne nique pas leur caisse et que leurs gosses ne risquent rien en sortant derrière le bâtiment. Ils ne sont pas totalement pauvres, ils surnagent, se débrouillent et n'approuvent pas. C'est ce que j'ai découvert ici : la majorité des hommes et des femmes prétendent à une existence de travail et d'impôt. Des gens de droite, finalement.

Ce n'est pas Mme Ramla qui va me contredire.

Pas ce soir, en tout cas. Elle est en bas, tente de calmer un groupe d'adolescents qui hurlent à la mort, en vain. Un cocktail Molotov est allumé et lancé, une voiture de police est touchée, le capot s'embrase. Mme Ramla se réfugie en courant dans notre cage d'escalier et j'ai moi-même tout juste le temps de l'imiter que dehors ça charge. Des renforts de policiers ont débarqué d'on ne sait où. Visiblement, ils n'ont pas reçu la consigne d'y aller mollo.

*

Je fais couler une cafetière, tente de dénicher des gâteaux à grignoter, abandonne, m'installe à la table de la cuisine, près de Mme Ramla. Elle est encore chamboulée par la scène d'extrême violence qui a eu lieu en bas de chez nous. Le truc, c'est qu'elle a deux enfants, et deux garçons avec ça. Le petit est en CM2, le grand en troisième, autant dire que tout ça, là, dehors, c'est bientôt pour eux. Comment supporter de confier ses enfants à des brutes ? Quand on laisse ses gamins sortir seuls, c'est exactement ce que l'on fait : on les confie. Au monde. À la société. Au bon sens commun. Ici ? Il y a un côté roulette russe, niveau des rencontres, car si la plupart des gamins sont des gars bien, certains, guère plus âgés de treize ans, s'amusent à mettre le feu à des voitures de police. Cela suffit à ne rêver que d'une chose : partir. S'installer dans un centre-ville quelconque avec que des petits-bourgeois, la mèche sur le côté, la trot' électrique et l'avenir grand comme ça.

— Vos enfants sont où, madame Ramla ?

— Chez leur père. Et arrêtez de m'appeler « madame Ramla ». Moi, c'est Myriam.

— OK. Moi, c'est Thibault.

— J'ai eu votre petit mot. Vous pensez à quoi exactement ?

— J'ai eu un problème avec les 4 000 euros pour le voyage scolaire. Je les ai donnés à quelqu'un qui m'a fait un chèque en bois. Bref… c'est mort. Je pensais essayer de vendre un peu de shit pour récupérer cette somme.

— Vous êtes sympa, vous, dites donc. Si vous cherchez des chèques en bois, je peux vous en faire plein.

— C'est mon frère, en fait.

— Ah, la famille. C'est pas tout le temps bien, la famille…

— Voilà. Mais donc je me disais : si j'en vends 600 grammes, je récupère les 4 000 euros. Vous pourriez en vendre autant, qu'on soit à égalité.

— Continuez.

— Et je pensais que peut-être vous, enfin je veux dire avec votre réseau, vous pourriez trouver un acheteur.

— Mon « réseau » ? !

— Oui.

— Expliquez-moi, jeune homme, quel est donc ce « réseau » ?

— Eh bien, je ne sais pas, vos connaissances. Vous êtes dans le quartier depuis longtemps et vous…

— … et je suis arabe.

— Pitié, madame Ramla, vous n'allez pas me faire le coup du racisme…

— Myriam.

— Myriam, pardon.

— Oui, enfin, vous vous dites quand même : la mère Ramla, elle est marocaine, elle connaît forcément un dealer.

— Oui, ben oui, voilà ! Vous êtes contente ?

Là où Myriam voit du racisme de ma part, il n'y a que du pragmatisme. Un raisonnement logique. Le cannabis vendu en France provient presque exclusivement du Maroc. Le trafic de cannabis se déroule dans les cités et c'est dans les cités qu'il y a le plus de Marocains. C'est dans les cités, encore, qu'il y a le plus de chômage. Donc les jeunes des cités se tournent vers ce pays où ils ont des contacts facilement, et développent une entreprise grâce à leur double réseau : le fournisseur là-bas, la clientèle ici. D'une certaine façon, ils ont raison, ils font avec ce qu'ils ont.

Après un silence, elle annonce :

J'ai un cousin à Belfort. Amir. Il ne deale pas, il travaille chez General Electric, dans les ateliers. Mais il connaît tout le monde dans sa cité.

— Génial.

— Je suis sûre qu'il pourrait trouver un acheteur pour vos 600 grammes et les miens. Mais honnêtement, je pense qu'on a mieux à faire…

*

Puis Myriam se met à parler. Je l'écoute. Tout ce qu'elle dit est à la fois vrai, pertinent, et dingue : nous pourrions relancer le four. Si ce n'est pas nous, d'autres le feront, de toute façon. Au moins, nous aurions le contrôle sur ce qui se passe dans notre cage d'escalier. Relancer le four, c'est redonner des revenus aux familles des choufs et des charbonneurs qui officiaient pour les Mehmeti, y compris Réda. Relancer le four, c'est gérer le flux de clients qui n'a pas cessé malgré la fermeture. Relancer le four, enfin, c'est gagner de l'argent. Beaucoup d'argent.

J'avoue que ce dernier argument est celui qui me convainc le moins. Jamais de ma vie je n'ai rêvé d'être riche. Jamais de ma vie je n'ai envié les gens qui Monaco, qui Roland-Garros, qui compte en Suisse. J'ai toujours considéré qu'un conducteur de Lamborghini, par exemple, représentait la lie de l'humanité. Impossible d'être plus abruti. J'ai appris récemment qu'un des joueurs du PSG s'était fait voler à son domicile une montre d'une valeur de 600 000 euros. Je ne suis pas loin de penser que le plus répréhensible, ce n'est pas de voler une telle montre, mais de l'acheter. Que se passe-t-il dans la tête de ce con le jour où il conçoit qu'il peut se payer une montre valant quasiment une vie d'ouvrier ? Au poteau, ça ! Au bûcher !

Non, l'argent, pas pour moi.

J'ai eu une enfance et une adolescence heureuses, je n'ai jamais manqué de rien et des vacances à Saint-Cast, en Bretagne, valent tous les séjours paradisiaques. Mais c'est compter sans la capacité de persuasion de Myriam, dont l'ultime argument me fait vaciller :

— Vous n'avez peut-être pas besoin d'argent, vous, Thibault. Mais beaucoup de familles à Planoise, si. Quand j'ai donné 1 000 euros à Rosine la semaine dernière, elle a pleuré pendant une heure. Je ne savais plus quoi faire.

— Oui, je comprends bien, mais…

— Y a pas de mais, Thibault. Avec l'argent, Mme Sanchez est allée acheter des chaussures neuves à ses cinq moutards. Vous comprenez ?

— Attendez, attendez… Vous êtes en train de me dire quoi ? Qu'on va dealer pour sauver tous les pauvres de Planoise ?

— Moi, j'aimerais payer des études à mes fils, plus tard. Dans l'immédiat, c'est impossible. S'ils veulent faire une grande école ou je sais pas quoi, ce sera non. Y a combien de familles comme moi, hein ?

— J'entends bien, mais…

— Mais quoi ? Je suis comptable dans une boîte d'électricité, une PME minable. Je trime pour rien. Et moi, j'ai pas de problème avec l'argent.

— Je comprends tout ça…

— Et vous, tiens ? Vous n'avez personne à aider ? Le chèque en bois, il serait pas content de recevoir un petit coup de pouce du destin ?

— Franchement, je sais pas, Myriam…

8
The snake

Tout ce que je veux, ce sont les 4 000 euros. Je ne suis pas hyper à l'aise avec l'idée de relancer le four. Je comprends les arguments de Myriam, mais ma position est tout aussi claire : j'ai peur. J'ai eu l'exemple des frères Mehmeti sous les yeux. Guerre de territoires, on envoie un Sissoko, un gamin de dix-neuf ans, avec une kalach. Tuer n'est pas inconcevable, ce n'est même pas insurmontable. Tuer est une option. Aucune idée de comment nous en sommes arrivés là, pourtant nous y sommes. La vie des petits gars qui charbonnent à Planoise ne vaut guère plus que celle d'un sous-marinier du *Koursk*. L'un meurt, dix autres réclament sa place sans craindre les risques inhérents. L'un meurt, le canon du fusil d'assaut n'a pas le temps de refroidir qu'il faut déjà viser un autre. C'est trop d'argent. Jouer avec le feu, jouer avec le napalm. Et puis il y a la police : 100 kilos de drogue, vous imaginez ? C'est pas trois bouts de shit dans la poche, là. C'est le genre de quantité qui est évoquée dans des séries comme *Narcos*. Si tu plonges, c'est le grand fond. Tu avais une vie, tu n'en as plus. Si tu plonges, c'est pour quinze ans. Myriam sait aussi bien que moi à quel point fricoter avec cet univers est dangereux et mortifère. Néanmoins, elle veut y aller. Elle a pensé à tout, je dois bien l'admettre, et je n'ai trouvé aucune faille dans l'organisation qu'elle a imaginée. C'est d'une telle simplicité : on prend les mêmes et on recommence. La différence, c'est qu'ils ne sauront pas qui tient les rênes. C'est ce qu'on appelle placer un fusible, dans le jargon de tout bon film de mafieux. Quelqu'un, dans la chaîne de commandement, au-dessus duquel on ne peut remonter.

J'ai accepté de rencontrer Amir, le cousin de Myriam. Elle m'a invité à boire le thé chez elle, en sa présence. Lui qui pourrait être notre fusible, donc. Notre clé de voûte. Lorsqu'il m'a tendu la main et souri tout à l'heure, il était si chaleureux que notre petite entreprise m'est apparue comme une dinguerie. Car ce grand costaud porte sur son visage quelque chose d'incompatible avec ce style d'affaires : c'est un gentil. La quarantaine, un physique à la Gérard Depardieu mais hélas, donc, un air sympa, un sourire permanent et des yeux rieurs. Un agneau. Câbleur chez General Electric, il passe ses journées à étudier des schémas électriques et à effectuer les branchements entre des disjoncteurs et leur panneau de commande. C'est un travail minutieux, une tâche idéale pour les mecs qui, enfants, construisaient des maquettes d'avions. Amir est comme ça, à l'aise dans ces schémas complexes, préférant travailler seul et démêler les centaines de fils à relier aux bonnes cosses.

Comment faire de lui un dealer impitoyable ?

Car c'est le projet. Sans craindre de le vexer, j'annonce à Myriam comment je vois, ou plutôt comment je ne vois pas, les choses :

— Ça ira pas, Myriam. Je suis désolé, Amir, mais vous avez l'air trop sympa. Et vous savez pourquoi ? Parce que vous êtes trop sympa, justement.

— Non mais là, intervient Myriam, on boit le thé. On n'est pas en situation.

— Myriam, Réda est un bâtard, OK ? De la pire espèce. Il évolue dans un univers où c'est tuer ou être tué. Amir va se faire bouffer.

— Tu lui montres ?

Sur ce, Amir se lève, pose ses poings sur la table de la cuisine et se penche vers moi. Il lâche :

— Tu veux que je te mange le foie, fils de pute ?

L'Amir tout gentil avec qui je conversais il y a une seconde a disparu et a laissé la place à un monstre. Les mâchoires serrées, le regard de Saddam Hussein juste avant qu'on le pende. Amir me fait peur. Il ne me regarde pas, il me transperce. Et puis sans prévenir, il éclate de rire et se rassoit.

— J'ai fait du théâtre au lycée, j'adorais.

— Alors ? me demande Myriam.

— Ah oui, c'est… impressionnant.

*

Myriam me fait penser à un serpent. Elle s'est enroulée autour de mon esprit. Elle procède par petites touches, me proposant d'accepter un truc anodin qui engendre un autre truc anodin, et finalement tu parcours un chemin que tu n'avais pas prévu de parcourir. Elle a commencé par me dire que je pouvais rencontrer Amir, cela n'engageait à rien. Certes. Ensuite, elle a estimé qu'Amir pouvait prendre contact avec Réda, comme ça, juste pour tâter le terrain. Effectivement, cela n'engage à rien non plus. Amir n'étant pas du quartier, ni même de la ville, et ne baignant dans aucun trafic, il est impossible de faire le rapprochement avec Myriam et, donc, avec moi.

Nous avons acheté un téléphone prépayé.

Amir a appelé Réda devant nous, à la table de la cuisine, chez Myriam. Il a mis le haut-parleur. Cette conversation qui ne devait nous engager à rien, comme le dit si bien Myriam, a tout de suite pris une tournure, comment dire... très engageante, justement. Amir, jouant à la perfection son rôle de gros dur, a attaqué sans dire bonjour.

— Qu'est-ce que tu dirais de relancer le four ?

— Quoi ? T'es qui ?

— T'occupe pas. Réponds.

— Quel four ?

— Arrête ton p'tit jeu. Tu veux charbonner ou pas ?

Réda a évidemment accepté une rencontre et voilà, nous y sommes. Comment ai-je pu me laisser entraîner dans un truc pareil ? Je revois chacune des étapes, en elles-mêmes toutes inoffensives, mais diaboliques une fois reliées. Le séjour linguistique à Madrid. L'argent des Mehmeti. La faillite de Simon et le chèque en bois. Le cousin Amir qui aurait tellement aimé poursuivre le théâtre ! Et cette fois Réda qui, lui aussi, doit penser : « Pourquoi pas ? Ça n'engage à rien. »

Myriam et moi sommes installés à la table de sa cuisine, qui fait de plus en plus office de *head quarter* de notre cartel. Sur la table trône son téléphone portable, mis sur haut-parleur. En ligne, le téléphone prépayé qu'Amir a dans la poche. Il porte également des écouteurs Apple, ce qui nous permet à la fois de communiquer avec lui et d'entendre les réponses de Réda. Ce dernier n'est pas encore arrivé sur le lieu de rendez-vous, le café Le Vincennes au centre commercial des Époisses, à l'opposé de chez nous, dans le secteur de la rue de Dijon. Myriam demande à Amir si tout se passe bien ; il confirme. Le Vincennes est un café PMU comme il y en a des centaines en France, ambiance très rebeu, très masculine. Réda n'est toujours pas là. Myriam ajoute :

— Ça va bien se passer, Thibault, vous verrez. Et puis pour l'instant…

— Je sais : ça n'engage à rien.

Soudain, ça y est, ça bouge. Nous entendons Amir demander : « C'est toi, Réda ? » Le bruit d'une chaise qui racle le sol. Réda commence par s'inquiéter des écouteurs que porte Amir. Ce dernier ne se démonte pas.

« T'occupe. Tu m'écoutes, tu dis oui, tu dis non, comme tu veux, basta. Tu peux reprendre le four au Piémont. Même came. Même équipe. Les Mehmeti en moins, c'est tout.

— Tu sors d'où ?

— Nouvelle organisation, nouvelle porte blindée, tu auras les clés. Le matin, quand tu arrives, la came sera dans l'entrée de l'appart. Le soir, quand tu pars, tu laisses l'argent et les invendus au même endroit.

— Tu sors d'où, putain ?

— Tu sauras pas d'où je sors, alors arrête. Tu dis oui ?

— Je bosse pas avec quand je connais pas.

— Ben casse-toi alors.

— Juste pour savoir, vas-y, raconte.

— Tu diriges le four. Tu prends deux charbonneurs à l'étage. Trois choufs.

— Quatre.

— Si tu veux. Quatre. Donc, 100 euros par jour pour les choufs, 300 pour les charbonneurs. Pareil pour toi. Comme avant, vous fermez le dimanche. Si t'as un problème, t'as mon numéro. Mais que par texto. Si t'appelles, je réponds pas.

— Le problème, khouya, c'est que les Mehmeti sont plus là. Ils mettaient des kicks quand ça filait pas droit… Tu vois, ou pas ?

— Ben maintenant, c'est toi qui mets les kicks.

— Je nourris ma daronne, mes frères, mes sœurs. Je veux 500 par jour. »

Silence sur la ligne. Myriam et moi échangeons un regard. Je fais la moue, elle cligne des paupières et opine légèrement. Je dis à Amir que c'est OK pour nous. Je le sais, là, tout de suite : je viens de prendre une décision lourde de conséquences. Là, tout de suite, je viens de m'engager aux côtés de Myriam dans un délire d'auto-entrepreneuriat : le deal.

« C'est OK, reprend Amir en s'adressant à Réda. En fin de semaine, tu auras les enveloppes pour tout le monde dans l'appart. Tu distribueras.

— C'est tout ?

— Nan. Deux choses : vous êtes cool avec les clients et cool avec les habitants. Les gifles, les justificatifs de domicile, tout ça, terminé. Je veux pas que les locataires nous prennent en grippe et nous balancent.

— "Nous prennent en grippe" ? Tu parles comme un attaï. C'est chelou.

— T'occupe. Dernière chose : s'il manque un seul billet de 10 euros, j'arrête tout. T'as plus de came à vendre, t'as plus de revenus, ta daronne et tes frères mourront de faim. »

9

On coupe, on compresse, on découpe, on emballe, on vend

Dans les quartiers bobos à Lyon, à Paris, à Bordeaux, il y a des copros hyper sympas composées de professeurs, d'infographistes, d'un ou deux cadres de la mairie, parfois d'un élu, fatalement écolo, et toujours, toujours, d'un couple de gays. On s'aime. On décide ensemble comment on veut aménager cette cour intérieure qui sert, pour l'instant, à entreposer les VTT. On est systématiquement d'accord sur les travaux et pour cause : on a les sous. On trouve que la mixité sociale est primordiale pour qui veut une société moderne et égalitaire. Chez nous ? Dans notre immeuble ? Oui, pourquoi pas ? Mais bon, faut être propriétaire, parce qu'on l'est tous. Dans ces copros paradisiaques de notre chère antisocial-démocratie, la bienveillance n'est pas qu'un mot, une façade. On se serre vraiment les coudes, le bricoleur de l'immeuble n'est jamais avare d'un coup de main. Parfois, il y a une avocate, et pareil : jamais avare d'un coup de procédure. Le samedi soir, l'apéritif, une fois chez toi, la semaine suivante chez moi, on se renvoie la balle, véritable Roland-Garros d'olives et de spritz. Les enfants de l'immeuble se connaissent, évoluent, grandissent ensemble, seigneurs des skateparks alentour. Les hommes sont adeptes de la course à pied... Euh, pardon : du running. Les femmes ont une licence de boxe anglaise et adorent suer dans un gymnase savamment crade. Auberge espagnole et joie de vivre.

Planoise ?

C'est moins *friendly*. Nous nous retrouvons toutefois, nous aussi, entre voisins. Comme aujourd'hui, dimanche. Myriam est descendue chez moi, elle a apporté des pâtisseries faites maison, j'ai fait couler un café. Elle ne peut s'empêcher de regarder autour d'elle, d'estimer la qualité de mon installation. En connaisseuse, elle dodeline de la tête et fait une moue qui veut dire : « Mon pauvre Thibault, il serait temps qu'une femme entre dans ta vie et, surtout, dans ta cuisine. » Je sais. J'ai récupéré un antique vaisselier de ma grand-mère Colette qui dormait au garage chez mes parents depuis vingt bonnes années. Je l'ai rempli d'assiettes moches, dépareillées et ébréchées. Les verres, champion du monde du recyclage de petits pots de moutarde. C'est à ce genre de détail que l'on différencie les êtres humains des étudiants. Dans l'esprit de Myriam, en tout cas. Et à ses yeux je demeure un éternel étudiant, pas forcément très propre, régime alimentaire composé exclusivement de plâtrées de pâtes ou, les jours de fête, d'un kebab. Elle n'a pas besoin de le dire, je le devine à son regard à la fois choqué et amusé.

Dans le salon, ce n'est guère mieux. J'ai gardé le canapé en cuir de mon couple avec Lisa, les étagères et les deux ou trois mille livres de poche qui constituent mon unique richesse.

Je pose nos tasses sur le touret de chantier qui me sert de table basse.

Myriam se plante devant l'affiche du film *La Vie des autres*, chef-d'œuvre d'histoire d'amour et de Stasi. Elle la contemple un moment, tourne sur elle-même, constate que je n'ai fixé aucune autre affiche sur les murs, rien, pas une photo, le néant décoratif, une sorte d'iconoclasme de salon. Elle me dévisage, finit par soupirer et me rejoint sur le canapé.

— Vous n'aimez pas les meubles.

— Le canapé, mes bouquins. Canal +, Netflix. Voilà.

— Mon Dieu… Vous êtes homo ?

— Non. Pourquoi, j'ai l'air ?

— C'est pas ça, mais vous êtes pas trop mal, et apparemment il n'y a pas de fille dans cette maison.

— Vous me draguez, Myriam ?

Elle ouvre son sac à main, sifflant ainsi la fin de la récré, et en sort un long couteau de cuisine, un rouleau de film alimentaire ainsi qu'un chalumeau. Devant ma surprise, elle explique qu'il s'agit de son chalumeau de cuisine, grâce auquel elle réussit les meilleures crèmes brûlées de tout Planoise. Myriam a regardé des vidéos sur Internet et constaté que tous les dealers utilisent un chalumeau pour chauffer la lame du couteau. OK. De mon côté, j'ai eu la présence d'esprit de sortir le bloc de shit du congèle hier soir. J'ai souvent vu maman sortir du congèle des cuissots de bestioles qu'un pote chasseur de papa nous refilait. Là c'est presque pareil, c'est du gigot marocain.

J'ai moi aussi passé du temps sur Internet. Je me suis surtout intéressé au conditionnement et à la proposition commerciale que nous pourrions choisir. Je penche pour la simplicité.

— Apparemment, le prix de vente est de 6,50 euros le gramme. Ce que je propose, Myriam, c'est qu'on fasse des barrettes de 3 grammes à 20 euros, des barrettes de 5 grammes à 30 et des barrettes de 10 grammes à 65.

— OK.

— On prépare quelques savonnettes de 100 grammes pour les gros consommateurs, les petits revendeurs. On fait un prix cassé à 600 euros.

— Et pourquoi ?

— Geste commercial.

— Y a pas de geste commercial. Vous voulez qu'on prenne la carte Carrefour aussi ?

— Si un jeune prend 100 grammes, il faut qu'il ait un intérêt. Ça nous arrange, on écoule plus vite, lui gagne 50 euros.

— Admettons…

Après le café, nous réintégrons la cuisine, où nous installons notre petit atelier. Le chalumeau prêt à dégainer, le couteau parfaitement aiguisé, et une planche à découper en bois que j'ai retrouvée sous l'évier. Je libère le shit de son emballage en plastique noir et nous découvrons, bonne surprise, qu'il ne s'agit pas d'un bloc brut. Il est en réalité composé de cinq plaques d'environ trois centimètres d'épaisseur, vingt bons centimètres de largeur pour quarante de longueur. Je me saisis de la première et retire le film alimentaire qui la protège. Le shit est marron foncé, presque noir, et gras au toucher, ce qui, je crois, atteste d'une bonne qualité. Et je me lance sous le regard de Myriam, pas plus experte que moi et qui souffle à chaque raté.

Je pense que l'on peut qualifier mes premiers pas de massacre.

Je pars en diagonale, me reprends, recommence et produis, pour finir, ce que nous appellerons des parallélépipèdes non réguliers. Disons des patates. La quantité, je n'en parle même pas. L'écran de mon Vorwerk affiche des poids qui ne sont jamais identiques lorsque je pose les morceaux de shit sculptés à la Giacometti. C'est trop gros, trop petit, je multiplie les chutes. Et puis c'est comme tout, le coup de main vient. Autoproclamé débiteur en chef, je m'applique et parviens enfin à aligner des barrettes de shit dignes de ce nom. Myriam a entrepris de son côté de découper une série de feuilles de film alimentaire pour emballer, à la perfection je dois le dire, les morceaux d'or marron.

Je souris, Myriam me capte, elle veut savoir :

— Qu'est-ce qu'il y a de si drôle ?

— Non, c'est juste… Je pense à Marx, au *Capital*. On est en plein dedans.

— Karl Marx ? Il dealait lui aussi ?

— Non. En se répartissant le boulot, on augmente la cadence. Je coupe, vous emballez, on fait de la plus-value relative.

— Expliquez.

— Marx parle du travail nécessaire d'un ouvrier. C'est la quantité de travail qui correspond à ses moyens de subsistance : il gagne sa croûte. Le reste du temps, on est sur du surtravail, ça correspond aux profits de l'entreprise : il engraisse des cochons.

— Et le surtravail, comme vous dites, ça fait la plus-value ?

— Ouais. Elle est absolue quand on augmente la durée du temps de travail. Elle est relative quand on augmente la cadence. Quand on s'organise, quoi. Comme nous.

— Vous aimez bien vous la péter, non ?

Je ne relève pas, ce n'est pas le but. Je ris. Nous enchaînons, débitons, emballons. Je nous ressers un café et, tout en reprenant mon poste, je lance un nouveau sujet de conversation :

— Et votre mari, il est où ?

— Il est reparti au bled, il a épousé trois jeunes femmes là-bas.

— Ah bon ?

— Mais non, je déconne ! Comme vous êtes naïf, Thibault !

— Oh, ça va…

— C'est trop facile avec vous. Je peux vous dire n'importe quoi, vous marchez pas, vous courez. On a juste divorcé. Il a quelqu'un. J'ai la pension, et mes fils en garde alternée une semaine sur deux. Et vous ? Pas de petite chérie ?

— J'avais. C'était ma petite copine au collège, on est restés ensemble. Ça a duré plus de dix ans et pis on a réalisé qu'on s'aimait plus. Enfin, je crois. On s'est séparés d'un commun accord. Elle vit en Belgique, maintenant.

— Ouais, elle vous a plaqué, quoi.

— Voilà.

10

Mister Freeze

J'ai confié les 900 euros qui me restaient à Amir, pour la porte blindée.

Décidément, cet homme est un saint pour qui se lance dans le trafic de stupéfiants. Un bricoleur, un vrai, un de ces types qui démontaient et remontaient le moteur de leur mobylette 103 SP à quatorze ans, qui peuvent refaire l'électricité d'une maison ou des joints de Placo. Ou nous débarrasser d'une porte blindée Fichet à la disqueuse. Après, Amir a percé une trentaine de trous à travers le chambranle de la porte, dans l'encadrement en béton, tous les dix centimètres environ. Il y a inséré de longues vis à métaux à tête hexagonale, renforçant ainsi l'ensemble de manière considérable. « Une porte blindée sur un chambranle maintenu avec quatre vis de merde, vos gars, c'étaient vraiment des bras cassés. » Admettons. J'ai appris il y a bien longtemps, pour avoir donné un coup de main une fois ou deux à mon père, qu'il ne faut jamais contredire un vrai bricoleur. Vous serez toujours à ses yeux un gueux du Leroy Merlin. Ainsi va la vie chez les bricoleurs, pour qui l'humanité est composée de trois catégories : les artisans, les bricolous et enfin les inutiles.

Amir a mis en place notre nouvelle porte, qu'il a renforcée à l'aide de deux plaques de métal, fixées sur chaque face et vissées entre elles. Enfin, il a monté trois verrous. En confiant les clés à Myriam, il lui a assuré que même des flics armés d'un bélier auraient du mal à en venir à bout.

Nous y sommes. Mardi, fin d'après-midi, je me suis installé à la fenêtre de la cuisine, une HK bien fraîche à la main. Il fait beau. Le soleil rase la surface de la terre et vient cogner contre les vitres. Je me sens comme un entrepreneur qui aurait mis toutes ses billes dans un projet, un startupeur, un suppôt de Macron. Bref : tout ce que je déteste. En bas de l'immeuble, Réda a repris du service. Posé sa petite chaise de camping, sa petite thermos de café, ses Camel, son briquet, et c'est parti je filtre les entrées. Sans doute est-il encore un peu méfiant à l'égard de cette nouvelle organisation, avec ce boss fantôme. Mais il est bien présent. À 500 euros de salaire journalier, pas d'hésitation. J'ai appris entre-temps par Myriam que Réda devait effectivement nourrir toute sa famille. Son père a quitté la France pour le bled et une chatte de vingt-cinq ans d'âge, là-bas, à qui il a offert sa dot : le RSA. Son épouse, ses quatre enfants : rien à foutre. Réda, l'aîné, qui avait alors une quinzaine d'années et commençait à faire le chouf, n'a pas trop eu le choix de poursuivre dans cette voie. Sacrifié sur l'autel des services sociaux sauvages, mélange de Pablo Escobar et d'abbé Pierre. Âgé aujourd'hui de vingt-trois ans, sa mère sans emploi depuis toujours, Réda fait vivre la famille et permet ainsi à ses trois frères et sœur de rester à l'école. Peut-être qu'eux n'auront pas à faire le chouf. C'est un jeune homme dur, volontiers agressif, à peu près aussi brillant qu'une espadrille gauche, qui remplit le frigo chez lui et la box avec tout inclus : Canal +, beIN SPORTS, OCS, Netflix. Est-ce que je l'apprécie ? Pas énormément. Réda n'a aucune notion de civisme, encore moins de citoyenneté. C'est un mec prêt à tout, y compris et surtout à piétiner tout le monde et n'importe qui. Marcher sur les autres ne lui pose aucun problème. Je le comprends autant que je le déteste.

Seulement voilà, dorénavant il travaille pour moi, pour nous.

Sentant que je l'observe, Réda lève la tête vers moi et tend son majeur. *Fuck.*

Si tu savais, mon gars. Car non, Réda ne sait pas. Il ignore que je suis son nouveau patron. J'aimerais tellement le lui dire et, ainsi, lui faire ravaler sa morgue. Hélas, je n'aurai pas ce plaisir. Il en va de la survie de cette petite entreprise que nous avons montée, Myriam et moi, avec l'aide précieuse de son cousin Amir.

En tout cas, il n'y a pas assez de clients à mon goût. Le bouche-à-oreille n'a pas encore eu le temps de fonctionner. Je flippe. Nous devons sortir 1 500 euros par jour pour payer Réda, les deux charbonneurs, et les quatre choufs qui rôdent en scooter alentour. Je suis de gauche, communiste à mes heures, et m'en voudrais de ne pouvoir assumer le salaire de nos employés. Dans l'immédiat, je dois quitter mon poste d'observation avant que Réda trouve mon comportement suspect. Il a certes une sale mentalité, mais il dispose du vice de la rue, cet instinct qui fait parfois songer à un sixième, voire un septième sens. Réda est une chauve-souris dotée d'un sonar à connards et à embrouilles qui ne lui fait jamais défaut.

Réda, réglé comme une horloge atomique, ferme boutique à 23 heures. Je suis derrière ma porte d'entrée, l'œil collé au judas. Il a congédié les charbonneurs, refermé la porte et ses trois verrous, quatre serrures donc. Ensuite il dévale l'escalier, sans un regard vers mon appartement, confirmant ainsi qu'il est à cent lieues de m'imaginer dans la combine. Je me méfie, cela dit, de ce genre d'animal. Je sais qu'il doit rager de ne pas être tombé sur la came des Mehmeti et je le soupçonne de rester attentif, aux aguets, prêt à tout pour y remédier. Je pense qu'il va planquer dans la rue, voir qui vient relever les compteurs. Il ambitionne certainement de suivre la personne jusqu'au stock principal.

Tout faux, Réda.

Myriam et moi avons anticipé. Mais patience.

Je m'allonge sur le canapé du salon et mets La chaîne L'Équipe. C'est l'émission *L'Équipe du soir*, animée par Olivier Ménard. Lui et sa clique débattent des derniers résultats du championnat de foot. C'est fou comme un sport aussi simple peut paraître complexe grâce à ces types. Ils analysent et élaborent des stratégies, connaissent tous les joueurs de chaque championnat important, les états de forme, les durées de contrat et les rémunérations. Il y a les plus intelligents : Vincent Duluc, Sébastien Tarrago ; le plus drôle et brillant : Nabil Djellit ; le grand sage : Gervais Martel ; et enfin le James Bond : le flamboyant Éric Blanc. Ils s'engueulent comme si la vie de milliers de personnes dépendait du PSG-OM du lendemain, ils soupirent et avouent leur incompréhension dès qu'un sujet sur l'Olympique lyonnais est lancé, ils pleurent et dépriment à l'évocation de l'AS Saint-Étienne. À les écouter, on oublie qu'on est juste un footeux. En tout cas, si je devais refaire ma vie, je serais journaliste à *So Foot*.

Il est 3 heures du matin. La sonnerie d'alarme de mon téléphone m'arrache à un sommeil profond, un sommeil sans rêves ni cauchemars. Un texto de Myriam m'avertit qu'elle est déjà en place, à la fenêtre de sa cuisine, avec vue sur le bas de notre immeuble et sa cage d'escalier. Puis : « La voie est libre. » Personne derrière un buisson, personne non plus ne planque dans une voiture sur le parking, de l'autre côté de la rue du Piémont.

J'ouvre ma porte d'entrée.

J'ai les doubles des quatre clés. Vite. Pas traîner. J'ai collé des pastilles de couleur sur chaque clé, pour gagner du temps. Rouge : cadenas du haut. Vert : celui juste en dessous. Jaune : le cadenas du bas ; et enfin rose, oui, rose, pour la serrure de la porte. J'ouvre et referme derrière moi, sans faire aucun bruit. Je pense n'avoir pas mis plus de trente secondes en tout. Je ramasse le sac en plastique contenant les invendus du jour et un autre plein de billets.

Sens inverse.

Sur ma table de cuisine. Première étape : vérifier que les loulous ne nous ont pas déjà enflés. Non. Aucunement. Bon début. En revanche, seulement 131 grammes ont été vendus. Pas bon. Notre masse salariale nous impose de vendre au moins 230 grammes par jour. Là, donc, on travaille à perte. Et je ne suis absolument pas fan du dumping.

*

Deuxième jour d'activité, seulement 154 grammes ont trouvé preneurs. Est-ce que les gens ont sérieusement décidé d'arrêter de se droguer au moment où Myriam et moi nous sommes lancés dans ce négoce ?

Troisième jour d'activité. Nous sommes jeudi. J'avoue, je n'ai pensé qu'à cela toute la journée au collège. Victime du stress du jeune chef d'entreprise. Je commence à toucher du doigt le logiciel des patrons, ceux qui ne peuvent s'empêcher d'ouvrir une boîte, qui ne rendent de comptes à personne d'autre qu'à leur comptable et au dieu Profit. L'obsession de la marge, ni plus ni moins. Parvenir à assumer les frais fixes et dégager des bénéfices. On peut le concevoir comme un jeu. C'est ce que j'essaie de faire. Une sorte de Monopoly en vrai dans lequel la rue de la Paix est remplacée par 100 kilos de shit et où la carte Chance peut devenir une garde à vue. La case prison ? Elle est bien là, je vous rassure. Mais pas pour moi. Je suis trop français, labellisé Jura, aussi blanc qu'une meule de comté affinée dix-huit mois. Fonctionnaire, de surcroît. Oh, bien sûr, tout peut partir en vrille. Le pire est un voisin discret qui s'invite sans qu'on le lui ait demandé. Pourtant, je suis persuadé d'être à l'abri. On me croira, moi, le CPE courageux qui évolue dans l'aquarium à requins.

Journée de boulot pliée, je rentre chez moi et constate qu'une file d'attente un peu plus fournie que les jours précédents s'étend au pied de l'immeuble. Des euros sur jambes. Et, tandis que je passe devant Réda sans le saluer, il m'apparaît que j'ai négligé un paramètre essentiel : le jeudi est le début du week-end pour les étudiants.

À un peu plus de 20 heures, je me pose à la fenêtre de la cuisine. Le flux a encore grossi. Je ne peux réprimer un sourire de satisfaction devant le spectacle des bagnoles, ce ballet qui s'organise plus ou moins bien sur le parking qui jouxte notre rue. La file des clients, parfaitement gérée par Réda, se déverse sur le trottoir, jusqu'à deux cages d'escalier plus loin. C'est comme du temps des frères Mehmeti. Je les ai vues, ces files d'attente, depuis que j'ai emménagé. Je le savais, que ça allait tourner fort. Âne que je suis, je n'ai pas ajusté le stock. Les charbonneurs ne disposent que des 500 grammes mis en place, la même quantité que les deux journées précédentes. Quel con !

Et ce qui devait arriver…

Je vois que cela s'anime en bas. Un des charbonneurs, descendu en catastrophe, glisse un truc à l'oreille de Réda et remonte aussi sec. Je vois Réda sortir son téléphone portable, puis ça bipe… dans ma poche de jean. J'ai juste le temps de reculer dans la cuisine. A-t-il entendu, en bas ? Est-il assez malin pour faire le rapprochement ? Je n'espère pas. Je ne pense pas. Moi, dealer ? Impensable.

Le texto de Réda est limpide : « 500 g presk fini. On fé koi ? »

Putain. C'est la merde. Tous ces clients, là, dehors, les poches pleines de billets. Des milliers d'euros sur pattes qui vont s'évanouir dans la nature. Et l'insatisfaction client ! Mon Dieu : l'insatisfaction client… Gamin, en classe de troisième, j'avais fait mon stage d'intégration dans une librairie, à Lons-le-Saunier. Le patron m'avait parlé de cette notion, qu'il présentait ainsi : « Un client content t'en ramène un ou deux autres. Un client mécontent t'en enlève dix. » Je comprends aujourd'hui l'importance de ce qui, à l'époque, m'était apparu comme une obsession de patron. Si tous ces jeunes gens, là en bas, repartent bredouilles ? Si tous racontent à leurs potes, demain, que notre four est nul et qu'à 20 heures il n'y a plus rien à acheter ? Si le téléphone arabe fonctionne comme il se doit ? Catastrophe industrielle assurée.

Je me mets dans la peau d'un petit soldat de la Macronie. Que feraient ces types ? Entreprendre. Innover. S'adapter. Ils ne perdraient pas la moindre seconde à peser des pour et des contre parasitaires et abscons. Je réponds à Réda par texto : « Envoie un chouf tram IDF dans 10 min. » Les sachets en plastique sous l'évier, derrière la poubelle. J'ai toujours vu maman ranger les sachets en plastique que la vie mettait sur sa route au même endroit, avec une sorte de jubilation. Genre, elle a bien niqué tout le monde sur ce coup. On a toujours besoin d'un sachet en plastique et elle, elle a sa réserve. Cela m'a souvent amusé et j'ai même pensé, certaines fois, qu'on frisait la déviance.

Qu'est-ce que j'ai fait à la seconde où je me suis retrouvé en appartement ?

Pareil. Mon stock de sachets. Et ce soir je suis bien content d'en avoir à portée de main. Merci, maman. Le freezer de mon réfrigérateur fait office de stock tampon. Il est rempli de barrettes. Dès que j'ai tout passé, nous recommençons, Myriam et moi : découpage, emballage. Là, je dispose de quasiment 1,5 kilo de shit en bouts de 3, de 5 et de 10 grammes. Je fourre le tout dans un sac cartonné, anses en tissu, de la marque Levi's. Stylé. Parfait. J'enfile un sweat à capuche. Personne ne fait attention à moi dans l'escalier. La file d'acheteurs stagne, elle est figée, en attente. Certains commencent à marmonner, pas trop fort non plus parce qu'on n'est pas au McDo et qu'ici les tartes, ça vole. Je sors par l'arrière du bâtiment, évitant ainsi Réda. J'arrive dans ce que les gamins de l'immeuble appellent le champ, à savoir un espace vert, plat, délimité par des bosquets et qui ne sert quasiment qu'au foot. Si on tire tout droit, à quatre cents mètres, c'est le centre commercial d'Île-de-France.

C'est drôle, cette adrénaline qui monte en moi.

J'évolue dans Planoise, sweat-à-capuché, avec 1,5 kilo de cannabis sur moi. Rien dans ma vie ne m'a préparé à accomplir ce genre d'action. Mais j'aime ça : j'aime ça, putain. Sentiment étrange et diffus de me trouver dans GTA, seul contre tous, il y a cette ville, il y a moi, et un jour je serai tout au-dessus. Patron. Don Thibault !

Oui, sauf que non.

Cinq adolescents qui rouillent sur un banc, dans le champ, m'avisent et se lèchent les babines mentales. Dans leur esprit je représente bien plus un divertissement qu'une proie, mais peu importe : ils ne vont pas laisser passer l'occasion de communiquer avec le petit Blanc perdu que je suis. Un Noir, quatre Arabes. À peine dix-huit ans. Je ne suis plus un être humain, je suis un babtou. Entendez, *toubab*, le Blanc qui se perd dans un pays africain francophone.

Je ne dévie pas de ma route. Ce serait pire. Je passe devant eux.

Ils vont me fracasser. Je le sais, ça me brûle la colonne vertébrale. Et puis… rien. Dingue. Tout juste lancent-ils un coup d'œil à mon sac Levi's. J'entends qu'ils parlent de Parcoursup et de galères liées à l'orientation scolaire. Je capte tout de même qu'un des quatre Arabes me désigne du menton et dit aux autres : « Mate Beyoncé, elle s'est perdue. » Ils se marrent. Si je n'étais pas en pleine livraison et en stress, certainement que je rirais de la vanne moi aussi.

Cinq minutes plus tard, un des choufs s'arrête en scooter au tram à Île-de-France, je lui tends le sac Levi's, la tête planquée sous la capuche. Et je trace. Je rentre. Je passe par l'arrière du bâtiment. Escalier. Chez moi. Putain de mission accomplie.

J'éprouve un sentiment de plénitude.

Je suis ici à ma place. Je gère. Demain je vais raconter mes aventures à Myriam et, oui, je le sais, je serai fier de moi et elle dira que j'aime bien me la raconter. Elle aura peut-être raison. Un petit quart d'heure plus tard, je reçois un texto de Réda : « Chocolat reçu. C'est congelé, bordel ! » Je réponds : « T'as qu'à dire que c'est du shit Mister Freeze. M'emmerde pas. »

11

Tu reprends du tofu ?

Si mon expédition dans Planoise avec 1,5 kilo de shit congelé sur moi m'a titillé l'adrénaline, j'ai conscience d'avoir frôlé la catastrophe. J'aurais pu tomber sur d'autres petits gars plus nerveux. J'aurais pu subir un contrôle d'identité et la fouille qui va avec, car la nuit toutes les racailles sont grises, pour ainsi dire. C'est pourquoi je suis repassé dans la planque récupérer de la quantité. J'ai blindé la mise en place du vendredi et du samedi. Le résultat a dépassé nos espérances, puisque nous avons vendu 1,048 kilo le jeudi, 1,220 kilo le vendredi et 2,189 kilos le samedi. Pour être tout à fait précis, 4,742 kilos sont partis cette première semaine. La recette est d'un peu plus de 30 000 euros, notre masse salariale s'élevant à 7 500 euros pour cinq journées, nous nous sommes partagé, Myriam et moi, environ 23 000 euros.

Ainsi j'ai gagné, moi, Thibault, dans les 12 000 euros. En une semaine. C'est idiot, mais une des premières choses auxquelles j'ai pensé, c'est que Lisa en serait sidérée. Je gagnerais en crédibilité, certain. Le problème de notre couple est que nous nous sommes connus au collège et que, d'une certaine façon, je reste à tout jamais

Thibault de la 4e 5. Pourquoi aller s'enticher d'un type de quinze ans son aîné, si ce n'est pour trouver de l'homme, du vrai ? Et un Belge avec ça, tu parles d'un exotisme. J'ai même pensé la contacter, style je prends des nouvelles et… « Moi ? Oh, pas grand-chose, je suis dealer maintenant, ça paie pas mal. » Et puis j'ai revu John la pilonner dans notre cuisine. « Dans ta chatte, c'est chez moi. »

Non, décidément, je n'ai personne avec qui partager mon succès.

Car c'en est un. Dans un esprit un peu *Full Monty*, Myriam et moi avons dévié, et assuré. Elle a en tout cas maintenant de quoi passer des heures et des heures chez le coiffeur. Plus sérieusement, elle peut envisager avec plus de sérénité les futures études de ses fils. J'ignore comment elle va s'y prendre pour blanchir tout cet argent, même si je me fais peu de souci pour elle. Myriam est comptable et a donc des notions. Moi ? J'ai ma petite idée, je dirais même j'ai ma grande idée. J'ai trouvé comment blanchir le pognon. Nul besoin des services d'un avocat fiscaliste, d'un conseiller financier ou autre sangsue. Car je vais l'investir : dans un restaurant gastronomique en faillite.

J'ai pris un malin plaisir à garer ma modeste Clio aux côtés d'une somptueuse Bentley en arrivant tout à l'heure. À ma grande surprise, cela n'a provoqué aucune réaction chez Simon, qui m'a accueilli presque comme un client lambda, si ce n'est qu'il m'a installé à la même table que la dernière fois : dans mon coin, à la niche.

J'ai repris les noix de Saint-Jacques, le même verre de vin blanc.

Mon frère est tête en l'air. Il a oublié d'apporter le pain sur une des tables. Des détails, comme ça. Une fois le restaurant vide, il m'a rejoint avec deux expressos, un masque de désolation sur le visage. Simon est le type que je connais le mieux au monde et je peux déterminer son moral d'un simple coup d'œil. En l'occurrence, ce n'est pas la grande forme. Je souris, il sourit, et puis ce sont les larmes aux yeux. Enfin, il se lance et m'annonce la nouvelle : Delphine est enceinte. Je vais être tonton. C'est évidemment génial. Simon papa. Il a toujours voulu avoir des enfants, il a l'âge, c'est maintenant. Maman va être folle et intégrera le top 5 des meilleures grand-mères de tous les temps. Pourtant, il ne respire pas la joie. Je comprends son désarroi, sa tristesse peut-être : ruiné et père de famille. Ces nouvelles données se heurtent et le blessent aussi sûrement qu'une paire de chaussures neuves de mauvaise qualité.

Ce qui ennuie le plus Simon, me confie-t-il, ce sont les 4 000 euros du chèque en bois. Qu'il ne pourra pas me rendre avant des mois, voire des années. J'ai envie de lui dire qu'il pourrait commencer par rendre sa superbe Audi et rouler en Peugeot, mais m'abstiens. Au lieu de ça, je sors mes billes :

— J'ai une solution à te proposer, Simon.

— Ça m'étonnerait.

— Laisse-moi parler. Tu vois, ces 4 000 euros… Eh ben, j'en ai encore autant, là, dans ma poche. Tu les prends, tu me refais un chèque. Il passera cette fois ?

— Ah ben là, oui, ça me renfloue.

— Super. Et… je peux en avoir autant, toutes les semaines.

— T'es en train de faire quoi, là, frangin ?

— Fais-moi confiance. Je ne risque rien. Je suis tombé sur un filon, c'est tout.

— Une enveloppe dans ta cage d'escalier, hein ?

— Ouais.

— Un putain d'escalier magique.

— Exactement. C'est du cash, je ne peux pas le déposer à ma banque. Donc j'ai pensé que tu pourrais, toi, le mettre dans le tiroir-caisse du restaurant. Clientèle fantôme. Et en échange, on fait 50/50.

— Je te dirais bien qu'il faut que je réfléchisse, mais je ne pense pas avoir le choix.

— Génial, frangin.

— Mais comment je te redonne ta part ? T'auras toujours le même problème.

— Sauf si on est associés. Je prends des parts dans ton restaurant. Le jour où ça s'arrête, je te les rends.

— Mouais. Faut que je voie avec mon avocat.

— J'ai déjà réfléchi à tout ça, Simon. Il faut un majoritaire – c'est toi, bien sûr. Tu seras à 51 % et moi à 49 %. Il faut que tu demandes à ton avocat combien tu me vends 49 % de tes parts. Je fais un prêt à la banque, je t'achète tes parts, et le restaurant rembourse mes traites. Comme ça, même l'argent du prêt est blanchi. Et ensuite, eh ben, tu me verses les dividendes, une fois par an, comme à n'importe quel associé.

— Tu pourras pas retoucher tout ce que tu me verses, Thibault. J'ai des charges et tout, moi…

— Je sais. C'est bon. C'est mieux que d'avoir du liquide que je peux pas mettre à la banque.

— OK, dit Simon, convaincu. Un dernier truc, juste… Tu vas pas me dire ce que tu fabriques ?

— Non, Simon.

— C'est lié à…

— Non, arrête, je te dirai rien. Mais tu me connais, tu me fais confiance, je suis ni une tête brûlée ni un teubé.

Simon en convient. Les détails, cette fois, auxquels j'ai réfléchi. Mon frère devra chaque jour enregistrer de fausses tables sur l'ordinateur du restaurant, avec le nombre de couverts, et les menus, et les bouteilles de vin, la totale. Il devra donc commander à ses fournisseurs en conséquence et jeter la bouffe et le vin, ou les donner. Peu importe. Au niveau comptable, les dépenses devront être en adéquation avec les recettes. Si vous avez reçu officiellement mille clients et que vous n'avez acheté de quoi faire à manger que pour trente personnes, les flics ou les impôts peuvent vous tomber dessus. Ça s'appelle une lessiveuse, un système simple et efficace pour blanchir de l'argent. Les Italiens ont leurs pizzerias, les Arabes disposent de leurs kebabs, j'ai mon restaurant étoilé.

Je repars de Dole en me sentant plus léger. Simon m'a fait un nouveau chèque de 4 000 euros pour le FSE, que sa banque honorera. Ainsi, et cette fois pour de bon, tous les élèves de Françoise Mille-Croix pourront partir en voyage scolaire. Notre association le sauve, lui, et m'aide, moi. Je n'ai aucune idée de ce que je pourrais faire de cet argent. Acheter un appartement un jour, peut-être. En attendant, mon pécule sera au chaud et, surtout, propre.

*

Sophie est chiante. C'est l'intendante. Elle considère la commission menus comme le grand oral du trimestre.

C'est parce qu'elle est copine avec les huîtres. Elle est antispéciste et estime donc que tous les animaux sont égaux, humains compris. Pour faire court, elle est complètement allumée. Cerveau pété. Une fois, je lui ai dit que si elle se considérait comme l'égale d'une huître, c'était certainement parce qu'elle retenait leur QI comme critère de comparaison. Elle n'a pas ri et, depuis, me voit comme une sorte de néonazi de la bouffe.

Pour l'emmerder, je propose régulièrement que l'on mette des steaks tartares au menu. Roger, le cuisinier du collège, qui n'a pourtant pas fait beaucoup d'études, comprend tout de suite que je plaisante. Elle, non. Jamais.

Aujourd'hui encore, elle veut faire de cette réunion professionnelle une tribune.

À ses yeux, nous sommes des monstres parce que nous incitons les enfants, l'humanité de demain, à manger leurs semblables.

— Un steak haché n'est pas un semblable, Sophie. Les enfants ont besoin de repas carnés, ils sont en pleine croissance.

— Alors, Thibault, je t'arrête tout de suite : on trouve des protéines partout, pas seulement dans la viande, OK ?

— Le problème, ce ne sont pas les protéines, c'est le fer.

— Pardon ? Tu t'y connais, toi, maintenant ?

— J'ai entendu un pédiatre, sur France Cul. Il affirmait que les enfants doivent avoir au moins deux repas carnés par jour, de zéro à dix-huit ans.

— Ah oui ? Parce que c'est un pédiatre, il a raison ?

— Ben… oui. Il a fait médecine. Toi, tu manges des graines.

La réunion est interminable. Personnellement, je m'attache à des choses simples. Je fais en sorte que l'on privilégie les circuits courts avec nos fournisseurs. Tous nos légumes, par exemple, proviennent d'un producteur de Montferrand-le-Château qui a ses propres serres et jardins. J'accomplis ainsi un vrai geste écolo. Pour ne rien gâcher, de l'aveu même du cuistot, les légumes sont mille fois meilleurs qu'ailleurs.

Sophie, elle, estime que les médecins, comme le pédiatre dont j'ai parlé, mentent. Elle fait partie de ces gens qui considèrent que tout ce qui est dit à la télévision est sujet à caution, parce que Big Brother. Tous les experts, d'où qu'ils viennent, sont suspects. Elle rabaisse la science au rang de l'opinion, la sienne valant bien celle d'un type qui émarge à BFMTV ou à CNews. À cause de gens comme Sophie, on n'écoute plus ni les médecins, ni les juristes, ni les sociologues. Elle se fait sa science toute seule, dans son coin.

Entre nous, si on n'écoute plus les mecs de BFMTV, où va le monde ?

Heureusement, en tout cas, qu'il y a des commissions menus et qu'elle ne décide pas seule, sans quoi nous mangerions du foin et des pruneaux arrosés de jus de pissenlit. Sophie vit dans un monde parallèle où tous les êtres vivants se valent et où manger de la viande s'apparente à un crime contre une sorte de surhumanité : le Vivant. C'est son cerveau, le truc. Il a évolué normalement, certes. Elle a suivi des études, obtenu un concours, mais son cerveau reptilien a cédé la place à un cerveau waltdisneyen. Elle croit que ce qui serait préférable est réel. Elle serait capable d'interdire les documentaires animaliers parce que ces cons de tigres n'agissent pas comme elle le souhaite. Rendez-vous compte, ils bectent des gazelles, avec mise à mort sans pitié, déchiquetage en règle de la carcasse et festin plein de sang sur les babines. Non, la nature n'est pas progressiste. Et non, définitivement, la nature n'est pas cool.

Sophie, la pensée magique qui nie l'évidence de la chaîne alimentaire, à savoir que les êtres vivants se dévorent les uns les autres. Qui nie aussi sa propre nature, à savoir qu'elle est omnivore. Il faudrait l'envoyer en émissaire de sa propre bêtise expliquer à tous les peuples affamés du monde que manger de la viande et du poisson, c'est mal.

Sophie termine la réunion en faisant la gueule. Je pars sur une note de légèreté et l'appelle Tophie, opérant la contraction de tofu et de Sophie. Je suis très heureux de cette vanne, qui fait rire Roger. Pas Tophie.

*

Je ressens une sensation à la fois étrange et agréable, celle d'avoir une vie cachée. J'ai lu que les coupables d'adultère préféraient le mensonge, les cachotteries, bref la double vie, au sexe lui-même. Je comprends. J'aime ça, le biz la nuit, le collège la journée, et une impunité, une sérénité dont je suis le premier étonné. Je suis tellement sûr de moi, tellement persuadé que rien ne peut m'arriver. Et c'est vrai : rien ne peut m'arriver. Qui va s'apercevoir qu'un restaurateur, à Dole, gonfle ses caisses ? Personne. Quant au four, hormis l'incident de mon escapade de jeudi dernier, tout est verrouillé. Réda et les autres vendent sans avoir la possibilité de remonter jusqu'à nous. Ce qui me sécurise aussi, c'est d'être associé à Myriam, qui est intelligente, posée, et qui ne commettra aucune erreur.

Il est un peu moins de 13 heures lorsque Farid passe la tête dans mon bureau.

— On mange ensemble ?

— Volontiers.

Les cuistots à Voltaire ne sont pas les mêmes que ceux de mon frère.

Je me décide pour un poisson rectangulaire indéfinissable. Le gratin de patates douces est bon, cela dit. Je nous sers de l'eau. Nous nous retrouvons assez vite seuls dans la salle de restauration des professeurs. Farid me dévisage alors en souriant, puis il secoue la tête, l'air de dire : « Putain, vous êtes pas au courant ? »

— Quoi ? je demande.

— Votre cage… Le four des Mehmeti.

— Oui, quoi ?

— Ça bouge, vous avez vu ?

— Oui. C'est reparti, on dirait.

— Je vous ai dit que je connaissais Réda ? Le mec qui filtre. On était au foot ensemble, gamins. Eh ben, vous savez quoi ? Il a aucune idée de qui a repris le point de deal, et ça le rend dingue.

— Comment ça ?

— Quand il arrive le matin, il trouve la came dans le four. Quand il repart le soir, il laisse l'argent. Et la semaine dernière, tenez, il avait plus de matos. Tout vendu. Il a fait un texto à son boss, le mec a fait livrer dans le quart d'heure 1,5 kilo supplémentaire. Tout congelé.

— Je comprends pas.

— Vous comprenez pas quoi ?

— Du shit congelé ?

— Ouais. C'est reparti à fond. Vous savez combien prend Réda ?

— Non.

— Imaginez ça : 500 euros par jour. Il gagne plus que mon salaire en trois jours…

— Mais il risque la prison à tout moment.

— Ouais, c'est sûr.

La situation de Farid et de sa famille est plutôt commune. Son père est livreur DHL, sa mère agente de service à la préfecture. Il a deux grandes sœurs : une conseillère à Pôle emploi, l'autre agente commerciale à la SNCF. Elles s'en sortent très bien, sont mariées, ont des enfants et n'habitent plus Planoise. Farid prend lui aussi cette voie. Licence en droit, puis une école de commerce. Intelligent. Un peu trop, peut-être. Parce que la vie moyenne, il n'en veut pas. À tort ou à raison, Farid estime mériter plus que ce que la vie lui promet, là, tout de suite. « J'ai pas un rond pour me lancer dans une boîte perso, m'a-t-il expliqué un jour. J'ai le réseau d'un rebeu de Planoise. Le pedigree, j'en parle même pas. Au mieux, je peux commencer comme chargé de clientèle. Et je finirai directeur commercial à 40 K€ annuels. »

Toujours très compliqué de converser avec des gens qui utilisent des formules comme K€. Ils placent plein de « juste » dans leurs phrases, singeant le *just* de l'anglais. Ils se noient dans la boue des anglicismes crétins et ne manquent jamais, par exemple, de dire que quelque chose *fait* sens. Ils croient qu'adopter des tics de langage anglo-saxons fait d'eux des sortes de super Français, alors qu'en réalité ils se muent en super blaireaux.

Farid dit K€. Farid dit *faire* sens.

Farid a des ambitions et, d'après lui, aucun avenir. Je n'ose même pas imaginer ce qu'il pense d'une carrière comme la mienne, dans la fonction publique, dans l'Éducation nationale. Je dois être un super loser, toubab endormi dans son statut de Blanc dominant, toubab sans niaque, bienveillant et, il faut bien le dire, faible. Farid a une revanche à prendre sur la vie. Cela dit, c'est le point commun de tous les champions hors pair : la revanche. Mike Tyson ne serait pas devenu Iron Mike s'il avait grandi dans une famille de riches. Diego Armando Maradona, pareil. Les pieds dans la boue, la tête juste sous les projecteurs fantasmés, j'arrache les câbles de l'ascenseur social et privilégie l'option homme-canon. Voilà, c'est exactement cela : Farid appartient à la race des hommes-canons. Il s'aveugle avec des paillettes, il se trompe. Il a la chance de poursuivre des études mais envie Réda, raclure intégrale, simple dealer. Farid me fait l'effet d'un gamin de trois ans qui lève les yeux au ciel, la nuit, et prend les réverbères pour des étoiles.

12
Tu perds ton sang-froid

L'association Avenir bénéficie de locaux généreusement prêtés par la municipalité, à côté du centre commercial des Époisses. Le Planoise historique est une longue bande en bordure de la rue de Dole, bande qui s'étend du collège Voltaire et de la rue du Piémont jusqu'à la rue des Flandres, à l'opposé. Le centre commercial des Époisses, c'est ça : l'opposé. Presque pas chez nous.

Le bâtiment qui abrite les salariés et les bénévoles d'Avenir est à l'arrière des immeubles de la rue de Bourgogne. À l'abri des regards. Planoise est traversé de rues dédiées à la circulation – le sang des bagnoles et des bus –, des axes au statut pompeux d'« avenues » qui portent tous le nom d'un département ou d'une région de la France métropolitaine. Ah ça, on voyage ! Mais la vie, la vraie, se tient éloignée des artères. Une ville traditionnelle comporte divers éléments tels que l'esplanade, la place, la ruelle, la rue, l'avenue. On a aussi des cours, intérieures et extérieures. Dans la cité, on en dénombre un supplémentaire : le derrière. Derrière le bâtiment, où tout se joue. Comme au théâtre, la scène et les coulisses. Entre la rue d'Artois et la rue de Dijon, par exemple, vous trouvez un terrain de foot invisible et insoupçonnable de la rue. Il y a les faces des barres d'HLM et derrière, à l'arrière, la vie. On se retrouve entre soi. Ainsi, les rues d'Artois et de Dijon, physiquement éloignées l'une de l'autre, parallèles, disposent du même arrière de bâtiment et, donc, forment une seule communauté. Il faut dire aussi qu'une rue correspond en général à un seul immeuble, ce qui engendre de forts sentiments d'appartenance et de concurrence. Des communautés de barres, sortes de conglomérats de villages plantés à la verticale. C'est derrière tous ces bâtiments que la vie du quartier, ou plutôt la vie des quartiers, se fait. Ici, on ne connaît pas bien ceux de la place Cassin, située dans le nouveau Planoise, sorti de terre dans les années 1980. On ne connaît pas plus les gens de mon coin, tout au bout de l'avenue d'Île-de-France. Mais ici, donc, on a la chance d'avoir les gens d'Avenir.

Lorsque j'ai appelé Myriam tout à l'heure, je voulais simplement lui demander quand elle serait disponible pour une nouvelle séance de découpage-emballage.

— J'ai pas le temps, mon grand, je suis en soutien scolaire.

— Pardon ? j'ai fait.

— L'association Avenir, aux Époisses. Si tu veux me parler, tu viens.

Voilà deux choses que j'ignorais. La première : Myriam est bénévole et donne des cours de soutien scolaire à des gamins. La seconde : Myriam et moi, on se tutoie.

L'édifice qui accueille l'association est un cube à un étage, l'ensemble devant faire dans les deux cents mètres carrés. Au rez-de-chaussée, les volets roulants sont baissés et semblent l'être depuis longtemps, on a condamné le bas pour se barricader. Comme l'appartement squatté par les Mehmeti dans mon immeuble. On prend de la hauteur comme on peut. Sur la gauche, un parking pour les permanents. Trois bagnoles sont garées là : un Renault Scenic, une 306 et une Nissan d'un autre temps, véritable poubelle ambulante. Une porte de garage en tôle est grande ouverte et des dizaines de VTT en sale état jonchent le sol, juste devant. Alors que je m'approche de la porte d'entrée, un grand type sort du garage en hurlant : « Milliard de dieux ! » La soixantaine, un tee-shirt AC/DC, un jean crade, des mains crades, des baskets crades. Il tient des outils genre démonte-pneu, pompe à vélo, rustines ; son front est recouvert d'un mélange de sueur, de crasse et de poussière. Il est rouge et furieux. On se retrouve nez à nez. Il me dévisage, fronce les sourcils, tandis que je me demande, moi, qui dit encore « milliard de dieux » à notre époque. Eh bien, ce type. Voilà, il en reste un sur terre. Je ne le connais pas mais le déchiffre en un regard : c'est un vieil anar, gauchiste citadin, sympathie pour les punks et haine viscérale de la police, de l'armée, de la politique n'en parlons pas. Je connais ces types par cœur : des brutes de velours. Ils renvoient une image âpre, mais sont tellement humanistes qu'à l'intérieur c'est tout du chamallow. Ils ne peuvent pas s'empêcher de paraître virils, gros durs, vrais mecs, alors qu'ils ont un logiciel d'assistante sociale.

Celui-là me toise. Il pose à terre ses outils, sort un chiffon de sa poche arrière de jean et commence à se frotter les mains avec. Il me fait penser à un garagiste qui cherche les mots pour m'annoncer qu'il va me la mettre très profond. Il m'est immédiatement sympathique. Il me demande, avec un petit coup de menton en avant :

— C'est pour… ?

— Je viens voir Myriam. Je suis un ami.

— Au premier.

C'est sorti tout seul : me voilà bombardé ami de Myriam. J'ai pris du galon. Je pousse la porte d'entrée et tombe sur une femme des pays de l'Est qui prend congé. Une Maghrébine, encore dans l'escalier qui mène à l'étage, la salue chaleureusement et lui répète d'essentielles consignes administratives. Je m'efface pour laisser passer la dame, puis fais face à la jeune femme dans l'escalier : je sais pas, mon âge, à pleine plus jeune peut-être. Des cheveux longs, bouclés et aussi noirs que ses yeux. Le terme qui me paraît le plus adéquat pour la décrire est canon. Ou, pour être tout à fait précis, un putain de canon.

— Oui ? me demande-t-elle, sur la défensive.

— Je suis un ami de Myriam.

— Vous êtes… ?

Elle est aussi méfiante que si je m'apprêtais à braquer la Banque de France. Pourtant, j'ai un physique de phasme, une tête de jeune premier et l'agressivité d'une aubergine marinée. Je m'annonce :

— Thibault, un voisin de Myriam.

Là, d'un coup, son visage s'allume, s'illumine. Elle lâche :

— Alors c'est toi ? Le fameux Thibault !

Jusqu'à aujourd'hui, ce que j'ai surtout ressenti avec les Planoisiens, c'est un rejet. L'impression d'être un œil qu'un chirurgien défoncé au crack tente de greffer sur un nombril. Ou une oreille sur un genou, enfin un truc qui ne prendra pas, on le sait tous, mais le toubib s'obstine. Pour la première fois, j'ai le sentiment d'être, sinon accueilli, du moins toléré. Accepté ? On n'en est vraiment pas loin.

— Je suis Samia, la directrice de cette maison de fous. Je suis aussi la cousine de Myriam. Elle en a plus pour longtemps. Tu veux un café ?

— Euh… ouais. Volontiers.

Je suis Samia dans l'escalier, ouvert sur le hall d'entrée et qui débouche sur une mezzanine. Un couloir, sur la gauche, dessert vraisemblablement les bureaux de l'administration. Sur la droite, ce sont les salles de cours et la salle de repos, où Samia m'emmène. Nous passons devant une sorte de sapin de Noël en carton recouvert de Post-it. Une banderole peinturlurée annonce qu'il s'agit de l'arbre à vœux. Chaque Post-it recueille le souhait d'un petit Planoisien. J'aime les écritures d'enfants, à la fois soignées et maladroites. Les gamins ont dû passer un temps fou à déterminer quel était leur rêve ultime, après quoi ils se sont appliqués pour coucher le tout sur un minuscule carré de papier. Je suis persuadé que la plupart d'entre eux y croient. Eh oui, d'une certaine façon, cet arbre en carton est magique. Parce que coucher un rêve, une ambition, c'est commencer d'y travailler. C'est se projeter. Alors ces Post-it-là valent de l'or. J'ai le temps d'en lire trois. « Que mes parent ont toujours une bone santé. » « Je voudré des supers pouvoirs. » Le dernier, enfin. Cette fois il s'agit d'une écriture d'adulte : « Je veux des VTT neufs ! Thierry. »

La salle de repos est surtout la salle des repas pour les permanents de l'association. Un four à micro-ondes, un frigo, une table en Formica des années 1980 et des chaises à l'armature en métal, peintes en jaune. Du mobilier de CDI. Une cafetière en plastique, et surtout en fin de vie, achève de distiller une plâtrée de Carte Noire. Je suis intimidé, Samia absolument pas. Elle me félicite d'emblée de m'être domicilié à Planoise, me comparant un peu au dernier des Mohicans, disons le dernier des Mohi-Blancs.

— Il n'y a plus de Blancs à Planoise. Il reste des retraités, ceux qui ont acheté ici avant les années 1980 et qui le regrettent. Ou alors des gens vraiment, vraiment très pauvres. Ceux des pays de l'Est. Les cas sociaux ultimes. Sinon, en gros, on a 70 % d'Arabes et 20 % de Noirs.

— Je suis en super minorité, alors.

— Clairement. Sans parler de couleur, en étant fonctionnaire, t'es un ovni. Il n'y a plus aucune mixité sociale, c'est mort. Avant, il y avait des profs qui s'installaient à Planoise, des cadres moyens… C'est fini.

— Tu décris un ghetto, là.

— Ah ouais, et c'est quoi d'autre ? La plupart des gens ici sont inactifs. Il y a de gros problèmes d'alcool, de violences conjugales. Nous, on ramasse les gamins. Et encore, on a les bons. Ceux qui font l'effort de demander du soutien scolaire, c'est la crème.

— À ce point-là ?

— Tu sais, on a quelques familles de réfugiés syriens. Des gens d'Alep. Des ingénieurs, des médecins, des

CSP+. Là-bas, ils avaient des maisons avec piscine. Ils sont ici, ils sont choqués. Ils veulent pas rester, ils disent que c'est la jungle. Et tu sais ce qu'on est, nous, les travailleurs sociaux ? Et je parle pas de toi, parce que tu vis là, justement.

— Vous êtes quoi ?

— On est des frontaliers.

La cafetière émet des glouglous poussifs. L'odeur de café emplit la pièce. Samia dégote des mugs, me sert, puis lève devant elle une petite cuillère et m'interroge du regard. Oui, je prends du sucre. Elle pose les mugs et une boîte de sucre en morceaux sécables sur la table. Je prends la petite cuillère qu'elle me tend. Elle est en fer-blanc, à peine plus épaisse qu'une feuille de cigarette, le manche est tordu à plusieurs endroits. Des auréoles marron maculent l'ustensile, souvenirs de milliards de cafés bus ici par les uns et les autres. On dirait des stigmates, des tatouages, du tribal de cuillère, témoins de tant de conversations semblables à celle d'aujourd'hui.

— Des frontaliers, reprend Samia. Carrément. Planoise a une forme d'autonomie, on a la CAF ici, la Sécu, les bureaux des bailleurs sociaux, on a même notre antenne Pôle emploi ! Ce quartier est un business, presque une industrie : celle des travailleurs sociaux.

— On dirait que tu parles d'un zoo.

— Un peu. Mais c'est pas la faute des gens, ils ont pas demandé à être parqués ici. En attendant, ils aiment le quartier, c'est le leur. C'est chez eux. On connaît une famille monoparentale, une femme qui a cinq enfants. Elle vit dans le four, la cage 1, rue de Dijon, juste à côté, là… Elle a peur, elle a toujours les volets fermés et elle interdit à ses enfants de sortir. Mais elle voudrait pas partir : elle voudrait juste que ces connards disparaissent.

Le tableau que me dresse Samia est pire que tout ce qu'on pourrait imaginer. Ça porte un nom, un nom devenu tellement banal : un quartier abandonné de la République. Une honte pour les décideurs de ces soixante dernières années, tous bords confondus.

Myriam nous rejoint. Elle s'affale sur une chaise à côté de moi. Elle vient de passer une heure à expliquer ce qu'était une équation du second degré à trois gamins qui ont fini en PLS mental. Calcul du discriminant : $\Delta = b2 - 4ac$. Une torture. Samia se lève en souriant et nous abandonne. Elle a du boulot. À la prochaine. Je la regarde s'éloigner dans le couloir et trouve qu'elle a, comment dire… un très joli dos. Je reporte mon attention sur mon café et laisse passer une dizaine de secondes avant de relever la tête et de sourire à Myriam.

— Elle a vingt-cinq ans, me dit-elle. Pas totalement célibataire, mais presque…

— Qui ça ? je tente.

— Ma grand-mère. Espèce de couillon, va…

Myriam lit dans mes pensées. C'en est fatigant. Je ne suis pas équipé pour lui tenir tête. Pourtant, j'ai toujours brillé aux oraux que mon parcours universitaire a placés sur ma route. Je suis à l'aise pour baratiner, normalement. Même avec les profs, à Voltaire, ceux qui se plaignent, qui se lamentent dans mon bureau, je parviens toujours à leur faire admettre que leur problème n'est pas de mon ressort et ils repartent, peu rancuniers. Idem avec les élèves, fortes têtes en tête. Les parents, ma direction, les gens de l'Inspection académique, eux, tous, jamais le moindre problème. Et avec Myriam, pas pareil. On dirait ma mère. Elle lit dans mes yeux.

Nouvelle approche :

— Et tu… tu lui as parlé de moi, à ta… grand-mère ?

— Pourquoi tu dis ça ?

— Elle m'a dit : « Ah, le fameux Thibault ! »

— Oui, ben, t'emballe pas non plus. Je l'ai mise dans la confidence, pour nous deux. J'étais obligée. C'est ma cousine, quand même. Pis elle m'aide à choisir des gens et à distribuer l'argent.

— Sur ta part ?

— Eh ! s'emporte Myriam, outrée. C'est pas ma part. Je reverse, OK. C'est un impôt sur le coup de bol. Et toi ? T'as tout gardé ?

— J'ai trouvé un arrangement avec mon frère. Il m'a refait un chèque pour le séjour en Espagne, tu sais…

— Bon, et tu voulais me dire quoi de si important ?

Je suis venu parce que Myriam m'avait demandé de passer. Je voulais juste qu'on se rancarde pour découper du shit. Maintenant ? Maintenant j'ai l'impression que la vie m'a poussé ici pour rencontrer Samia. Myriam vient de m'annoncer qu'elle lui a parlé de notre association et je devrais être furieux. Je ne me souviens plus qui a dit : pour qu'un secret soit bien gardé entre deux personnes, il y a déjà une personne de trop. Ben, c'est super vrai, putain. Myriam, que je considérais comme une tombe, que je n'imaginais pas une seconde vendre la mèche, voilà qu'elle balance tout en moins d'une semaine.

Je devrais l'engueuler, mais n'en ferai rien. Car, grâce à Myriam, me voici introduit auprès de la charmante Samia en tant que Robin des bois du shit. Un héros, quoi. Alors que je quitte les locaux d'Avenir, je me fais deux réflexions. La première : pour que Myriam et Samia aient de l'argent à distribuer à de pauvres gens, il faut que nous continuions de dealer. La seconde : j'aimerais beaucoup revoir Samia, dès que possible.

Tandis que je m'éloigne, j'entends une clé à molette tomber par terre et un « Mais bon sang de Dieu ! ». Dans la foulée, le téléphone portable de Thierry, écrivain de Post-it, anarchiste et réparateur de VTT, sonne. Sa sonnerie, c'est le refrain de la chanson « Antisocial » de Trust. Antisocial, tu perds ton sang-froid… Je ne m'étais pas trompé sur son compte. C'est un poète. Il décroche et beugle :

— Oui, quoi, bordel ?

14
Uber shit

À la vie scolaire, gros bordel habituel de la récréation. Une bonne dizaine de gamins agglutinés au comptoir des pions, qui pour récupérer la caisse des croissants pour la vente, qui pour gratter un ballon de foot, qui pour venir justifier une absence. Farid est à la manœuvre, accompagné de Pierre. Tellement gentil, Pierre… Étudiant en psycho, un look pas de look, des cheveux longs pas forcément très propres et une naïveté de classe internationale. Les gamins adorent avoir affaire à lui parce qu'il gobe tout, vraiment tout. Ils ont par ailleurs compris à quel point il avait bon fond et rivalisent d'explications tristes pour justifier leurs retards. « Je suis à la bourre, ma mère est morte ce matin », « Hier j'étais pas là, j'ai géré mon reup en plein delirium tremens »… Tout. N'importe quoi. Ça passe. J'ai aussi repéré que d'autres surveillants abusaient de lui pour esquiver des corvées. Aurélie elle-même, notre docile petite minette en master de droit, lui a une fois fait le coup de l'extinction de voix, afin qu'il la remplace en étude surveillée. Je ne m'en suis pas mêlé. Pierre est adulte : s'il se laisse embobiner, tant pis pour lui.

En passant, j'entends que Fatou, une gamine de quatrième sympathique, débordante d'énergie, explique avoir dû s'occuper de sa tante. Elle a beaucoup d'enfants, elle est malade, la chimio c'est vraiment dur. Je n'ai pas le temps d'intervenir que Farid s'en charge :

— C'est laquelle, ta tante qu'a un cancer ? Je crois que je les connais toutes, j'ai pas l'impression qu'il y ait eu une perte de poids, récemment.

Gros coup bas. Fatou s'emporte :

— Comment tu parles de mes tantes, genre elles sont grosses ?

— Mince, excuse-moi, je t'ai vexée. Tu sais quoi ? Je vais aller voir Astou, c'est la plus jeune, hein, c'est ça ? Je vais lui dire que tu m'as annoncé, pour son cancer, et que je lui souhaite de s'en sortir.

— Oh, ça va.

— Fais attention au mauvais œil, Fatou. Raconte pas n'importe quoi.

— C'est quoi, le mauvais œil ? veut savoir Pierre.

— T'occupe. Surveille les croissants, y en a qu'essaient de se barrer.

Fin de l'échange. Fatou regarde ses chaussures. Pierre regarde les croissants. Je suis obligé d'admettre que j'aime bien le style de Farid. Quel est son style ? L'autorité. La simple et bête autorité qui fait avancer les élèves dans le bon sens. Tous les professeurs qui vivent mal leur profession, ici, sont ceux qui en sont dépourvus. Ils viennent geindre dans mon bureau, implorer qu'on leur octroie des surveillants pour les assister pendant leurs cours, regrettent le temps d'avant, où les élèves étaient plus dociles. Les gamins ont peut-être pris un peu d'assurance, et encore. Le vrai problème, c'est la poigne. Ceux qui n'en ont pas sont condamnés à une carrière dans le stress et les larmes.

Un enseignant n'est pas là pour éduquer, il est là pour enseigner.

Dans la vie normale. Sauf qu'ici, c'est Planoise, et vous êtes bien obligé de faire les deux. C'est dur, c'est le réel. Et Pierre, qui écoute et croit les conneries de Fatou, ne lui rend pas service. Pierre est, de toute façon, inadapté à cet environnement. Il a à peu près autant de chances de survie qu'une girafe sur un kayak au milieu de l'océan. Pierre est ce qu'on appelle un toubab faible. À sa décharge, nous sommes tous devenus un peu mielleux. Tous, nous arrondissons les angles afin de ne pas heurter, de ne pas vexer. On ne s'engueule plus, on ne plaisante guère, c'est le règne des chouquettes et du lait d'amande. On est passés de JoeyStarr à Vianney.

Mais pas ici. Pas à Planoise. Encore moins au collège. Farid ne prend pas de précautions de langage, il est dur, ferme, il chambre lorsque la situation l'exige et y va fort. C'est la seule et unique façon de se faire respecter, et se faire respecter représente la survie en milieu sinon hostile, du moins acide. L'acide de ces rues de cités où invectiver et se foutre de la gueule des autres est naturel. Si on ne charrie pas, on est mort.

*

Le dimanche, jour du Seigneur, jour de repos, même pour le shit.

Sauf pour Myriam et moi. Je suis descendu à 6 heures du matin sous la baignoire récupérer un paquet de 5 kilos pour la semaine à venir. Myriam emballe consciencieusement les bouts que je coupe. C'est chez elle, cette fois, que nous procédons. En fond sonore, la radio NRJ. Insupportable. Des crétins défilent, s'enchaînent, coincés entre deux plâtrées de publicités. La musique est totalement merdique et peu importe finalement, puisque nous ne l'écoutons pas. Cette station sert à faire croire qu'il y a de la vie dans les pièces où il n'y en a pas.

Je repense à Farid et à la façon dont il a recadré la jeune Fatou. En une seule et même réplique, il a réussi le tour de force d'être à la fois misogyne, raciste et grossophobe. Pourtant, il a retourné la gamine comme une crêpe. Prise en faute, elle s'est écrasée. J'ignore si c'est parce que Farid est arabe qu'il a le droit de sortir de telles horreurs. Avec lui, ça passe. Ou parce qu'il est planoisien, tout simplement. Toujours est-il que je commence à apprécier ce mode de communication. C'est clair, c'est net. Les gens de banlieue, les prolos en général, ne s'embarrassent pas de fioritures, de politesses exagérées et fausses. Ils cassent, clashent, s'emportent et redescendent aussitôt, montagnes russes de la parole. Il faut simplement accepter de se faire rembarrer, casser, chambrer, et être prêt à dégainer très vite pour rendre la pareille.

Nous avons quasiment achevé de débiter le bloc de shit de 5 kilos.

Je ne peux m'empêcher de lancer une petite pique à Myriam. Parce que ça m'a travaillé, tout de même, ces jours-ci.

— Pourquoi tu m'as pas demandé avant d'en parler à Samia ?

— Ben, et toi, tu m'as demandé avant d'en parler à ton frère ?

— Je ne lui ai rien dit. Juste demandé de blanchir du cash.

— Ah ouais. Et comme il est con, il a pas compris que tu faisais des trucs pas clairs. Je t'ai dit de venir à l'assoce pour que tu la rencontres, justement. Pour que tu voies avec qui j'ai partagé le secret. Je ne te l'ai pas dit de façon explicite, j'ai préféré être un peu plus subtile : féminine, quoi…

— Oh, ça va.

— Et tu m'as présenté ton frère, toi ? Je peux avoir confiance en lui ?

Je ne réponds pas. Réfléchis. Me dis que c'est pas plus mal si on se parle franco, Myriam et moi. Je veux en profiter pour clarifier certaines choses, rapport à l'argent. Nous sommes bien partis pour gagner chacun un peu plus de 11 000 euros par semaine, j'ai cru comprendre qu'elle versait pas mal d'argent à droite à gauche et je voudrais m'assurer que tout est réglo entre nous.

— J'voulais te demander, Myriam, pour l'argent…

— Oui ?

— Tu donnes tout à des gens ou… ?

— J'ai gardé 2 000 euros, j'ai filé 2 000 à Samia. Et on a partagé 7 000 balles entre trois familles. Gros besoins ponctuels. Et toi ?

— J't'ai dit, je me suis arrangé avec mon frangin. Son restau fait lessiveuse. Enfin, comme toi, je prends 2 000 et je file 2 000 à Simon. Il me reste 7 000 et j'aimerais participer, moi aussi. Aider des gens, quoi.

— OK. C'est super, Thibault.

— Et j'ai aussi réfléchi à…

— Tu réfléchis beaucoup, dis donc, me coupe Myriam.

— Ouais, moque-toi… On va aller jusqu'où comme ça ?

— Comment ça ?

— On est dealers, toi et moi, Myriam ? C'est ça ?

— On a un stock à écouler. Et des gens dans le besoin. À Planoise, tu le sais comme moi, ils sont des milliers.

— Tu vois ça comment ? On constitue une sorte de… pot commun ?

— Ce serait génial, oui. On se prend nos 4 000 chacun. Toi, tu partages avec ton frangin. Moi, je partage avec Samia. Avec le reste, on arrose ceux qui en ont besoin.

Calcul mental rapide. On dégage pas loin de 14 000 euros par semaine pour cette cagnotte d'un nouveau genre. Plus de 50 000 euros par mois à distribuer. De quoi remporter le prix Nobel de la générosité, s'il existait. Myriam se met à l'abri, Samia également. Je me mets un petit paquet de côté, je sauve le restaurant de Simon et nous jouons les Robin des bois. Tout cela est si cohérent que je ne trouve rien à y redire. À un peu moins de 11 heures, nous avons fini le job. Je descends et vais placer 500 grammes de came dans l'entrée de l'appartement en face du mien, notre four. Je cache les 4,5 kilos restants dans mon freezer – assez de barrettes pour la semaine. Je sors l'argent, ponctionne les 4 000 euros que je vais donner à Simon pour garnir son tiroir-caisse, et remonte donner le reste à Myriam.

— Voilà, 7 000, je lui dis. Ma participation aux bonnes œuvres.

— Super, Thibault. On fait vraiment un truc bien, là, tu sais.

— C'est vrai.

— Même si je sais très bien que si toi tu le fais, c'est pour être bien vu de Samia, parce qu'elle te plaît, hein…

— Mais non !

— Mais si. Allez, c'est pas grave, ce sera notre secret.

— Ouais, bon, allez, d'toute façon je pourrai pas te convaincre. Je vais manger dans le restau de mon frère là, ça te dit de venir ?

— C'est quel genre de restaurant, ton frère ?

— C'est le genre pas mal, je réponds.

*

J'ai vu en cours de sociologie que l'homme est un animal social doué – oui, doué – de schizophrénie. La situation, votre propre statut, jusqu'à vos habits : tout participe à votre personnalité. Des types un peu réservés ou timides dans le privé se révèlent intransigeants et durs dès lors que vous les placez à la tête d'un service. Parce qu'ils ont pour eux le poids de la fonction. Si vous évoluez dans votre milieu naturel ou dans un milieu hostile, vous serez différent. Si vous êtes dans un pays étranger, n'en parlons pas. Vous ne vous reconnaissez pas vous-même. L'animal social s'adapte, c'est aussi bête que cela. Il s'agit d'une sorte de darwinisme en temps réel.

Myriam et moi entrons dans le restaurant de Simon comme si nous étions dans un pays étranger. À la différence près que Myriam ne semble pas gênée, mais comme chez elle. Elle serait même plutôt amusée par la situation. Je passe le premier et me présente devant Simon, qui nous accueille en faisant à moitié la gueule. Je ne comprends pas. Il nous aiguille rapidement vers la petite table au coin, ma niche, nous apporte deux coupes de champagne et repart.

Myriam se concentre sur la carte. « Il n'y a pas les prix ? » Je me souviens que dans ce genre d'établissement la carte avec les prix est entre les mains de l'homme, c'est de la galanterie de base, déplacée à notre époque, peut-être. Je le dis à Myriam qui, loin de s'offusquer, me répond du tac au tac que du coup c'est moi qui invite. Grand sourire, elle lève sa coupe de champ' devant elle, je l'imite, nous trinquons, et elle en boit une grosse gorgée. Elle regarde ensuite autour de nous et remarque que la clientèle fait penser à un EHPAD. Elle boit encore une gorgée puis s'éclipse aux toilettes pour se laver les mains. À peine Myriam disparue, Simon fond sur notre table.

— Tu fais quoi, putain, Thibault ? me lance-t-il sans préambule.

— Quoi ?

— C'est qui, cette femme ?

— C'est ma voisine, pourquoi ? On est potes.

— Putain, fait Simon, visiblement très soulagé. J'ai cru que…

— Qu'on était ensemble ?

— Ben ouais. Et comme t'as plein de fric, là, je sais pas ce que tu fais, enfin tu vois, quoi…

— Alors je te rassure tout de suite : Myriam n'est pas une femme fatale qui en veut à ma fortune.

— Putain, la revoilà. Je file.

Lorsqu'elle me rejoint, je suis incapable de masquer le sourire crétin qui me dévore tout le visage. Myriam, qui me connaît pas mal dorénavant, veut savoir.

— Quoi ? elle fait, sur la défensive.

— Nan, c'est rien, c'est juste mon frère, Simon…

— Qu'est-ce qu'il a ?

— Il a cru que… t'étais une sorte de cougar avec moi, tu vois.

Myriam éclate d'un rire que je découvre et qui est ultracommunicatif. Un rire cadeau, ou un rire virus, au choix. Je me bidonne à mon tour. C'est certainement ce qui est le plus déplacé et impoli dans un restaurant gastronomique : rire fort. Et on s'en contrefout.

Nous avons passé un moment extra, Myriam et moi, sans même évoquer nos affaires en cours. Nous avons surtout parlé de Planoise, de l'association Avenir et du parcours des filles dans la cité, qui, d'après Myriam, réussissent mieux que les garçons. Ce qui ne représente toutefois pas forcément une bonne nouvelle. Si les filles sont meilleures à l'école, c'est surtout parce qu'elles sont surveillées et n'ont pas le droit de sortir aussi librement que les garçons. L'école devient l'horizon à atteindre pour quitter ce monde de cons. Myriam pense aussi que le patriarcat ancestral veut que les gamines soient élevées dans l'idée d'être dociles et bonnes à l'école. C'est comme ça. Un garçon cancre, c'est marrant ; une fille cancre, c'est déviant. Elle a raison. Je le vois au collège. Le revers de la médaille, c'est que le logiciel des filles leur sert jusqu'au bac, pour les desservir ensuite. Parce que, après le bac, c'est la vraie vie, et leur docilité les handicape par rapport aux garçons. Elles sont moins offensives lorsqu'il s'agit de décrocher des tafs et/ou des promotions.

La clientèle partie, Simon nous rejoint avec trois cafés et deux barquettes en aluminium aux rebords repliés sur un couvercle en carton. « Pour vous deux. Risotto aux truffes. Je vous ai mis aussi des noix de Saint-Jacques poêlées. » Je soulève le couvercle de l'une des barquettes, pour constater qu'elle contient assez de risotto pour nourrir une équipe de rugbymans. L'odeur de truffe monte et m'emplit les narines, le cerveau, les poumons, le cœur. Myriam, gênée, commence par dire qu'elle ne peut accepter, et Simon balaie son objection d'un revers de main. Ça lui fait plaisir. Et puis, précise-t-il, il a beaucoup de stock, c'est ça ou alors la poubelle. Ce que Myriam ne sait pas, c'est que Simon a dû, comme je le lui avais suggéré, commander des matières premières en adéquation avec ses recettes. Pas les recettes de cuisine, entendons-nous bien : les recettes de pognon. Le cash que je lui ai versé et avec lequel il a bourré son tiroir-caisse. Voyant que Simon peine à expliquer à Myriam pourquoi il achète de la bouffe qu'il doit ensuite jeter, j'interviens :

— Tu peux parler devant Myriam, Simon. Elle est au courant.

— Ah, fait Simon. C'est très simple, je dois acheter des provisions comme si mon restaurant était blindé, ce qui n'est pas le cas. Alors je fais des doggy bags. Mon congèle est plein à la maison. Celui des parents aussi. J'en refile à mes voisins. Mais j'ai dû foutre à la poubelle je ne sais pas combien de kilos de dos de cabillaud, des pièces de bœuf, des lobes de foie... Franchement, ça me fait mal au cœur.

— J'imagine, oui, répond Myriam. Pour un restaurateur, ça doit être douloureux.

— J'en filerais bien aux Restos du Cœur, mais j'imagine qu'il faut rester discret ? Et au fait, ça va durer combien de temps, Thibault ?

— Ça peut durer un peu. Mais c'est pas un problème, non ? L'essentiel est que tu fasses tourner la boutique.

— Oui, c'est sûr…

— Dites, Simon, ajoute alors Myriam, juste une question… Vous seriez capable de faire les mêmes recettes avec… de la viande halal ?

— Euh… sans doute. Pourquoi ?

15

Pas la tête

Morrade est un peu plus grand que moi. Je dirais qu'il mesure un petit mètre quatre-vingts. Les pommettes légèrement saillantes, les cheveux épais, noirs et fournis malgré la cinquantaine, les yeux noirs. Il cligne des paupières à intervalles réguliers et hoche imperceptiblement la tête dans le même temps, comme s'il recevait un coup. Des coups, il a dû en prendre un sacré paquet. Champion de France, champion d'Europe, vice-champion du monde. Le travail de Morrade a consisté, vingt ans durant, à se prendre des coups de poing dans la gueule. Et à en donner au moins autant.

Physiquement, Morrade est une masse de muscles. Il n'y a rien de gras dans son corps, à croire qu'il n'est pas fait pour ça. L'hygiène de vie et les entraînements y sont évidemment pour beaucoup. Pour parachever le tableau, il a des mains comme des blocs de pierre. Elles sont denses, elles sont fermes, elles sont en fer. Bref, Morrade est un taureau. Pourtant, il ne peut s'empêcher de sourire. Ses yeux pétillent, les deux phares d'une terre de joie, et je te cligne des yeux comme pour clignoter la vie. Son sourire est permanent et son regard espiègle lui donne des airs de gamin sur le point de faire une connerie. Il me dévisage longuement, sourit et finit par lancer :

— Je vais te dire pourquoi tu veux faire de la boxe…

— Ben, en fait, c'est surtout…

— Non, m'interromps pas. C'est pas une question. Je vais te dire pourquoi tu veux faire de la boxe. Moi, je suis doué pour ça. J'ai juste à te regarder. C'est comment ton prénom déjà ?

— Thibault.

— Voilà. Thibault. Tu veux faire de la boxe pour prendre confiance en toi. Et pour vider toute cette énergie que tu as là. Non ?

— Ouais, presque. En fait, je veux surtout apprendre à me faire casser la gueule.

La mandibule de Morrade tombe d'un cran. Je pense qu'on ne la lui avait jamais faite, celle-là. C'est toute son expertise de boxeur-psychologue qui s'effondre, d'un coup, par ma faute. Il ne réagit toujours pas. Je songe à lui dire que je déconne et qu'en effet je veux prendre confiance en moi, lorsqu'il éclate de rire.

— Aucun problème, Thibault, t'es au bon endroit. La licence, c'est 300 euros.

— Je peux payer en liquide ?

*

Voilà, c'est fait, je suis inscrit. Deux entraînements par semaine, lundi et mercredi, je commence la semaine prochaine. Pour 52 euros supplémentaires, je repars avec le kit Metal Boxe du parfait boxeur amateur : les bandes de boxe, à savoir deux rubans en tissu de deux centimètres de large et deux mètres cinquante de long, deux gants de boxe noirs, un protège-dents et une corde à sauter.

Je quitte la salle du Local Boxe Club située au fond d'une cour, rue Bersot, derrière l'école maternelle du même nom. C'est le centre-ville de Besançon, dans lequel j'ai évolué tant d'années lorsque j'étais étudiant. Je peux difficilement réprimer un malaise, disons plutôt une nausée liée au souvenir de Lisa. On n'aime pas les lieux où on a été humilié, massacré, mortifié. Je ne suis pas à l'aise dans cette rue piétonne pourtant si agréable. Cette rue est bobo à souhait. Il y a une super librairie de bandes dessinées, Mine de Rien, un peu plus haut. Il y a La Garçonnière, juste là – c'était mon salon de coiffure, avant. Il y a de nombreux bars et restaurants. On peut dire que la rue Bersot est la rue pour sortir, à Besançon. Mais j'y étouffe. Je me surprends même à vouloir rentrer au plus vite chez moi.

Dans mon quartier.

À Planoise. Où les choses s'enchaînent de façon étonnamment simple. Les choufs continuent de choufer, les charbonneurs de charbonner et Réda de rédater. Une semaine s'est écoulée depuis que Myriam et moi avons mangé dans le restaurant de Simon. Un peu plus de 5 kilos supplémentaires sont partis. Tout roule. Je n'ai jamais eu à ce point le sentiment de gérer mon existence, de savoir ce que je dois faire et pourquoi. Et, oui, ce que je dois faire dans ma vie, c'est à Planoise et nulle part ailleurs.

*

Lorsque j'arrive à l'association Avenir, le dimanche soir, j'ai la lourde déception de ne pas y voir Samia. Sans le vouloir, je me retrouve dans la peau d'un adolescent. J'enfile cette peau comme on enfile une combinaison de plongée sous-marine. Nul en mathématiques, mais carrément maître de conférences en calculs sentimentaux. Combien d'heures ai-je passées, au collège, à observer les attitudes et réactions d'une Stéphanie, d'une Hélène ou d'une Micky ? À analyser les coups d'œil, les regards, les jetés de cheveux en arrière ? Autant de promesses ou, à l'inverse, de séismes. Aujourd'hui le calculateur est de retour. Samia sait que je dois passer, mais elle ne s'est pas déplacée. Donc je ne compte pas.

Conjectures.

Agacement.

Les filles jonglent avec les cœurs. Elles sont des saltimbanques assassines, des intermittentes avec entre leurs mains le spectacle de votre avenir. Elles gloussent. Et souvent elles se ratent, les cœurs de jonglage leur échappent des mains et explosent sur le sol, à leurs pieds.

J'ai approché ma Clio en marche arrière, le plus près possible de la porte. Comme la dernière fois, le garage est ouvert, des VTT fatigués et moribonds sont sortis et Thierry tourne autour, pestant, des clés BTR de différentes tailles dans une main, une pompe à vélo dans l'autre. Est-ce qu'il dispose d'un lit de camp dans le garage ? Je commence à m'en convaincre. En tout cas, c'est un obsessionnel des biclous. Je le salue vaguement d'un geste en sortant de la Clio tandis que Myriam, qui me rejoint dehors, est déjà en train d'ouvrir le coffre. Elle me demande si ça va comme on dit bonjour au chauffeur de bus en montant, par réflexe pavlovien de citadin. N'attend même pas ma réponse et ouvre un des deux caissons isothermes que m'a confiés Simon. À l'intérieur, parfaitement empilées, des dizaines de barquettes en aluminium contenant le fameux risotto aux truffes, accompagné de filets de daurade poêlés.

— Soixante parts, je précise.

— Pas d'alcool, hein ? fait Myriam.

— Non, t'inquiète. Simon se fait livrer de la viande halal demain. La semaine prochaine, ce sera un peu plus varié : du veau, de l'agneau, du bœuf…

— J'espère que les gens en prendront. Tu sais, ils sont méfiants pour la viande…

Je suis sur le point de demander à Myriam, de la façon la plus nonchalante qui soit, si Samia doit passer, mais Thierry m'en empêche. Il se joint à nous, essuyant ses doigts sales dans son chiffon sale. Petit coup de menton en avant, qui veut dire tout à la fois « Salut », « Ça va » et « Besoin d'un coup de main ? ». Au rez-de-chaussée, un grand frigo a été vidé pour l'occasion. Thierry et moi portons les caissons isothermes devant l'appareil, que Myriam entreprend de remplir. Une fois le transvasement effectué, je remets les caissons vides dans mon coffre de voiture.

— Moi, j'y vais, fait Myriam.

« Comment ça, toi, t'y vas ? » je pense. Et, avant que j'aie le temps de percuter, Thierry me sourit pour la première fois et me lance le plus sérieusement du monde :

— Tu t'y connais un peu en bécanes ? T'as déjà réparé des vélos ?

*

C'est grâce aux frères Mehmeti et à Réda que je pratique la boxe. Ils ont introduit la terreur et la violence physique dans ma vie. M'ont humilié. À cela s'est ajouté un sentiment de totale impuissance. J'étais pétrifié, tétanisé, et ne tentais même pas de me protéger. Je me sentais si faible, si inférieur, que j'acceptais les coups sans oser les parer. Avec le recul, cela me semble loin.

Je me déteste d'avoir subi à ce point. Quitte à m'en prendre une, j'aurais pu répliquer. Je ne l'ai pas fait parce que, en restant docile, je savais que je me ferais un peu moins dérouiller. Calcul de minable. Réda me dévisage encore comme un moins-que-rien, une sorte de pédale cosmique. Dans la rue, le seul langage qui compte est corporel et se résume aux beignes qu'on peut donner et, surtout, encaisser. Sans se recroqueviller comme un enfant. Sans implorer. Et savoir répliquer. Sinon vous êtes du côté des faibles, et les faibles meurent.

Donc oui, ce sont bien les frères Mehmeti et Réda qui m'ont poussé ici.

Dans cette salle de boxe.

Nous sommes quinze, dont dix gamins d'à peine dix-huit ans. Les prénoms, on verra ça une autre fois, car là tout de suite je dois gérer ce premier échauffement qui me semblerait davantage adapté à des types des forces spéciales. En toute honnêteté, ce soir, nous ressemblons plutôt à des forces gambas. Moi, surtout. Nous avons commencé par courir durant dix longues minutes, autour de la salle, en évitant les sacs de frappe disséminés un peu partout le long des murs. Ensuite, et sans prévenir, Morrade nous a ordonné de faire des pompes. Je ne me souviens pas d'en avoir fait depuis le foot, gamin. Une série de vingt, après quoi on se remet immédiatement debout pour courir. Un peu plus tard, le même cirque, en position de gainage cette fois. Tenir une minute en étant appuyé sur les coudes et la pointe des pieds, dans une position assez proche de celle du missionnaire, mais sans la fille. Vous n'imaginez pas ce que ces soixante pauvres secondes représentent pour les abdominaux d'un type comme moi. Une sorte de tectonique des plaques.

La course, encore.

Puis des squats. J'ignorais avant aujourd'hui de quoi il s'agissait. Debout, vous vous baissez comme pour vous asseoir sur une chaise, le dos bien droit, mais sans la chaise. Une fois en position assise, dans le vide, vous remontez et vous sautez. Faites ça vingt fois, et vous aurez la tête de Valéry Giscard d'Estaing après un marathon. Ou, plus simplement, ma tête.

Pas le temps de pleurnicher, puisque nous courons à nouveau. Je me prends un sac de frappe dans la tête. Ne pas courir dans une salle de boxe tête baissée.

On s'arrête…

Position pompes…

Une série de vingt…

Course…

'ttention sacs de frappe…

Couchés sur le dos, on lève les jambes et on pédale dans le vide. Trente ou quarante fois, je sais pas, je trouve Morrade beaucoup moins pétillant que lors de notre première entrevue. Là, je lui trouve une tête de Khmer rouge. Il me fait flipper…

Course…

Gainage, encore. On tient. Morrade passe dans les rangs, surveille, engueule ceux qui flanchent et tombent à plat ventre. Je confirme : pas, mais alors vraiment pas du tout pétillant, Morrade. Assassin. Fasciste…

Ça pue des pieds au niveau du sol…

Ça pue la sueur partout…

On termine sur une petite course, le droit de boire un coup, puis on enfile les gants.

*

Risotto aux truffes, daurade, sur mon canapé, repos du guerrier ou, plus modestement, du chiffonnier. Je ne pourrais décrire autrement ma prestation tout à l'heure, lorsque j'ai enfilé les gants et me suis retrouvé face à Morgane, une gamine de dix-huit ans. J'ai d'abord pensé – idiot machiste que je suis – que j'allais devoir y aller mollo, parce que c'était une fille. J'ai très vite pensé que ce serait bien que, elle, elle y aille mollo, parce que je suis une fiotte. Morgane est sympathique, discrète, voire réservée. Elle a une petite voix douce, genre on lui fait souvent répéter car on ne l'entend pas. À côté de cela, elle a déjà fait quatre ans de boxe thaïe. Elle s'est mise à la boxe anglaise, en plus, pour se perfectionner aux poings. Pourtant, j'ai trouvé qu'ils allaient très bien, moi, ses poings. Directs contre mon torse, mon ventre et mes épaules. Je dois avouer m'être douté d'un truc lorsque Morrade est venu lui glisser à l'oreille à mon sujet : « Tu le prends aux épaules et au ventre, pas à la tête. » Et en effet, si Morgane avait aussi frappé mon visage, j'aurais été en droit d'aller porter plainte contre elle au commissariat de la lose.

Cela dit, j'ai appris les bases, pour la garde. Je suis droitier : jambe gauche en avant, droite en arrière, les pieds écartés d'une largeur de hanches. Les coudes le long des côtes, bien plaqués. Le poing arrière, le droit, protège le côté droit du visage et le poing gauche son côté gauche. On se cache derrière les gants, mais on ne doit jamais cesser de fixer son adversaire des yeux. Quand un direct part au visage, vous tournez vos gants de façon à présenter vos paumes vers votre tête. Les gants opposent ainsi une sorte de rempart. La meilleure parade, selon Morrade, demeure le jeu de jambes associé à la souplesse du bassin. L'idée est de sortir de l'axe du bras de l'adversaire. Vous fléchissez la jambe avant, dans le même temps vous tournez le bassin vers la gauche, cela suffit à décaler votre corps, qui évite le coup. Vous pouvez ensuite rentrer dans l'autre, soit d'un petit crochet du gauche, soit d'un direct du droit dans le plexus ou, coup imparable et dévastateur, d'un uppercut au menton.

Les bases.

La théorie.

Morgane est si rapide que tout ça, là, les histoires de sortir de l'axe, eh bien, c'est juste un ramassis de conneries. Vous savez quoi? La meilleure façon de se défendre face à Morgane, c'est encore d'aller à la douche et de se casser de là.

Je regarde la chaîne Histoire. J'ai terminé le risotto. Devenir dealer m'aura apporté cela, en plus de l'argent : je mange du gastronomique tous les soirs désormais. J'apprécie. Disons que je suis une sorte de pacha. Cela me fait un peu mal à mon communisme, je dois le reconnaître. Car si j'observe le tableau d'un regard un tant soit peu extérieur, je vois : risotto aux truffes sur mon canapé, tandis que dehors Réda, ses choufs et ses charbonneurs vendent notre shit. J'ai le vague sentiment d'être un salopard de capitaliste, je m'en veux, culpabilisation light, lorsque mon téléphone sonne. Le mien, perso, je veux dire. L'autre, celui qui me sert à communiquer avec Réda, est posé juste à côté. Je regarde l'écran : Martin. Le commissaire Martin. Bizarre, c'est la première fois qu'il m'appelle à cette heure. Je réponds :

— Commissaire, vous allez bien ?

— Boulot ! Dites, c'est juste pour vous prévenir… Vous êtes chez vous, là ?

— Oui.

— Bon, ben, restez-y. Sortez pas dans la cage, on va faire une descente. On va taper fort.

— OK. Mais… quand ?

— Là. Tout de suite. On est à côté.

Je coupe la communication. Une boule de lave se forme dans mon estomac. Une peur à mi-chemin entre le trac du comédien qui doit monter sur scène et la terreur du condamné qui doit monter à l'échafaud. Pas le temps pour l'introspection, je fonce à la fenêtre de la cuisine, constate que ma petite entreprise fonctionne à plein régime, là, en dessous. Réda gère la file d'attente, la cage d'escalier est bondée de clients, tout un petit monde sur le point de se faire coffrer. Action. Je cours jusqu'au salon, prends le téléphone spécial Réda et lui envoie un message que l'on peut raisonnablement qualifier de limpide : « POLICE ! »

Réda est réactif.

Dans la seconde, il se rue dans la cage et je peux l'entendre hurler : « Les keufs, les keufs ! » La clientèle se disperse en panique, les uns et les autres se marchant dessus. Remake de *Titanic*. Les choufs en scooter filent dans la rue en klaxonnant et en hurlant. Un peu tard à mon goût, puisqu'ils ont déjà les bagnoles de flics au cul. D'un coup, mon appartement est envahi par la lumière bleue des gyrophares qui entre par toutes les fenêtres. Ils se sont aussi pointés – j'ignore par où – dans le champ, à l'arrière du bâtiment. Bien joué, Martin. Fais chier, Martin. Les clients qui sortent par-devant : baisés. Les plus malins qui sortent par l'arrière : baisés aussi. Tout le monde est baisé et en bout de chaîne, à la fin, moi aussi. Myriam et moi, les deux plus grands baisés de l'immeuble, car notre outil de travail va disparaître.

J'ai le temps de me rendre à ma porte d'entrée et, par le judas, de constater les dégâts. Réda est là. Les deux charbonneurs ont filé, les mains dans les poches, tout ce qu'ils risquent est d'être ramassés avec les acheteurs. Donc, casse minime. D'autant que ces deux-là connaissent par cœur les litanies des flics en garde à vue. De toute façon, rien sur eux : rien contre eux. Réda, quant à lui, a eu la conscience professionnelle – ou la bêtise, au choix – de récupérer le shit et la recette du jour. Les flics sont quasiment en bas de l'escalier, devant les boîtes aux lettres. Il est foutu.

Mon corps réagit avant mon cerveau.

Je tourne la clé dans la serrure, ouvre ma porte en grand et appelle Réda, qui s'engouffre dans mon appart sans chercher à comprendre. Il disparaît dans ma chambre. Une vague de policiers déferle dans l'escalier et envahit le four : vide. Martin est dans le tas, casqué, armé, gilet-pare-ballé. Je suis presque déçu pour lui parce que c'est un type sympa, honnête, qui aime son boulot et tente de le faire bien. Pour le dire crûment, Martin est un flic qui a la trique et qui croit en sa mission. Sauf que ce soir il l'a dans l'os, et pas qu'un peu. Sur la horde de clients qui faisaient sagement la queue, ils vont ramasser une vingtaine de couillons, qui vont squatter le commissariat pour des clopinettes. Aucune saisie à se mettre sous la dent, ni shit ni argent.

Un peu plus tard, ça frappe à la porte. J'ouvre. Martin est face à moi, bredouille et fâché.

De façon assez naturelle, il entre chez moi. Je n'ai aucune raison de l'en empêcher, et théoriquement rien à cacher.

— Putain, ils ont tracé vite, ces bâtards, dit-il.

— Je confirme. Quand j'ai regardé par le judas, y avait déjà plus personne.

— À croire qu'ils passent à travers les murs, c'est dingue.

— Mouais, je comprends, c'est rageant.

— C'est pas grave, on reviendra. D'toute façon, on finira bien par les taper.

Sur la table basse du salon, mon second téléphone émet le bip d'un texto. Je tourne la tête machinalement, tout comme Martin. Qui constate que j'ai deux téléphones, posés l'un à côté de l'autre. Il sourit et fronce les sourcils, incrédule. Il me lance :

— Vous avez deux téléphones, vous ?

— Le boulot. Les profs, les pions… Ça frise le harcèlement. Je leur donne pas mon numéro perso.

— Ouais, je connais ça. Vous avez bien raison.

— Vous voulez un p'tit café ?

— Non, merci, c'est sympa, mais là j'ai du taf avec tous les zombies dehors. Allez : on se voit à la prochaine cellule de veille.

Je ferme la porte derrière Martin et donne un tour de clé. Coup d'œil rapide sur le portable dédié au deal : c'est un texto de Réda, qui me prévient qu'il a pu se cacher et que tout est OK. Réda n'a pas bougé de la chambre. Je vais le libérer. Assis sur le lit, tranquille, serein même, il me lance un regard, disons… inamical. Décidément, ce type est une crevure. Je viens de lui sauver la mise et il reste sur sa position agressive. Il se lève, revient dans le salon, farfouille dans son portable et lance un appel. Pas très compliqué de deviner la suite : mon téléphone de dealer sonne.

Réda sourit et coupe la communication.

Je n'ai pas le temps de me mettre en garde et, hélas pour moi, Réda n'a pas la consigne d'épargner ma tête. La dernière chose que je vois est sa putain de chevalière qui s'abat sur mon nez.

16

Swing Heil

J'adore les nazis. En se filmant en couleurs, ils ont apporté à l'Histoire, ce truc poussiéreux et mort, un côté très pop. Pour la première fois dans l'histoire de l'Histoire, nous avons accès à des documents en couleurs, et on peut dire qu'ils ont mis le paquet. Thierry Ardisson, alors grand champion de l'audimat du samedi soir seconde partie de soirée, demandait systématiquement à ses invités s'ils préféraient Hitler ou Staline. Tous tombaient dans le panneau et choisissaient Staline, après quoi l'animateur leur précisait qu'il y avait eu plus de morts dans les goulags que dans les camps de concentration et/ou d'extermination. Les invités étant soit des acteurs ou des actrices cons, soit des chanteurs ou des chanteuses cons, personne ne lui a jamais répondu que la vraie différence entre Hitler et Staline est que si le premier a créé Auschwitz, le second l'a libéré. Sauf Iggy Pop. Iggy le punk solaire a répondu qu'il préférait Hitler. Sidération sur le plateau. Rire bête d'Ardisson, pris à son propre piège. Et Iggy Pop de lancer : « Pour les fringues ! »

Voilà ce que les nazis ont apporté aux manuels d'histoire : des costumes, des décors, de la musique grandiose, des foules hystériques. Bref : du spectacle. Avant eux, les massacres étaient relatés avec des textes, des gravures pourries en 2D, même réalisme que les dessins de gamins en maternelle grande section. Les tranchées de la Première Guerre mondiale ont bien été un peu filmées, mais en noir et blanc, vitesse cheloue accélérée, et sans son ! Les nazis ont été les premiers à s'intéresser vraiment au produit. Ils ont inventé le marketing et la publicité de guerre. Avec toutes ces images bien chiadées, leur barbarie devient absolument réelle, nous la prenons en pleine face. La chaîne Histoire, avec certes son côté documentaire RMC racoleur, nous prodigue, quasiment chaque soir, les horreurs perpétrées par les nazis. Hitler, Goebbels, Himmler, Göring, véritables stars des programmes. La vérité crue, filmée pour la première fois.

Quand je dis que j'adore les nazis, comprenez les émissions, documentaires, images d'archives les concernant. Fascination de cette immersion au cœur de l'impossible, de l'impensable, du paranormal historique. Et ce même questionnement, chaque fois. Comment l'humanité contemporaine de Hitler a-t-elle pu laisser cela arriver ? Comment les hommes et les femmes de cette époque ont-ils pu participer, de près ou de loin, à ce délire intégral ? Question que je me poserais certainement à nouveau ce soir, devant ma TV, si je n'étais pas préoccupé par autre chose : le fait que je me retrouve sur mon canapé, la gueule en sang, les mains attachées dans le dos à l'aide de fil de fer. La télévision allumée, restée sur la chaîne Histoire. Réda en train de fouiller partout dans l'appartement. Et la vraie question qui me trotte dans la tête, là, tout de suite, est : « Mais où est-ce que ce con a bien pu trouver du fil de fer ? Je savais même pas que j'en avais chez moi. »

Réda est dans ma chambre, où il retourne tout et traite les tiroirs de ma commode de « fils de pute ». Étonnante, cette manie des abrutis d'insulter les objets et les meubles. À l'écran, il est question des Swing Kids allemands, pour qui la vie n'était pas hyper cool durant le IIIe Reich. En même temps, organiser sa vie et son âme autour d'une musique de Noirs, quand vous évoluez dans le Reich millénaire, n'est pas forcément le truc le plus judicieux. L'ambiance n'était pas très jazzy dans le Berlin de la fin des années 1930. La ville a certes connu, elle aussi, ses Années folles, mais le changement d'ambiance a calmé tout le monde. Pas eux. Et, tandis que la marche était lancée, ils continuaient de se rencontrer en secret pour s'échanger des disques.

Impossible de ne pas éprouver de la tendresse pour ces mecs. Lorsqu'ils se retrouvaient dans des soirées dansantes, ils levaient l'index en l'air et moulinaient deux ou trois tours. C'était leur signe de reconnaissance et d'allégeance au dieu Jazz. Ils appelaient ça le *Swing Heil*, en référence au *Sieg Heil*. Ils se foutaient donc ouvertement, quoique discrètement, des bras tendus en l'honneur du Führer. Ils ont très vite été intégrés de force dans les Jeunesses hitlériennes, ou déportés dans des camps de rééducation. La plupart sont morts. Ils n'étaient pas équipés pour vivre dans cette Allemagne. Moi, je commence à me demander si je suis équipé pour vivre dans ce Planoise.

Réda traverse à nouveau mon salon.

Il se plante devant moi mais ne juge pas utile de me redemander où est planquée la came. Il l'a déjà fait à plusieurs reprises, remplaçant les points de ses phrases par ses poings dans ma face. J'ai tenu bon, jusque-là. Il regarde autour de lui, façon Stéphane Plaza. « Putain, c'est vide chez oite. » Il lève la tête et scrute mon plafond, des fois que j'aurais eu l'idée de cacher 100 kilos de cannabis dans mon lustre IKEA.

— Tu vas parler ou je te marave ?

— Je sais pas de quoi tu parles, Réda…

— Tu sais pas de quoi je parle ? Le shit, frérot ! Le shit que tu m'envoies conge… Oh, putain !

Le visage de Réda s'illumine littéralement. Il vient de percuter. Il se rue vers ma cuisine, tandis que le documentaire sur les malheureux amateurs de jazz de l'Allemagne nazie s'achève. Sur le plateau de télévision, une émission spéciale suit. Des historiens se mettent à débattre de la période. Enfin, disons que le terme « débat » est largement exagéré. Car qui viendrait dire autre chose que son dégoût à l'encontre des nazis ? Des brutes, des fils de putes, évidemment. Un intervenant parvient toutefois à dire quelque chose que je n'avais encore jamais entendu concernant cette période : « Cela se passe toujours de la même façon dans les cas de génocides, dans les catastrophes de l'Histoire. La génération qui a vécu le traumatisme refuse d'en parler, soit parce qu'elle est détruite psychologiquement, soit parce qu'elle pense, à tort ou à raison, qu'on ne la croira pas. Avec la génération suivante – celle des enfants, donc – vient le temps de la parole universitaire. Les historiens prennent le sujet et tout sort, de façon toutefois assez confidentielle. Vient ensuite la génération du roman : les petits-enfants. Eux s'approprient le sujet dans un cadre créatif – la littérature, le cinéma, pour ne citer que les médias *mainstream*. Quant à la quatrième génération, qui en général sait peu de chose sur ce qui s'est passé parce que c'est trop lointain, savez-vous ce qu'elle fait ? Eh bien, elle recommence… un nouveau génocide. » Sale ambiance sur le plateau de télé. Les intervenants regardent le bout de leurs chaussures. Ce type vient d'énoncer une loi de l'histoire de l'humanité : passé l'émotion, les massacres reviennent toujours.

Un peu de publicité, puis un documentaire sur John Fitzgerald Kennedy et les femmes, autant dire presque un film porno. Le fil de fer, serré à la hâte autour de mes poignets, me meurtrit les chairs. J'entends Réda farfouiller dans le freezer. Il revient dans le salon, triomphant, une poignée de barrettes dans une main, mon fric dans l'autre. Il est à peu près aussi pathétique que ma situation est désespérante.

— Le reste, c'est où ? il demande.

— Quel reste ?

Coup de poing dans la tempe.

— Les Mehmeti venaient de faire entrer une grosse livraison, me prends pas pour un con.

— Et tu ferais quoi si je te le disais, hein ?

— Quoi ? Comment ça, je ferais quoi ? Les Mehmeti sont morts, ça me revient, c'est tout. Toi, t'as rien à foutre là-dedans.

— Espèce de crétin, va…

— Quoi ? T'as dit quoi ?

— Teubé. Tu vois pas que t'as la place rêvée, là ? T'es un putain de CSP+ de la came, abruti. T'as aucun stock à gérer, tu te retrouves à aucun moment avec du shit sur toi, tu risques rien, absolument rien, et tu prends 500 par jour. Et tu veux plus ?

— T'es foncedé, ou quoi ?

— Tu sais quoi, Réda ? Regarde-moi bien : je te dirai pas où est la came. Tu comprends ? Et si un jour tu la trouves et que tu la piques, je te balance aux flics, direct. T'as entendu, tout à l'heure ? Le commissaire, je le connais. Je l'appelle, je te donne, terminé. Tu vas me balancer ? Tu penses qu'ils vont croire qui, entre un petit dealer de merde et un CPE ?

— Écoute-moi, mec…

— Nan, je t'écoute pas ! T'es trop con. Tu crois que tu vas me piquer la came et que je vais rien faire ? Rien dire ? Tu veux me tuer, c'est ça ? Tu le feras pas. Alors détache-moi et casse-toi. Les mecs comme toi, y en a cinq mille à Planoise. Le stock, y en a qu'un.

Réda réfléchit, tandis que Kennedy, sur une chaise longue à Hyannis Port, beau gars pour l'éternité, déguste une citronnade en discutant avec son épouse Jackie. Puis Réda entreprend de défaire, non sans mal, le fil de fer qui entrave mes poignets. Bien qu'ayant la gueule ravagée, je savoure ma nouvelle position : je suis le patron de Réda, maintenant il le sait et mes arguments semblent faire leur chemin. Il lève le poing une dernière fois pour me frapper, mais suspend son geste. Je sais que notre relation vient de changer. Je sais que je viens sinon de prendre le dessus, du moins de me remettre au niveau. Je me suis upgradé. Et je ne peux m'empêcher de le lui faire savoir :

— C'était la dernière fois que tu me frappais. Maintenant, laisse-moi…

TROISIÈME PARTIE

Beaucoup de bavardages, à quand les actes ?

Tout le monde a un prix. L'important est de savoir de quoi il s'agit.

Pablo ESCOBAR

17

Science pipe

Je n'ai pas revu Jérôme Vanel depuis le lycée. Je savais par mon frère qu'il avait transformé sa passion pour le vélo en travail lucratif en ouvrant son magasin à Pontarlier. Seul revendeur de la région de la marque Trek, celle de Lance Armstrong, il livre ou fait livrer ses Rolls à pédales partout en Bourgogne et en Franche-Comté. Dans la masse de ses ventes, les quinze VTT payés en liquide passent inaperçus. Bien. C'est notre obsession, à Myriam et moi : que le cash passe inaperçu. Et tout est bon.

La camionnette de Pontus Cycle repart. Les quinze cartons sont appuyés les uns contre les autres sur le trottoir, comme des dominos. Myriam est ravie, Samia est contente et, sans que je me l'explique, Thierry tire la tronche. Peut-être regrette-t-il déjà les heures passées dans ce garage obscur. Médecin fou d'un centre de soins palliatifs pour vélocipèdes, il m'en veut d'être ce bienfaiteur si envahissant qui lui sucre son suprême dessein en ce bas monde : rafistoler les biclous de l'association.

Myriam et Samia sont satisfaites, pas au point cela dit de s'emmerder à ouvrir les cartons et à monter les vélos.

C'est pour les hommes. Elles, elles ont thé à la menthe là-haut. J'ai l'impression très nette qu'elles ne sont pas totalement ouvertes à l'idée d'égalité effective entre les hommes et les femmes. Pour elles, il y a des corvées qui demeureront toujours genrées, à l'instar de tout ce qui s'apparente, de près ou de loin, à de la mécanique. Dont acte. J'y vois toutefois un point positif, celui de pouvoir cuisiner Thierry en toute tranquillité.

Nous commençons par ouvrir un premier carton. Ça va. Pas grand-chose à faire. Mettre en place la selle et la roue avant, vérifier la tension des câbles de frein et la pression des pneus. Sans nous consulter, nous entreprenons de préparer chacun un vélo. Inutile de s'y mettre à deux. « Belle bécane quand même, hein ? » Je lance cette conversation avec le même entrain que si je devais disserter sur les données pluviométriques de l'année écoulée. Contre toute attente, j'ai déclenché un truc chez Thierry, puisqu'il pose au sol sa clé BTR, se lève et vient vers moi. Accroupi, j'ai vue sur ses pieds. J'ai à peine levé la tête que ses mains agrippent mon sweat et me soulèvent de terre. Il me plaque contre un mur, mon dos heurte des étagères.

— Je ne sais pas ce que tu fabriques, mais c'est pas bien net. Et je veux que tu te rentres un truc dans le crâne : je veux pas avoir d'embrouilles et je veux pas que les gamins en aient.

— Mais arrête, Thierry, putain ! Repose-moi !

— Est-ce que t'as compris ?

— Ben, pas bien, non.

— Tes vélos à 1 000 balles, là… Je sais pas d'où ça vient, mais c'est pas clair.

— C'est une subvention.

— Et mon cul, c'est une subvention ? Je veux pas savoir dans quelle combine tu trafiques, même si j'ai ma petite idée. Mais si moi, Samia, Myriam ou les gamins avons des problèmes à cause de toi, je te broie.

— En gros, tu veux pas trop savoir d'où vient l'argent ?

— En gros, ouais.

— Ben alors, demande pas trop. Et repose-moi, maintenant.

*

Une fois la préparation des vélos achevée, je retrouve Myriam chez elle. Elle a fait du café et, évidemment, des moelleux au chocolat. Je la soupçonne de vouloir me faire pousser le ventre.

Nous faisons le point. Les choses roulent, je ne saurais dire mieux. Réda ne m'a quasiment plus adressé la parole depuis le coup du fil de fer chez moi. Il fait le job. Il doit ruminer, ça… Se voir à ma place. Heureusement pour moi, son instinct lui dicte de ne rien tenter. Ce que je lui ai balancé à la figure est vrai : entre le CPE et le petit dealer de Planoise, les flics choisiront très vite. Il est coincé dans une situation malgré tout assez confortable : tout le monde ne gagne pas 3 000 euros par semaine.

Je raconte à Myriam comment Thierry m'a assaisonné tout à l'heure. Elle rit.

— C'est un bon gars, Thierry, elle dit.

— Moi aussi, putain, je suis un bon gars ! J'en ai marre que tout le monde me tabasse.

— Allez, Calimero…

C'est vrai aussi qu'on s'est un peu emballés, Myriam et moi, pour les vélos. Y en a eu pour 15 000 balles, quand même. Mais vous avez déjà essayé de dépenser 100 000 euros en liquide, vous ? Cela fait deux mois maintenant que notre petite entreprise a vu le jour. Nous avons engrangé un peu plus de 240 000 euros ; 76 000 euros de masse salariale ; 32 000 euros blanchis grâce au restaurant de Simon, autant pour Myriam et Samia. Et il nous est resté 100 000 euros sur les bras.

Nous ne sommes pas parvenus à tout distribuer. On ne va tout de même pas balancer des liasses de billets dans la rue. Qui aider ? Selon quels critères ? Quelle fréquence ? Clientélisme ? Mérite ? Assistanat ou incitation à l'entrepreneuriat ? Autant de questions qui nous ont pété la tête. On se serait cru dans une campagne présidentielle, au début. Puis, comme tout chef d'État responsable, nous avons imaginé des caisses, à l'instar des ministères. Notre première catégorie de dépenses, évidente, est l'aide aux factures. Disons que nous avons repris à notre compte les concepts de chèque énergie et de Restos du Cœur. Myriam a dressé une liste des familles les plus nécessiteuses de sa connaissance ; j'ai moi-même dressé une liste en partant des dossiers du FSE ; nous avons croisé nos données et supprimé les doublons. Nous avons ainsi identifié une vingtaine de familles réellement désargentées, à qui nous avons octroyé une aide de 800 euros mensuels. Nous avons envoyé le cash par la poste à chaque bénéficiaire. J'ai acheté des enveloppes noires, format A5, parfaitement identifiables. J'ai imprimé au boulot les noms et adresses, découpés et collés sur chaque enveloppe. Souci de ne laisser aucune trace manuscrite. Et, oui, il y a un petit côté marketing qui me plaît bien là-dedans, une sorte de design, en tout cas une signature. J'imagine l'émotion de ces gens lorsqu'ils ouvrent la boîte aux lettres, dénichent l'enveloppe noire au milieu du mille-feuille de prospectus à la con.

C'est bête à dire, mais aujourd'hui je sais que j'ai accompli quelque chose de bien dans ma vie. Avant cela, pas grand-chose. J'ai satisfait mes parents en étant un bon fils qui n'a finalement pas participé à tant de conneries que ça. J'ai donné la pièce à des SDF, plus souvent que la plupart des citadins normaux. Mais je n'avais rien fait de généreux. Je n'avais pas aidé mon prochain de façon significative, je n'avais pas influé sur une existence de merde. Aujourd'hui, oui. Je m'en réjouis. Je mets moi aussi du fric de côté, mais ma récompense est surtout narcissique, je ne suis pas dupe de moi-même : autocongratulations. Je me paie en bonne image de moi. Voilà. C'est dit. Après, il y a des gamins à Planoise qui ont mieux mangé ces deux derniers mois, qui ont peut-être eu une nouvelle paire de baskets. C'est la seule chose qui compte.

Deuxième caisse, deuxième ministère, celui de la Jeunesse et des Sports : les VTT, donc.

Nous disposons d'une réserve – dans les 40 000 euros. Myriam en a une moitié, moi l'autre, que j'ai cachée sous un pan de linoléum, sous la commode, dans ma chambre. J'ai étalé les liasses de billets sur un mètre carré. Mais nous n'allons pas thésauriser. Loin de là. Nous allons ouvrir d'autres ministères. Car une chose est certaine : si beaucoup de Français ont un problème de pouvoir d'achat, la plupart des gens d'ici ont un problème de pouvoir de survivre.

*

Étudier à Sciences Po et sucer des bites pour joindre les deux bouts n'est pas forcément antinomique. On pourrait même considérer qu'il s'agit d'une sorte de stage, tant la carrière politique, pour une jeune femme issue d'un quartier sensible, consiste à avaler des couleuvres : plus grosses elles seront, plus loin elle ira. Sans compter les cochons qui ne manqueront pas de croiser son chemin, hommes de pouvoir qui confondent fonction et séduction, affinités et fellation, drague sympa et sodomie.

S'entraîner très tôt à faire de bonnes pipes ne peut pas nuire à Maria.

C'est ainsi que Myriam me présente la chose, maniant à la perfection malice, ironie teintée de cynisme et réalisme cru. Tout en poussant l'assiette de moelleux au chocolat devant moi, elle poursuit son récit. Maria Mendes, fille aînée d'une famille de la rue de Picardie, brillante lycéenne, boursière, ambitieuse, est à Sciences Po Paris. Elle galère. Elle vit dans une pièce aveugle d'une dizaine de mètres carrés, en sous-sol, dans une cave. Dans la capitale, on appelle ça un logement. Dans la vraie vie, on dit clapier. Les murs en pierre, à l'état brut, assurent une humidité de tous les instants et font de sa garde-robe une espèce d'extension moisie d'elle-même. Un tuyau en PVC de vingt centimètres de diamètre traverse cette charmante petite cellule médiévale. C'est le tuyau qui relie tous les appartements de l'immeuble au tout-à-l'égout. Sans le savoir, à chaque fois qu'un habitant tire la chasse, il salue Maria, d'une certaine façon. Elle entend la merde des gens. Parfois, elle se demande si c'est pire ou mieux que de la sentir. Elle ne sait pas. Cela n'entraîne pas que des désagréments puisque quelqu'un, dans l'immeuble, est réglé comme du papier-cul à musique : chaque matin, à 6 h 15, 6 h 20 maxi, il se soulage et tire la chasse. Le passage dans le tuyau fait un boucan d'enfer. Pour Maria, c'est un radio-réveil. Et chaque matin, elle se fait la même réflexion amusée : encore un réveil de merde.

Maria s'est fixé quelques règles auxquelles elle ne déroge sous aucun prétexte, la première étant de ne pas tapiner à Sciences Po. Car nombreux sont ceux, dans cette bande de petits mecs, qui croiseront son chemin professionnel plus tard. Imaginez qu'elle se lance en politique et qu'un adversaire l'ait sautée, un jour, pour seulement 100 euros ? Il s'agit du tarif de base, qui comprend une fellation, un rapport protégé et l'extra-balle, le cas échéant. En ce qui concerne la sodomie, évidemment avec préservatif, il faut compter un supplément de 50 euros. Maria peut rester plus longtemps, mais chaque heure entamée est due. Maria ne reçoit pas. Le tuyau en PVC casserait l'ambiance. Maria se déplace à domicile ou à l'hôtel. Maria met un point d'honneur à ne faire que le strict minimum, à savoir assurer son quotidien. Le luxe ne l'intéresse pas ; les bons restaurants, les bijoux, rien à cirer. Les fringues, juste. Parce qu'on ne se prédestine pas à une carrière en politique sans se parer, sans entrer dans les costumes idoines. Une carrière en politique, et non pas une carrière politique. Le modèle de Maria est Neïla Latrous, essayiste et journaliste à France Info.

En attendant, c'est 100 euros de l'heure.

Myriam continue de me parler de Maria Mendes, mais je ne l'écoute plus. Une question me trotte dans la tête et m'empêche de me concentrer sur sa voix. Elle fronce les sourcils, elle le fait super bien, on dirait un front d'hippopotame vénère.

— Tu m'écoutes pas, Thibault ?

— Si… non. C'est juste, je me demandais… C'est quoi, l'extra-balle ?

— De quoi ?

— Tu as dit que c'était 100 euros de l'heure. Fellation, rapport protégé et extra-balle.

— Le cas échéant…

— Oui. Et donc ?

— C'est pour les éjaculateurs précoces. Si le type a payé une heure et qu'il vient au bout de cinq minutes, c'est…

— Gênant.

— Voilà. Ça peut. Il a donc le droit de… de remettre un petit coup, quoi. Enfin bref. Maria, c'est une bonne gamine. Je l'ai connue toute petite. Elle nous a aidés longtemps, à l'assoce. Qu'elle soit obligée de faire ça pour financer ses études, ça me dégoûte.

— Ses parents sont au courant ?

— Non, bien sûr.

— Bon. En tout cas, je suis d'accord.

— D'accord ?

— Te fous pas de moi, Myriam, c'est bon. Si tu m'en parles, c'est pas pour me faire la causette. Je suis d'accord pour qu'on l'aide.

— OK. Cool.

— T'as pensé à combien ?

— Avec 2 000 euros par mois, elle pourra se loger un peu plus décemment, et surtout arrêter les extra-balles.

— Parfait. Et donc on se lance dans les bourses pour étudiants ?

18

Le contrat antisocial

La moindre relation sociale est régie par un contrat, explicite ou tacite. Nous sommes tous maqués à un papier, à des tonnes de papiers. Des millions de notaires virtuels se baladent au-dessus de nos têtes et nous cornaquent en permanence. Mon contrat SFR. Le Coran. La Constitution. Le dictionnaire. Le cul. La règle du hors-jeu. La mode. Apple. Les règlements intérieurs. La copro. La salle de sport. L'ostéopathe. Instagram. Même l'apéritif répond à un protocole : on trinque, interdit de croiser, on se regarde dans les yeux. Quoi que vous fassiez, partout et toujours, vous obéissez à un deal que vous avez contracté, souvent sans même le savoir. Citez-moi un seul homme réputé totalement libre et je vous montrerai ses chaînes, l'obsession d'être totalement libre étant la première d'entre elles. L'amour, l'amitié, les conventions sociales.

Eh bien, dans ce fatras de contrats, une anomalie : la confiance.

Sorte de contrat sans contrat.

Car dans le business du shit, on ne signe pas d'accord-cadre.

Dans le business du shit, on n'a pas confiance. Alors quoi ? On serre les fesses. Et là je commence à bien les serrer vu que Myriam s'est mis en tête d'aider d'autres étudiants. Elle est dans sa logique, que je cautionne aussi, attention. On est presque une ONG. Pourquoi venir en aide à Maria Mendes et pas à d'autres ? Tout cela est vrai. Le souci ? Le souci est qu'on va très vite manquer d'argent. Après les bourses d'étudiants, Myriam trouvera autre chose et encore une fois elle aura raison. Je me sens dans la peau de l'assistant d'un génie créatif, à la Pablo Picasso, le type ne s'arrête jamais de peindre, de créer, il fout des toiles partout, y a plus assez de pièces dans la baraque. Voilà : Myriam est la Picasso de l'aide sociale. Et moi derrière je vais ramer. Je le sais.

Je fais la queue devant le Flash Kebab, qui est de passage à Île-de-France chaque mardi et chaque jeudi. On ne peut pas comparer Flash Kebab à un camion à pizzas, même s'il s'agit d'un concept identique. Cela revient à comparer le stade Bonal, du FC Sochaux, au Groupama Stadium, de l'Olympique lyonnais. Les pizzaïolos ambulants optent en effet pour une petite camionnette. Mais le type de Flash Kebab, non. Il a carrément aménagé un poids lourd, avec une surface que lui envieraient pas mal de cuisiniers de restaurants traditionnels. Et je peux vous dire que ça brille. C'est propre. La viande est extra, la salade verte est fraîche, on sent presque la rosée matinale. La sauce samouraï est maison et les frites succulentes.

C'est mon tour.

Je commande un menu et deux Coca.

Le patron s'active, me fait la danse du couteau contre le fusil à aiguiser, puis découpe de magnifiques lamelles de veau dans le bloc. Il farcit le pain fait maison de salade et de crudités, sans jamais les toucher avec les mains. J'apprécie énormément. Il ajoute la viande, la sauce, emballe, tandis que son épouse remplit la barquette de frites et l'entoure de papier aluminium.

Le patron me tend le sachet, que j'empoigne. Ça fait 12,50 euros. Je tends ma CB.

— Vous venez souvent, vous ? ajoute-t-il en me tendant le terminal pour taper mon code.

— Euh, oui, je fais. C'est toujours excellent…

— Et on ne vous a jamais fait une petite carte de fidélité ?

— Ah non.

D'autorité, il dégaine une carte sur laquelle il appose un coup de tampon, avant de me la tendre. Je peux y lire que Flash Kebab est le champion de la propreté en cuisine et de la qualité de la viande. Au dos, dix cases attendent les dix coups de tampon qui me vaudront un menu kebab offert. Le tampon représente un bloc de viande à kebab, mais l'encreur doit être un peu vieux, car le dessin n'est pas entier. Et si on regarde vite, je vous le dis, ce n'est pas du tout à un bloc de viande que cela ressemble. On dirait une putain de feuille de cannabis.

C'est la troisième fois que Myriam me demande de baisser d'un ton. Il est 22 heures passées, ses garçons dorment. Je tâche donc de parler moins fort tout en dévorant mon kebab sur la table de sa cuisine. J'insiste :

— Mais regarde ! Tu vois pas ?

Je pousse la carte de fidélité sur la table. Elle dit :

— Oui, bon, OK, on dirait une feuille de cannabis, c'est marrant.

Myriam ne partage visiblement pas mon enthousiasme. Je termine mon kebab, vide mon second Coca d'une traite. Elle me fait couler un café, je reprends :

— Myriam… Vu comme c'est parti, avec les aides qu'on refile, les bourses aux étudiants, on n'a pas assez de 50 000 par mois.

— Admettons.

— On doit vendre plus.

— Admettons. Et en faisant une carte de fidélité, on va vendre plus ?

— Non. Notre four tourne à son maximum. Mon idée, c'est un autre point de vente. Un truc un peu plus classe, tu vois. La carte de fidélité, c'est pour ça. Pour dix barrettes achetées, on offre 1 ou 2 grammes. On fidélise. On crée du lien.

— Tu délires, mon petit Thibault, dit Myriam en posant un expresso devant moi.

— Mais non. On vise une autre clientèle, dans le centre-ville. Il y a vingt mille étudiants à Besançon. Rien qu'à la fac de lettres, il y a des milliers de fumeurs. Ils vont se fournir un peu partout, à Planoise, mais aussi à Montrapon, aux Clairs-Soleils… L'idée, c'est qu'ils ne viennent plus que chez nous.

— Qu'ils viennent ?

— Qu'on les livre. En scooter. On peut s'appeler Flash Shit.

— T'es sérieux ?

— Ou Shit Flash, je sais pas.

— Tu as remarqué que sur un scooter, en général, il y a un type qui conduit ?

— C'est de ça qu'on doit parler. J'ai pensé à quelqu'un.

— T'es un mec de droite, en fait, m'annonce alors Myriam, me prenant totalement au dépourvu.

— Quoi ?

— T'as un logiciel d'entrepreneur, tu t'en rends compte ? Tu penses marketing, relation client, publicité…

— J'ai envie que ça marche, c'est tout.

*

Il sonne à ma porte, il est 19 heures.

C'est l'horaire dont nous avons convenu aujourd'hui même, à midi, à la cantine des profs. Après avoir terminé son assiette, il a pris le pot d'eau, l'a levé au-dessus de mon verre, m'interrogeant du regard. J'ai opiné, il m'a servi, puis a empli son verre. Soupir. Silence face à ce que je venais de lui dire.

— Honnêtement, monsieur Morel, ça se fait déjà. À Paris, dans les grandes villes, les dealers se déplacent. J'ai même entendu dire que des livreurs Deliveroo ou Uber Eats proposaient ça en… supplément.

— Ah ! Vous voyez.

— Je n'ai jamais dit que c'était une mauvaise idée. D'un point de vue strictement commercial, c'est de la vente, livraison à domicile. Service haut de gamme. Mais vous savez ce dont a besoin tout bon vendeur ?

— Je vous écoute.

— Un bon produit. Le plus malin des baratineurs, s'il n'a rien à vendre, il ne va pas aller bien loin.

— Et si je vous disais que j'ai peut-être le produit, vous diriez quoi ?

— Je dirais qu'il faut arrêter de parler de ça à la cantine du collège.

— OK. Qu'est-ce que vous diriez de passer à la maison prendre l'apéritif? Ce soir, 19 heures ?

Je le sais sérieux, ferme sans être autoritaire, ambitieux mais sans folie des grandeurs. Demeure la question de la confiance. La confiance est un poisson qui a besoin de flotte pour évoluer : mise à l'épreuve aqueuse. La confiance se constate a posteriori. Sa magie réside entièrement dans cette particularité : pour l'obtenir, eh bien, il faut justement l'obtenir.

Aucune assurance.

Bien obligé de se lancer.

Je pose un bol de noix de cajou sur le touret de chantier, au salon. J'ai ouvert une bouteille de bon crémant, un de Bourgogne – Simon m'en a refilé trois cartons. Je sers les coupes, nous trinquons mollement, round d'observation, et c'est Farid qui balance la purée :

— Alors comme ça, le shit congelé, c'était vous…

— Voilà.

— Vous avez trouvé le stock des Mehmeti…

— Voilà.

— Vous avez relancé Réda et ses potes. Il sait même pas qu'il bosse pour vous.

— Maintenant, si. Il m'a percé à jour.

— Ça, c'est pas bon. Je l'aime bien, je le connais depuis toujours, Réda, mais je vous le dis, monsieur Morel : zéro confiance.

— Je sais. Je fais attention.

— OK. Bon, et donc on fait quoi là ? Vous êtes en train de me proposer quelque chose ou on boit juste un verre ?

— Déjà, on peut peut-être se tutoyer. On a presque le même âge.

— OK.

— Je te fournis la marchandise. Gratuitement. Tu vends. Tu gardes un pourcentage. Je pensais à 15 %.

— Monte à 20 %, il répond, sans discussion possible.

— Va pour 20 %, je lâche dans un soupir, comme si j'étais contrarié.

— Ça va, t'as dit 15 % pour que je monte à 20 %, et c'est ce que t'avais prévu : 20 %.

— Oui, bon. C'est vrai.

— Il me faut un deux-roues. Un scoot. Un truc classe mais passe-partout. Genre un TMAX. Avec un top case.

— OK.

— Pour la logistique ?

— Tu auras un jeu de clés du four, là, en face. Tu viendras la nuit, le dimanche soir par exemple. La came sera dans le couloir, par terre. Tu la prends, tu laisses l'argent, moins ta part.

— Je démissionne du collège ?

— C'est pas une bonne idée. Tes parents vont te demander ce que tu fabriques. Pis il te faut des revenus officiels.

— Pas faux. Mais tu me mets à mi-temps. Faut que je tourne la journée.

— D'accord.

— Il me faut 5 000 euros. Pour le TMAX. Et pour les quantités, tu pensais à quoi ?

— À 5 kilos. Tu veux pas prendre le temps de réfléchir ?

— J'avais déjà réfléchi avant de sonner chez toi.

19

Catastrophe

Myriam et Samia sont en train de se foutre de moi et je sais très bien pourquoi. C'est pour les autocollants que je fais faire par l'imprimeur de Lons-le-Saunier, celui avec qui travaille mon frère pour éditer, entre autres, les menus de son restaurant. Pourtant, c'est efficace. Du reste, elles en conviennent. Une dizaine de femmes font encore la queue devant les tables que nous avons installées au rez-de-chaussée d'Avenir. Myriam sort les barquettes en aluminium du réfrigérateur, Samia colle sur le couvercle un autocollant Halabel, le tour est joué.

Halabel. La contraction de halal et de label. Simple. Efficace. Au croisement des normes européennes et de la débrouillardise du Maghreb. Lorsque nous avons commencé la distribution il y a deux mois, de nombreuses familles sont demeurées sceptiques. Dès qu'il y avait de la viande au menu, ça discutait, ça tergiversait. Il fallait tout le baratin de Myriam et de Samia réunies pour leur faire admettre que jamais on ne leur ferait manger des plats haram. Sujet sensible à Planoise. Pas se mentir. On est pointilleux. On est titilleux. Une Française convertie, porteuse du hidjab et de gants, a une fois déclenché une passe d'armes sémantique hallucinante en expliquant à Myriam que haram n'était pas fatalement l'inverse de halal. Myriam avait rétorqué : « Et donc là, tu fais quoi ? Tu le prends, le filet mignon de veau sauce aux morilles, ou tu vas acheter des nuggets reconstitués au Norma ? » Ce jour-là je m'étais dit qu'il fallait trouver un truc afin de ne pas répéter ce genre de scène. D'autant que Simon a effectivement déniché un fournisseur de viande halal et qu'il joint un duplicata des factures à toutes les livraisons. J'ai donc eu l'idée de l'autocollant. Le temps a fait foi et la répétition a fait loi. Bref, le marketing a joué.

Voilà la source de moquerie. Ma passion soudaine pour le marketing.

Elles savent toutes deux que je suis d'obédience socialo-communiste et elles s'amusent à m'appeler Manu, rapport à Emmanuel Macron : jeune, entreprenant, énergique et de droite. Une sorte de Bernard Tapie des temps modernes. Je pars des problèmes concrets pour arriver aux solutions, au lieu de partir des dogmes. C'est ce qui me vaut, en gros, les vannes. Il y a eu la realpolitik, je fais du realplanoise, en quelque sorte.

Cela dit, ce qui me handicape le plus sérieusement pour me défendre de leurs railleries, c'est ma dernière acquisition… Dimanche dernier, je suis allé remettre son enveloppe à Simon, à Dole, comme chaque dimanche. Je me suis fait mon petit plaisir : manger seul à cette table qui est désormais ma table. J'ai pris un pavé chateaubriand accompagné de pommes de terre et d'une sauce béarnaise, le tout arrosé d'un verre de châteauneuf-du-pape. Un sabayon en dessert. Un expresso, un amaretto. L'addition. Oui, enfin non : pas d'addition pour moi. Au moment de partir, Simon avait un sourire qui lui fendait toute la gueule. Une euphorie, une excitation qui le dépassait. Un vrai gamin. Je lui ai dit : « Bon allez, vas-y, balance, qu'est-ce que t'as ? » Simon a sorti un minuscule paquet cadeau de sa poche de veste. La taille d'une carte de crédit, un ou deux centimètres d'épaisseur. La forme, le poids, absolument aucune idée de ce que cela pouvait être.

J'ai fait des manières, j'étais gêné. On a beau essayer d'être un peu moderne, y a toujours ce truc qui traîne entre deux mecs. Un cadeau, c'est une déclaration, c'est des sentiments. Bref, c'est pour les nanas. J'ai ouvert le paquet et vu une carte de voiture aux armes de Renault. J'ai souri bêtement. On est sortis sur le parking, Simon m'a dit d'appuyer sur le bouton.

J'ai appuyé.

Les clignotants d'un Renault Espace noir, dernier modèle, se sont activés. Une voiture incroyable, des sièges en cuir, un tableau de bord digne d'une navette de la NASA. Deux liserés lumineux rouges qui courent juste sous le toit, un de chaque côté. Une fois installé au volant, ce sentiment de sérénité d'avoir atteint un objectif, d'être tranquille. Tout ça dans un bête habitacle de véhicule. Ma vieille Renault Clio me convenait. Rien à redire. Bagnole increvable, économique, et qui ne suscite l'intérêt d'aucun voleur. La Renault Clio est au bling-bling ce que le survêtement est à la mode. Mais là, c'est vraiment autre chose.

— Je l'ai prise en leasing sur le restaurant, m'a annoncé Simon. On l'arrête quand tu veux.

— J'ai pas besoin d'une bagnole aussi grande, Simon. T'es taré.

— Ben, tu transportes la bouffe tous les week-ends. Faut un grand coffre.

— Oui. C'est sûr.

— Essaie-la une semaine, au moins…

Il m'a fallu à peine cinq minutes de conduite pour me rendre à l'évidence : ma Clio était une veille caisse pourrie que je ne voudrais plus jamais conduire. Et donc, quand Myriam et Samia me charrient sur le mode chef d'entreprise, je ne sais pas quoi leur répondre. Je fais la seule chose à ma portée : sourire.

*

Myriam est une sacrée maline. Je ne le découvre pas aujourd'hui. Elle me le confirme en tout cas, me faisant profiter de sa roublardise. La file d'attente s'est tarie, la distribution s'achève et je m'apprête à rentrer chez moi lorsque ma bienfaitrice me flanque dans les mains un carton contenant cinq portions de nourriture dans les mains.

— Tiens, elle fait, rends-toi utile un peu.

À la fois bourrue et maternelle. Elle prend ensuite le rouleau d'autocollants et entreprend d'apposer un Halabel sur chaque barquette. Je la regarde faire. Je souris. Je lui dis :

— Et alors, mes autocollants ? C'était pas une bonne idée ?

— Oui, ben, fais pas trop le malin, toi…

— OK. Mais bon. Je dis ça, je dis rien.

— Oui, c'était une super idée. Voilà, t'es content ?

— Je suis content.

— Bon allez, fait Myriam une fois les cinq autocollants fixés. Tu peux aider Samia à apporter ça chez Mme Zeghmati ?

Myriam me fait un sourire, toutes dents dehors. Chacun sait, dans ce garage, que Samia n'a absolument pas besoin de moi pour cette mission. Si Myriam demandait la même chose à Thierry, Samia les enverrait bouler tous les deux. Non, Samia n'a besoin de personne pour aller chez les Zeghmati poser un carton de repas. Pourtant, elle ne se rebelle pas. Feu intérieur. Thierry, presque gêné par la situation, va retrouver ses VTT neufs. Privé de bricolage, j'ignore ce qu'il fait avec eux. Il doit leur parler. Myriam remonte à l'étage de l'association, et Samia et moi nous retrouvons comme deux adolescents que les bandes de potes respectives ont réunis. Délicieux piège.

— On y va ? fait Samia.

Je la suis.

Nous empruntons le passage ouvert sous l'immeuble de la rue de Bourgogne pour déboucher sur le rond-point de la tour Miramas. Lorsque nous arrivons devant la cage 1 de la rue de Dijon, nous avons échangé deux ou trois banalités. Et puis c'est l'accueil sécurité, si je puis dire. Je commence à connaître l'histoire. Ici, c'est un four, et un gros. J'ai repéré les choufs. Au moins cinq. En bas de la cage, leur Réda à eux, un grand Black d'une vingtaine d'années au physique de champion de MMA. Un flot ininterrompu de clients qui se présentent, montrent patte blanche, avant d'accéder à la cage où des dizaines de types rouillent, assis, avachis sous les rangées de boîtes aux lettres.

Samia double les acheteurs. Coupe-file. Elle ignore le connard qui filtre et elle pousse la porte de l'immeuble. Je la suis, nous passons sans que personne nous dise rien, à vrai dire sans que personne semble même nous voir. Il y a ici deux mondes parallèles et je sais, moi, très bien comment est fait l'autre monde : le four. La concurrence. L'antre des frères Traoré.

Nous prenons l'ascenseur, Samia appuie sur le 6. Les portes se referment lentement. Elle désigne une trappe d'un mètre carré au fond de la cabine et dit :

— Quand j'étais petite, ça me faisait peur. Une copine m'a expliqué que c'était pour les cercueils…

— Comment ça, les cercueils ?

— Ben… on ouvre, on glisse le cercueil. Y a un espace derrière. C'est prévu pour. Sinon t'imagines, le type qui meurt au onzième, tu le descends comment ?

— Ah ouais, les mecs ont pensé à tout.

Je suis surtout content de cette diversion qui nous occupe une bonne trentaine de secondes et atténue l'effet gêne d'ascenseur. Une fois arrivés au sixième, nous nous retrouvons dans un couloir qui court sur notre droite et notre gauche. La lumière du soleil l'inonde grâce à de grandes baies vitrées. Je suis Samia, qui part à droite. Au bout du couloir elle vire à gauche, se retrouve dans la cage d'escalier, plongée, elle, dans la pénombre. Les appliques au mur sont mortes. Une autre, l'étage en dessous, clignote mollement. Ambiance. Mme Zeghmati ouvre sa porte d'à peine cinq centimètres.

On ne distingue qu'une tranche de visage. Son voile achève de l'encadrer, pour ainsi dire. Elle sourit à la vue de Samia, mais ne libère pas pour autant la barre de sécurité. C'est moi, elle ne me connaît pas et elle évolue dans un univers où les nouvelles têtes peuvent représenter un danger. Samia ne s'y trompe pas et m'introduit sans tarder d'un « Vous n'avez pas encore rencontré Thibault ? Il est conseiller d'éducation à Voltaire. Et il est bénévole à Avenir… ». Mme Zeghmati referme sa porte, rabat la barre de sécurité et ouvre en grand. Nous pénétrons dans un appartement au mobilier plus que modeste, mélange hétéroclite de vieilleries des années 1980, 1990 et même 2000, bonnes affaires chinées, j'imagine, tant à Emmaüs que sur Leboncoin. Les volets sont fermés, en plein jour. Il fait nuit à 16 heures. C'est à cause des balles. L'année passée, rue de Cologne, derrière le gymnase du collège Diderot, à la suite d'un règlement de comptes sur le parking, une mère a retrouvé une balle de kalachnikov fichée dans le mur de la chambre de son bébé, au deuxième étage. Ça l'a marquée, Mme Zeghmati. Elle a évidemment pensé à ses cinq enfants, dont le plus âgé a treize ans, le plus petit dix-huit mois. Depuis, elle vit barricadée et, triste à dire, elle a bien raison. Ici, c'est *Germinal*. Non, pire, puisqu'il n'y a plus d'homme. Son mari est sous le coup d'une procédure d'éloignement parce qu'il la cognait.

Je pose le carton sur la table de la cuisine et nous ne nous attardons pas, car même si Mme Zeghmati ne le dit pas, elle n'aime pas trop qu'on traîne chez elle. Elle nous remercie pour les repas et commence à les placer dans son réfrigérateur.

Dans l'ascenseur, je lance la conversation :

— C'est sombre, chez elle…

— C'est carrément glauque, oui. Elle a pas l'air comme ça, mais elle tient ses bonshommes. Elle a cinq garçons, et ils filent droit.

— C'est bien.

— On voit souvent Hakim, son grand. Il n'a pas vraiment besoin de soutien scolaire, il est bon en classe. Il aime bien venir à l'assoce, je crois.

— C'est cool.

— Tu fais un truc samedi soir ? me demande Samia après un silence.

— Euh… non.

— Ça te dit, un concert ?

— Pourquoi pas.

— Y a un groupe que j'aime bien, ils passent à la Rodia. J'aimerais bien les voir, mais ça me soûle d'y aller toute seule. Un concert toute seule, franchement…

— OK. C'est quoi, le groupe ?

— Ça s'appelle Catastrophe.

*

Ils n'auraient pas pu mieux s'appeler. Catastrophe.

Nous avons passé un début de soirée génial à la Rodia. La salle de concert porte ce nom parce qu'elle a été dressée, voilà une petite dizaine d'années, sur le site de l'usine Rhodiacéta, leader français de la production de nylon jusqu'à sa fermeture dans les années 1980. Le nylon, pour les collants et les bas.

Au bord du Doubs, la salle est accolée à la colline boisée de Bregille et face à la citadelle, perchée sur les hauteurs du centre-ville. C'est simple : partout où le regard se pose, il y a du vert. On se croirait plongé dans un milk-shake à la chlorophylle. À l'instar de tout bon Bisontin qui se respecte, nous avons commencé la soirée par une pinte, sur la terrasse supérieure. J'ai trouvé

Samia resplendissante. Peut-être de la voir en dehors de Planoise, dans un cadre, disons, privé, perso, civil quoi. Elle avait attaché ses longs cheveux noirs et frisés et les avait ramassés en un chignon à l'allure savamment négligée. Impossible de dire si elle s'était arrangé la tignasse vite fait dans le rétroviseur de la voiture ou si elle y avait consacré de longues minutes devant le miroir de sa salle de bains. Peu importe. Le résultat, juste. À tomber. Ses yeux noirs et aussi pétillants que deux bulles de champagne illuminaient son visage. Un petit sourire par là-dessus, accompagné d'un « Quoi ? Pourquoi tu me regardes comme ça ? », et ça vous balance un gars comme moi dans une tornade d'hormones acidulées.

Catastrophe.

La musique était extra. De la pop française à texte, étonnant croisement entre Yves Simon et ABBA, ou quand Guillaume Apollinaire rencontre Mikaël Tariverdiev. Une grande rouquine aux allures de muse, aussi à l'aise dans les poésies susurrées au micro que dans des pas de danse tout patate, capable de balancer ses longues jambes n'importe où, par-dessus sa tête, dans son dos. Cette fille était totalement, absolument sur scène, par la voix, par le corps, à se demander de temps en temps si elle n'avait pas la tête dans les projecteurs, tout là-haut. Les musiciens, des gars à peu près aussi cintrés que la demoiselle. Et un bordel avec ça, un super bordel organisé façon fractales. Le bassiste qui se met à chanter, le pianiste qui légifère, le batteur qui cause, un moustachu qui n'arrête pas de chanter et de danser lui aussi, danser avec les morts, danser avec les statues et les pigeons dessus, danser avec des visages sur des châteaux de cartes imaginaires. Des fous, avec un message unique : tout pourrait être autrement.

Catastrophe.

Soirée divine, voilà. Samia quasiment pendue à mon bras. Le groupe a achevé sa performance avec une reprise de « Laissons entrer le soleil », de la comédie musicale *Hair*, ce qui a flanqué un putain de sourire sur toutes les bouches. Une armée de lèvres et du soleil, voilà ce que c'était, ce concert. Samia et moi avons décidé de prolonger la soirée dans un bar branché de la rue Bersot. Deuxième pinte, déjà. Nous refaisons le concert, passons en revue toute la bande, la chanteuse, le clavier, l'autre chanteur. Un moment, une aventure partagée, c'est le début d'une relation. On ne sait pas où on va, évidemment que non, mais on y va. Le doute est la plus tentante des promesses. Me trouve-t-elle drôle ? Estime-t-elle que nous avançons dans le même sens de vie ? Est-elle en train de me balancer des milliards de phéromones au visage, lanceuse de couteaux aux yeux bandés, général Alcazar du love ? On verra bien.

Catastrophe.

Le côté cœur s'impose, au détour d'une gorgée de bière. Samia lance, négligemment, qu'elle est au courant pour mon ex. Je sens alors, physiquement, mon sourire couler le long de mon menton, puis le long de mon cou. J'imagine que j'ai pris dix ans en une seconde. Comment ça, au courant pour mon ex ? La seule personne à qui j'ai raconté cette histoire, récemment, est Myriam. Myriam la poukave céleste. Me voilà donc humilié, ce qui n'est pas très grave. Non, ce qui est grave, c'est que la soirée et la relation prennent une tournure que je n'avais pas anticipée. Une tournure catastrophe.

Mes épaules s'affaissent.
Je bois une nouvelle gorgée de bière.
— Ç'a été le pire moment de ma vie.
— À ce point-là ?
— Oui. Je sais pas si tu imagines la scène, mais t'arrives chez toi et tu trouves ta fiancée sur la table de la cuisine… Je te fais pas de dessin.
— Comment ça ? demande Samia, les sourcils arqués.
— Ben, mon ex, la cuisine…
— Je sais pas de quoi tu parles, Thibault, là.
— Tu viens de me dire que tu étais au courant pour mon ex.
— Oui. Qu'elle t'a quitté. Qu'elle vit à Bruxelles.
Je produis un des silences les plus longs et gênants de toute l'histoire de l'humanité. Samia plante son regard dans le mien. Un regard… comment dire… amusé. Oui, voilà. Amusé. Je sais à cet instant que je ne vais pas la raccompagner chez elle. Je ne vais pas l'embrasser sur le canapé de son salon. Je ne vais pas finir englouti par les draps de son lit. Au lieu de tout cela, je vais devoir lui raconter. Ça ne manque pas.
— Bon alors, Thibault, il s'est passé quoi, sur cette table de cuisine ?
— Euh…
— Allez, ça va bien se passer. Raconte, t'en as trop dit…
— Elle était en train de baiser avec un de ses profs des Beaux-Arts.
— Naaaaan ! Chez vous ?
— Chez nous. Debout, par-derrière. Un vrai film de boule.
— Mais non. C'est pas po… Tu me fais marcher ?

— J'ai l'air ?

Samia éclate de rire. Incapable de se calmer, elle en pleure, elle en renifle, et plus je fais, moi, la gueule, plus elle se bidonne. Son rire est communicatif, d'abord aux quelques tables voisines, avant de me gagner, moi aussi. Je tente un « T'es vraiment trop conne, hein ! » faussement outré, et puis je cède. Je viens de passer du statut de prétendant à celui de pote. Alors je l'achève :

— Tu sais ce qu'il a dit, au moment où j'entrais ?

— Qui ça ? Le prof ?

— Ouais. Il lui a dit : « Dans ta chatte, c'est chez moi. » Ils m'avaient pas vu.

Je perds définitivement Samia. Son fou rire redouble, elle s'étouffe carrément et plus aucune conversation sérieuse n'est dès lors envisageable. Plus aucune conversation du tout, d'ailleurs. Catastrophe.

20
Jab

La jambe arrière, c'est la droite puisque je suis droitier. Le poids du corps sur la jambe arrière, talon levé, pied dynamique. Les coudes contre les flancs. Les poings contre la mâchoire. Pour un bon jab, il suffit de déplier le coude du bras avant : le gauche, dans mon cas. Verrouiller le poing en touchant la cible : petit quart de tour du poignet. Revenir. La jambe arrière pousse en avant : jab. La jambe avant rejette tout de suite le poids du corps en arrière. Le jab est une intrusion dans le camp adverse, suivie d'un repli immédiat.

Maintenir l'adversaire à distance.

L'agacer.

Faire diversion, avant de rentrer dedans d'un puissant direct du droit.

Aujourd'hui mon adversaire est… conseiller Pôle emploi ! Pierre est frêle. Il porte un large short imitation soie, stylé boxe thaïe, d'où sortent ses guibolles de fillette de douze ans. Ses cuisses, des filets mignons. Ses genoux cagneux, des poires. Ses mollets, enfin, des yaourts nature. Bonjour le menu. Pierre est sérieux dans sa pratique. Il souffle super fort à travers le protège-dents pendant l'effort, comme un type qui voudrait cracher la bouche fermée. Ça lui fait une grimace plutôt agressive qui contraste avec son physique de brin de muguet. Pierre ne peut s'empêcher d'envoyer des droites dans tous les sacs de frappe qu'il croise, et dans une salle de boxe il y en a autant que des arbres au parc Micaud. Même quand Morrade donne les consignes et que nous en profitons tous pour souffler ou boire de l'eau, Pierre, lui, bastonne ces pauvres sacs. Ils doivent le détester.

Pierre souffle, peste, harcèle les sacs. Il a le regard dur des types qui attendent dans le couloir de la mort. Il est en permanence en train d'esquiver les coups d'un adversaire fictif, un *ghost* qui, à force, a dû devenir son meilleur pote. Il ne marche jamais, il sautille. Il ne se déplace pas, il chaloupe. Il a ce tic aussi, un peu à la Nicolas Sarkozy, de relever ses épaules à intervalles réguliers.

Morrade m'a collé sur le ring avec lui. Protège-dents et casque, attention, on y va.

Je bouge beaucoup. Je tourne autour de Pierre. Morrade nous a appris à ne jamais lâcher notre adversaire des yeux. Voir les coups partir. Les yeux de Pierre sont comme les braises d'un barbecue. J'ai l'impression qu'il veut me détruire et moi je n'arrive pas à m'enlever de la tête qu'il est conseiller Pôle emploi dans la vraie vie. Il doit porter des chemises dans lesquelles il flotte. Il doit bien connaître la photocopieuse et être ceinture noire cinquième dan de bourrage papier. A-t-il une plante verte sur son bureau qu'il arrose, qu'il taille à l'aide de petits ciseaux pour les ongles ? Je lui balance deux jabs d'affilée. Il se les mange dans le front. À la pause-café il doit en raconter sur sa pratique de la boxe !

Les jours d'œil au beurre noir, c'est sûrement la grande gloriole. Pierre doit tellement bien jouer le martyr.

Il me balance une série de droites à l'épaule. Stérile. J'ai envie de lui expliquer que cela ne sert à rien, une épaule ne peut pas tomber dans les pommes. Je laisse faire. Il se fatigue. Il se débat. Il danse. Je me mange encore quelques jabs sur le casque et réalise que la plus grande faiblesse de Pierre, eh bien, c'est… sa faiblesse. Il est faible. Il n'a pas de force. Ses coups ne portent pas. C'est con. Pourtant il s'obstine et cogne encore, les épaules surtout.

J'entends le décompte des dix dernières secondes sur le téléphone portable de Morrade. Il a une appli. Des rounds de deux minutes, entrecoupés d'une minute de récupération. Pierre a légèrement baissé la garde. Il fatigue.

Deux jabs rapprochés et rapides.

J'avance de tout mon poids. Je fais tourner mon bassin en envoyant ma droite. Je le chope au menton. Il crache entre ses dents. Je lui ai fait mal. Il est sidéré. Je viens de venger tous les chômeurs du monde.

*

Lorsque j'ai annoncé à Myriam que je songeais à Farid comme deuxième détaillant, elle a validé sans hésiter. « Celui-là, il a oublié d'être bête. Il pédale vite dans sa tête. » Nous ne doutons pas non plus de sa loyauté. L'accord que nous lui avons proposé est parfait pour lui. Il n'investit pas un euro. Il prend certes le risque de rouler en scooter avec du shit dans son top case. Risque toutefois assez minime, puisque Farid a une bonne gueule et que ses goûts vestimentaires sont plus proches de ceux d'un étudiant en droit que de ceux d'une racaille.

C'est un deal en or, pour lui comme pour nous.

Le problème que Myriam et moi rencontrons est que ça marche tellement fort que nous allons devoir cesser notre activité d'ici peu. Farid a acheté son scooter TMAX avec top case. Farid s'est mis à mi-temps au collège. Farid a commencé de tourner dans le milieu estudiantin du centre-ville. Et Farid a tout défoncé. Il a passé ses 5 kilos de haschisch en une petite semaine, s'octroyant même un jour off. C'est bien : pour l'argent, ça, on ne va pas se plaindre. Farid a gagné en une semaine quasiment six mois de salaire. De notre côté, nous avons engrangé. Et redonné.

Grâce à nous, Rosine, la voisine du deuxième, a pu bénéficier de cette greffe de gencive que son dentiste voulait lui faire depuis des années. Nous avons raqué les 4 000 et quelques que sa mutuelle (de merde) ne prenait pas en charge. De nouveaux étudiants se sont ajoutés à notre liste des largesses. De nouvelles familles ont intégré le clan des enveloppes noires. Concrètement ? Nous avons écoulé un peu moins de 40 kilos en deux mois et c'est dorénavant 10 kilos par semaine qui partent, entre le four et Farid. Les 60 kilos qui nous restent seront donc vendus, en toute logique, d'ici à six semaines. Nous allons stopper l'activité. Reprendre nos vies. Nous pourrons nous vanter d'avoir expérimenté le communisme en vrai. D'avoir rempli le réfrigérateur de beaucoup de familles, dont celle de Réda. D'avoir payé pas mal de loyers. D'avoir bourré les caisses d'ENGIE. D'avoir rempli des Caddie. D'avoir évité des dizaines de pipes à Maria Mendes. Et, enfin, d'avoir filé à Farid le petit pactole grâce auquel il va pouvoir monter sa boîte, à n'en pas douter.

Il n'y a pas de bilan plus positif.

Nous sommes véritablement des dealers d'utilité publique.

Ce qui me chagrine ? Ce qui, pour être tout à fait précis, m'effraie ? Que cela s'arrête. Je sais déjà que mon poste de CPE va perdre de sa saveur. En réalité, je sais déjà que ce travail ne pourra plus m'intéresser. Rapport à l'adrénaline. Comme si je passais de l'ecstasy au Doliprane. Et le Doliprane, c'est pour les vieux. J'ai retourné le problème dans tous les sens, ces jours derniers. L'un des premiers éléments à prendre en considération est que je n'ai pas vocation à devenir dealer. Force est de constater que je ne m'en sors pourtant pas si mal, associé à Myriam. À titre personnel, je remarque un supplément d'âme en moi. Quasiment investi d'une mission, je me surprends à aimer ce que je fais. À aimer le stress. Enfin, il y a le résultat. Tous ces gens que nous aidons. D'une certaine façon, Myriam et moi pallions une absence, une impuissance de l'État français. J'aime à nous considérer comme une ONG qui a mis en place des couloirs humanitaires dans les couloirs des HLM.

C'est ce dernier point qui m'a aidé à trancher définitivement.

Car j'ai tranché définitivement. Cela ne peut pas, cela ne doit pas s'arrêter.

21
Les Lip

Je suis, à n'en pas douter, le premier dealer de France qui assiste aux cellules de veille de son quartier. En relation directe avec le commissaire Martin, qui me délivre gracieusement les informations vitales pour mon activité. Aujourd'hui, il nous a appris que ce qui le préoccupait le plus, c'était les zombies. Car nous y sommes : le crack est bel et bien à Planoise. Comme au métro Stalingrad, à Paris. Gestion de clientèle problématique, voire impossible. Des types et des filles, les yeux cataracte, capables de se déféquer dessus, debout. Et agressifs, tellement agressifs. On est très loin de la drogue festive. Une horde de ces crevards a élu domicile dans le secteur de la place Cassin. Ils sortent de terre, errent, fument des cailloux puis retournent sous terre, on ne sait où. On dirait qu'ils s'entraînent à être inhumés un jour.

Très bon à savoir, en tout cas : le commissaire a d'autres chats à fouetter. Même s'il a relevé que le four de la rue du Piémont tournait à nouveau à plein régime, il n'a pas laissé supposer qu'une grosse opération de police serait montée dans les semaines à venir. Je passe, nous passons sous les radars, jusqu'à nouvel ordre.

Martin me propose de me déposer à Planoise, il a justement une réunion au commissariat de Cassin. J'accepte. Je m'en amuse. Un jour je vais le payer, j'en ai conscience. Le jour où je tombe, le commissaire Martin voudra me faire payer notre relation, notre quasi-intimité. Il sera vexé d'avoir été à ce point berné par un CPE, un vulgaire petit gars du Jura, de surcroît. En attendant, j'en profite. Martin roule en Audi. Je me demande si c'est la sienne ou si, comme on le voit dans des séries comme *Braquo*, les policiers ont droit à des berlines allemandes survitaminées. Pas mal, Audi. Je compare, mentalement, les tableau et ordinateur de bord à ceux de mon Renault Espace. Je préfère ma caisse. Je lancerais volontiers le sujet, mais Martin voudrait savoir comment un CPE peut se payer un véhicule de plus de 50 000 euros. Et puis j'ai des questions beaucoup plus intéressées et pertinentes à lui poser. J'attaque en douceur :

— Mais ça rapporte autant que ça, la drogue, commissaire ?

— Vous plaisantez ? C'est le business au rendement le plus élevé de France.

— Ouais, peut-être… Je sais pas. Je n'ai pas d'idée des prix d'achat et de vente, alors…

— Il y a plusieurs niveaux : producteurs, grossistes, détaillants. Les plus gros dealers essaient de tenir tous ces postes en même temps. On est en plein dans de l'économie verticale. Sinon les tarifs, c'est simple : si vous pouvez vous fournir directement dans une ferme au Maroc, vous touchez le kilo entre 500 et 1 000 euros. Mais attention, c'est des gros volumes. Je vous parle de 500 kilos.

— Ah ouais…
— La difficulté, c'est le transport. De plus en plus, les producteurs marocains achètent des terres dans le sud de l'Espagne. Et ils se livrent sur leurs terres, avec des bateaux de course.
— OK. On peut acheter en Espagne, alors ?
— Voilà. Il y a des négociants intermédiaires. En Espagne, vous touchez le kilo entre 1 500 et 2 000 euros. Ces négociants revendent la marchandise à des grossistes, ici, en France. Là, le kilo passe à 3 000 euros. Eux reconditionnent et vendent le kilo aux petits dealers, on est sur du 4 000 euros.
— Et après c'est la vente au détail.
— Ouais. Le gramme est à 6,50 euros. Donc le petit dealer en bout de chaîne se fait 2 500 sur 1 kilo. S'il est pas trop con, ça peut chiffrer. Enfin, tout ça pour dire que ça rapporte énormément, c'est certain.

*

La condition humaine est si fragile que nous passons la moitié de notre temps à nous sustenter, à nous reposer, et l'autre moitié à chercher les moyens de nous sustenter, nous reposer. Dieu nous a ratés. Nous sommes des vivants dégradés. Faibles. Et les actions à accomplir afin de rester en vie sont chiantes. Voilà : la vie est globalement aussi ennuyeuse qu'un film d'Éric Rohmer. Et nous avançons, supportant tout, nous accrochant aux rares pépites que l'existence nous cède parfois. Un événement marquant, un film qui nous a bouleversés, le refrain d'une chanson un peu con. Notre best of. Je parle de liens invisibles et métaphysiques, méta-humains, méta-intimes : des liens *métâme*. Kennedy président des États-Unis. Le sourire d'Audrey Tautou. Les chaussettes de Michel Platini. La partie de tennis dans *Un éléphant, ça trompe énormément*. Une chute de reins sous une robe à pois. Le suicide de Pierre Bérégovoy. Le service à la cuillère de Michael Chang. Les jambes des femmes corses. Les fusils de chasse de leurs époux. Les chansons de Thomas Fersen. Le crash du Rio-Paris. Le 4 à 3 contre l'Argentine. Le rire d'Antoine de Caunes. Yves Mourousi assis sur la table. Les films de Cédric Klapisch. Jean Yanne. La Williams-Renault d'Ayrton Senna. Les faux époux Turenge. Les livres de Frédéric Beigbeder. Eltsine et Clinton qui se bidonnent. Le nuage de Tchernobyl. La main de Maradona.

Pour papa, c'est le France-Allemagne de 1982. Lorsqu'il a appris que Charles Corver, l'arbitre de la rencontre, était enfin décédé, il n'a pas versé de larmes. Dans son panthéon intime, il l'avait placé en sandwich entre Charles Pasqua et Guy Georges au top 3 des fils de putes.

Pour maman, c'est les Lip. Les Lip la réconcilient avec tout ce que la vie peut lui avoir apporté de merdique. Le monde est un taudis. Le monde est un enfer. Les puissants écrasent les petits et ne cesseront jamais de le faire, qu'importent les rébellions, les Bastille, les printemps arabes. À la fin, tout recommence, toujours. Mais il y a eu les Lip. C'est arrivé. En 1973, l'entreprise Lip, en faillite, ferme ses portes. La boîte bisontine, spécialisée dans les montres, est bouffée par la concurrence asiatique qui déferle sur le monde. Ils sont les premiers à fabriquer des montres à quartz françaises ? Rien à foutre. Ils ont créé le modèle Himalaya, qu'affectionnait le général de Gaulle au point que cette montre a été rebaptisée la CDG par les connaisseurs ? Rien à foutre. Ils s'apprêtaient à licencier, à dégager quatre cent quatre-vingts employés. Eh bien, ces employés ont dit : « Nous aussi, rien... à... foutre ! » Les salariés de l'entreprise Lip ne se sont pas laissé faire. Ils ont décidé d'occuper l'usine et de cacher le stock de vingt-cinq mille montres. Et rapidement, ignorant les décisions des administrateurs et du repreneur liquidateur suisse – une filiale d'un groupe qui deviendra plus tard le groupe Swatch –, ceux que l'on va désormais appeler les Lip ont relancé leur activité. Autogestion. Ils ont placé une banderole sur le fronton de l'usine, dans le quartier de Palente : « On fabrique, on vend, on se paie. » Certains économistes et historiens considèrent que les Lip représentent le basculement entre deux époques, deux philosophies. Avant eux, le cœur d'une entreprise était son produit. Après, il est devenu la finance. Le règne des bâtards.

Autogestion. Prise de pouvoir. Botter le cul des administrateurs, qui sont à l'entreprise ce que le type des pompes funèbres est à la mort. Virer ces chiens, ces parasites, et prendre les choses en main. Bref : devenir tous patrons. Voilà ce qui fait vibrer ma daronne. Des petits, des salariés, des moins-que-rien ont été capables de le faire. Et à Besançon en plus.

Est-ce que vous me voyez venir ?

En tout cas moi, je sais où je vais...

*

— Non mais moi, juste, tout ça, j'en ai rien à branler.

Farid me sidère. Son égoïsme. Son harkitude. Je viens de lui exposer mon projet. Le moyen que j'ai trouvé pour poursuivre l'aventure, continuer d'aider des dizaines de familles et d'étudiants à survivre, surnager, sur-exister. Et il n'en a rien à branler. Cela pourrait s'appeler Lip Shit. Ou Cannabi Lip. Que sais-je… ? Un crowdfunding du haschisch. Récupérer l'argent du moindre Codevi qui traîne, aller gratter dans les tirelires des enfants, les billets de 5 euros, les pièces de 2, tout. Combien de cash dort dans les appartements des Planoisiens ? Combien de fric mort ? Parce que le liquide n'est finalement que du papier imprimé.

— Comment ça, t'en as rien à branler ? je lui fais.

— Ce que tu fous avec Myriam, d'aider toute la terre, de refiler de l'argent. Je m'en branle complet. C'est pas avec ça que tu vas me faire plonger avec vous.

— Ah bon. Ben, je…

— Mais investir, ça, d'accord. J'ai un peu de blé, grâce à toi d'ailleurs. Je peux mettre 10 000.

— Je comprends pas, Farid.

— Je te dis juste : tu me joues du violon, genre on va continuer le deal pour aider les gens, mais je m'en fous d'aider les gens. Tu crois que les gens ils m'aident, moi ? Zéro pitié, je suis pas assistante sociale. Par contre, si je mets 10 000, le kilo à 4 000 à l'achat et à 6 500 à la revente, ça fait 2 500 euros de bénéfice par kilo vendu…

— Euh, oui, mais attends… Il faut qu'on prenne au passage pour la cagnotte. Sinon ça n'a aucun intérêt.

— Combien ?

— La moitié des gains. Le kilo dégage 2 500 euros de bénéfice, comme tu dis. Et il y a 1 250 euros pour la cagnotte. Pour les gens de Planoise.

— Ça reste intéressant. Et on garde notre arrangement initial ? Je continue de dealer ?

— Euh, oui, oui. Bien sûr.

— OK. Donc voilà : les gens je m'en branle, mais tu peux considérer que je mets 10 000. Maintenant on a juste un problème, je sais, c'est un détail… On doit trouver un dealer qui nous vende… Combien, t'as dit ?

— Il nous faut 50 kilos, je réponds. Par mois. Les détaillants en France vendent le kilo à 4 000 et du coup…

— Non mais ça je sais, m'interrompt Farid. Tu l'as déjà dit. Je te demande : qui ? À qui tu vas acheter 50 kilos de shit, toi, Thibault Morel, CPE du collège Voltaire ?

22

Mot compte triple

Ibrahim B., alias le Joe, est le plus pur produit de ce que Planoise pouvait proposer dans les années 1980, années de son adolescence. Il allait au Pim's Club en pantalon à pinces, mocassins italiens à glands, parfum Lacoste main très lourde. Petit roulement des épaules sur « Ma quale idea » de Pino D'Angiò. Un sourire à enfler tous les videurs de la planète et, au mieux, un billet de 50 francs en poche. Dieu du terrain de foot derrière la rue de Dijon, champion du dancefloor, à cette époque où les Arabes n'étaient pas ce qu'ils sont aujourd'hui. Ils étaient encore vaguement attachants, peu pris au sérieux cela va de soi, mais relativement inoffensifs. On ne les craignait pas comme maintenant. Ils déambulaient dans la cité, rois nus, dans leurs plus beaux atours : Adidas ZX 600 et survêtement Challenger.

Les études ? Lycée professionnel des Graviers-Blancs, qui a vu défiler les plus beaux spécimens de glandus duveteux sans illusions de la ville. Les compétences ? Les appétences ? Faut remplir la filière plombier-chauffagiste. Et ensuite, c'est la vie. Les lois de la République, bien sûr. Joe n'a jamais eu de velléités de braquages, il n'a jamais trouvé judicieux de passer du temps en prison. Il a toutefois toujours suivi une législation propre au quartier, une sorte de charia laïque : l'intérêt supérieur de l'arrangement. Rester sous les radars, quoi qu'il arrive. Et c'est tout juste si l'on peut parler de larcins.

Le CAP ? Il y a l'épreuve de soudure, entre autres. Vous devez souder toute une série de tuyaux. Lorsque vous avez terminé, l'examinateur ouvre une vanne, l'eau passe dans votre œuvre et il constate les fuites. Pour s'assurer une bonne note, Joe a soudé une pastille de métal à l'intérieur du robinet : l'eau n'a jamais coulé, il n'y a eu aucune fuite. Tout Joe, tout Planoise tiennent dans cette histoire. Si tu viens m'emmerder pour me noter avec ta tête de con, je souris, je te baise, je te soude une pastille dans le cerveau qui empêchera l'oxygène de passer, tu ne vas rien comprendre, petit professeur. T'es pas équipé.

Joe a tenu un bar à la fin des années 1990 et avait pris le fils d'un cousin pour servir des bières le soir et balayer-récurer le matin. Le gamin n'a jamais eu à se plaindre mais ne comprenait pas pourquoi il était toujours payé en pièces de 10 francs. Joe avait obtenu d'un pote un double de la clé du billard qui trônait dans son rade. Voilà, les pièces de 10 francs. Joe vidait le réceptacle des pièces régulièrement et le type chargé de relever l'argent du billard devenait fou : des hordes de rebeus passaient leurs journées à se défier au 8 Pool et il n'avait jamais de thune à récupérer. Voici ce que Joe aurait pu lui dire : « Si tu crois que l'argent dépensé dans mon bar te revient, tu te goures, mec, j'ai le double de la clé de ton cerveau. Toi non plus, t'es pas équipé. »

Je ne détaille même pas sa période dealer. Juste, des dizaines de petits bourges ont dû moyennement apprécier de payer au prix du shit des barrettes de terre glaise collectée dans le bac à sable de la rue d'Artois, compactée et emballée dans de l'alu. Où est le délit, hein ? Y a pas. Y a jamais de délit dans ces eaux-là, faut seulement connaître la brasse coulée. Une fois encore, personne n'est équipé pour évoluer dans ce Planoise s'il n'y est pas né, s'il n'a pas baigné dedans.

Bref. L'existence de Joe est remplie de ces anecdotes.

Plombier-chauffagiste. Imaginez les milliers de chantiers au black.

Aujourd'hui ? Joe a le dos brisé mais il a fait sa vie et tenu sa place. Il a construit sa maison sur la colline à la sortie de Planoise, juste avant Châteaufarine. Il a mis pas mal d'argent de côté. Et je suis là pour tenter de lui en prendre un peu.

J'ai convenu avec Myriam de mentir à nos investisseurs, autant pour nous protéger que pour les protéger, eux. Lorsqu'on ne sait rien, on ne peut rien dire. Elle était d'accord. Peu enthousiaste, mais d'accord. J'ai ainsi inventé une histoire assez plausible de placement financier, via le FSE. Je peux placer de l'argent qui travaille et rapporte, avec un taux de rendement d'un peu plus de 1,31 %. J'illustre mon propos :

— Je vous donne un exemple. Si vous investissez 4 000 euros, vous touchez 5 250. Sans rien faire. Et tous les mois. Si bien que sur une année, vous…

— Quinze mille, fait Joe.

— Voilà. Ça vous fait gagner 15 000 euros par an.

Joe plante son regard dans le mien comme un pic à glace. Est-ce que tous les Arabes ont une calculatrice dans le crâne ? Oh oui. Je tourne la tête vers Myriam, qui me sourit machinalement. Joe demeure silencieux. Il se penche pour attraper un gâteau sur la table basse, puis se laisse retomber sur son canapé. J'ignorais totalement qu'il existait des canapés de trente-deux places. J'aurai au moins appris quelque chose aujourd'hui et ma journée n'aura pas été totalement vaine. En revanche, pour ce qui est de mettre des billes, j'ai la nette impression que Joe ne va pas nous suivre. Ça me rappelle le coup de la viande halal. Je dois trouver une astuce, un truc comme mes autocollants Halabel, pour l'argent. Pour les prochains que nous allons solliciter, Myriam et moi. Parce que là c'est mort, c'est évident. Joe résume d'ailleurs sa pensée :

— Tu m'as l'air sympa, Thibault. Et pis t'es avec Myriam, donc tu as toute ma confiance…

— Mais ?

— Mais ton histoire d'investissement, c'est pas clair. Tu sais quelle impression ça donne ? Que tu veux mon argent en me faisant croire que c'est intéressant pour moi.

— Mais ça l'est ! Le taux de ren…

— C'est bon, le taux, je sais : 1,31 %. Je te dis juste l'impression que ça donne. Que t'essaies de me niquer. Tu dois comprendre qu'un gars comme toi ne pourra jamais niquer un Arabe comme moi. Tu vois ? Est-ce que moi, je viens te défier au Scrabble ? Non…

— *Hlass*, intervient alors Myriam dans un profond soupir. Y a pas de compte à la banque, Joe : on veut acheter du shit, 50 kilos. Il nous faut 200 000 euros.

— Ben putain pourquoi il le dit pas, ce *hmar* ? Je peux mettre 50 000.

*

La colonne d'ascenseur est l'œsophage de ce corps malade qu'est la cage 1 de la rue de Dijon. La cabine monte paisiblement les étages et fend les strates de familles, de foyers. Je représente un corps étranger. Une anomalie, un caillou dans la Nike Air. D'autant que je ne suis pas, mais alors pas du tout convaincu du bien-fondé de la démarche. Au moment de sonner chez Mme Zeghmati, je me sens même dans la peau d'un colon de l'Algérie française. Pour le dire de façon tout à fait précise, ça me défrise. Samia n'a pas la même lecture, évidemment, puisque c'est elle qui y a pensé.

Un café et deux, trois gâteaux plus tard, nous prenons congé, plus riches de 1 000 euros. C'est l'investissement de Mme Zeghmati. Petit tour chez les Munoz, au huitième. Est-ce qu'un chauffeur routier et son épouse peuvent mettre de l'argent de côté ? Eh ben oui : 3 000 euros. Les Martin, au dixième : 1 000 balles. Les Khodja : 1 200. Corigliano : 600. Bedjou : 1 900. Les Cherradi. Les Sakip. Les Simon. Samia et moi avons essoré les dix étages et récolté 23 000 euros.

Myriam a elle aussi effectué quelques visites de courtoisie. À nous trois, nous avons écumé toutes les rues de Planoise. Myriam a préparé du café. C'est bien que ce soit la semaine de son ex-mari, pour les enfants. Sinon, comment leur expliquerait-elle la présence de cette montagne de fric sur la table de son salon ? C'est impressionnant. Cet argent, c'est la vie, c'est le black et les économies de dizaines de familles qui se débrouillent, qui s'arrangent. Ce tas de pognon est à l'image de leur place et de leur rôle dans notre société : ils ne travaillent pas, ils dorment. Tandis que les vrais Français investissent le champ social, eux thésaurisent. Ils se thésaurisent eux-mêmes, d'une certaine façon. Ils stagnent et, donc, reculent.

Terminé.

Cet argent est leur sueur et il prend l'air, enfin. Il est investi. Argent sale ? Une odeur quelconque ? Comme me le faisait remarquer Myriam, le premier soir : « Vous sentez quelque chose, vous ? » Non, je ne sens absolument rien. Nous allons donc zapper l'étape de la lessiveuse. En revanche, nous n'allons pas échapper au repassage. Moi, en réalité. Avant que je puisse me plaindre ou argumenter, je me retrouve devant la planche à repasser de Myriam, sa centrale vapeur plein pot, et vas-y que je lisse et aplanis chaque billet. Je défroisse, je rends vie, je banque-de-francise. J'ai commencé par les coupures de 5 euros, puis les 10, les 20 et les 50. Il y a des billets de 100 euros, beaucoup moins, et aucun montant supérieur. Petites gens, petites affaires, petites coupures.

Alors que je prépare des piles, j'écoute la douce musique susurrée par Myriam. C'est minimaliste. On dirait du Philip Glass. Elle ânonne presque, débitant les montants, noms de famille, adresses. « Lombilla… 1 500… 3, rue de Dijon. Verdaux… 900… 10, rue d'Artois. Socié… 600… 8, avenue de Bourgogne. Ferreira… 500… 1, rue de Champagne. Mink… 1 800… 11, rue de Franche-Comté… » Myriam, lunettes de vue sur le bout du nez, entre scrupuleusement chaque montant dans un tableau Excel. Elle est comptable : Excel est son meilleur pote. Elle entre des formules dans certaines cellules. Elle sort des graphiques à camembert et à colonnes. Elle fait péter des tableaux croisés dynamiques. Pour chaque ligne, chaque famille, elle fait apparaître le gain escompté et le gain généré pour la caisse commune. Je repense à cette scène dans *La Liste de Schindler*, lorsque Itzhak Stern montre à Oskar Schindler la liste de tous les Juifs qu'il a sauvés. Il a cette réplique : « Partout autour de cette liste, c'est le mal. » Il y a un peu de ça, avec notre tableau Excel.

Je repasse.

Je lisse.

Je fais des piles.

J'en ai mal au bout des doigts à force de manipuler tout cet argent.

Puis je compte. Nous avons bien travaillé, puisque le montant que je trouve est le même que celui qui s'affiche dans la cellule « Total » du tableau de Myriam. Je n'en reviens pas. Il faut dire que les protagonistes de notre petite affaire ont tous mis la main à la poche. Samia a mis 12 000 ; Myriam 10 000 ; Farid 10 000 également ; Réda s'est fendu de 25 000. Le Joe, 50 000. Il y avait aussi les 40 000 de la caisse commune qui dormaient sous le linoléum de ma chambre.

Et le sang et la sueur de tant de Planoisiens.

Il est 21 heures passées.

Les piles sont alignées sur la table du salon.

Dans les 400 000 euros et des brouettes. Nous pouvons acheter 100 kilos, qui dégageront un chiffre d'affaires de 650 000 euros en un peu plus de deux mois. Les 400 000 de départ, les 124 000 de masse salariale, il restera 126 000. La part des gens : la part de la cagnotte. Putain, le vertige.

Myriam s'affale sur son canapé, fatiguée et tellement satisfaite. Samia l'imite tandis que je reste en admiration devant les piles de flouze : 400 000… c'est presque une vie de smicard. Là, sagement empilés. Couleurs criardes des billets qui tranchent sur la toile cirée beige. Myriam me demande :

— Dis donc, Escobar, il te resterait pas un peu de crémant, qu'on fête ça ?

23
Chabrot

Mon grand-père faisait chabrot. Quand il lui restait un fond de soupe, il y ajoutait un verre de vin rouge, mélangeait avec sa cuillère pour diluer le bouillon puis buvait à même l'assiette. Et ça vous fait de grands « sluhhhh », aussi dégueulasses que dans la chanson de Jacques Brel. Un truc finalement assez chelou, une astuce d'alcoolique, un énième prétexte pour s'en envoyer un derrière la cravate. Mon grand-père est mort depuis longtemps mais chaque fois que je croise Claude, l'un de nos agents de service, je pense à lui. Car Claude picole. Je le soupçonne de congeler du pastis pur dans son bac à glaçons pour ensuite les suçoter et remettre totalement en question la fameuse sentence : « Celui-là, il doit pas sucer que de la glace. »

Claude est un dinosaure rescapé d'un temps révolu. Quand les pots de départ au collège étaient synonymes de beuverie. J'ai entendu dire qu'à une époque lui et d'autres avaient mis en place un système de bar clandestin en salle des professeurs. On imagine cela aujourd'hui ? Pour 1 euro, vous aviez droit à un pastis aussi épais qu'un yaourt à la grecque. Peut-être avaient-ils raison.

Un léger taux d'alcool dans le sang est certainement la meilleure solution pour supporter le boulot d'enseignant à Planoise. Claude répondrait que oui, en tout cas. Je ne crois pas l'avoir jamais vu à jeun. Claude déplace avec lui un petit nuage anisé, une aura, une fragrance. Les roulées qu'il fume sans discontinuer achèvent de donner à son haleine la puissance d'un chiotte de camping deux étoiles. Autre effet sur Claude : un sourire permanent. Il aurait pu faire politicien ou présentateur de jeu télévisé, ces deux métiers ne nécessitant finalement qu'une même compétence : raconter des conneries en souriant.

Claude est mort la nuit dernière. Son prochain *featuring* avec l'alcool sera sa mise en bière. Je le connaissais juste assez pour ne pas être indifférent, trop peu pour être triste. Et puis les alcooliques ne sont jamais pris au sérieux, pas même sur le plan affectif. Désinhibés, toujours coincés entre une extase et une euphorie, ce qu'ils disent, pensent et ressentent est systématiquement sujet à caution. Comment prendre au sérieux un type qui à la plonge du self, après le repas de Noël, s'enfile en douce les verres de vin que les enseignants n'ont pas terminés ? Car Claude, c'était ça : banquier de la cuite, il prélevait des agios de schlouk. Lorsque je l'avais vu faire ça, je m'étais dit qu'il se faisait chabrot à lui-même.

Claude vivait seul. Évidemment. L'alcool est une passion qui ostracise.

Claude est mort seul, devant sa TV. Je le sais parce que je suis chargé d'un premier état des lieux de l'appartement. J'ignore de quand date l'arrangement, j'en ignore la teneur, mais il bénéficiait d'un logement de fonction, ici, au collège. C'est la première fois que j'entre dans le bâtiment à un étage au fond de la cour de récréation. Vivent ici Sophie, l'intendante amatrice de tofu, et Claude, tous deux au rez-de-chaussée. À l'étage, deux autres logements : l'un pour le principal, l'autre pour son adjoint, qu'ils ont choisi de ne pas occuper.

Entrer chez un mort ressemble à un viol, ou un braquage, enfin les deux à la fois. Je ne m'attarde pas dans la chambre, je relève juste qu'il y a très peu de meubles. Un lit, bien sûr, et une armoire de type normande, peut-être de valeur, aucune idée. Sur une commode en Formica moche, un petit écran TV. Fenêtre sur le monde. La cuisine n'affiche pas beaucoup plus d'opulence mais est étonnamment bien tenue. Claude devait être maniaque sur la propreté. Le salon, maintenant : la scène de crime. Les deux assassins sont trop bien connus de tous les enquêteurs : la solitude et la misère sociale. Je remarque qu'il reste un verre de vin plein, sur la table basse. Le dernier. Ainsi Claude, d'une certaine façon, même mort, en a gardé un petit dernier pour la déroute. Santé, l'ami.

Claude n'avait pas de famille. Enfin, personne dans sa famille n'a envie de s'emmerder à venir vider l'appartement. Il laisse des guenilles. Des meubles au design déchetterie. Des fringues dessinées par un styliste de la maison Emmaüs. Une collection de CD aux jaquettes fendues : Johnny Hallyday, Florent Pagny, quelques singles d'Ophélie Winter.

Il va falloir débarrasser le logement de fonction. M. Renard, le principal, a voulu me voir et c'est pour ça. Disons qu'il a un projet pour moi. Il m'est toujours compliqué, voire impossible, de lui refuser quelque chose. Il est super réglo et a pour habitude de prendre la défense du bureau de la vie scolaire contre la salle des professeurs lorsque, de temps en temps, nous nous fritons. Bientôt à la retraite, il a un franc-parler qui me rappelle le politiquement-pas-correct-du-tout des paysans du Jura. Ferme avec les gamins, la plupart du temps juste, il considère que toutes les personnes qui émargent à l'Inspection académique bénéficient de facto d'un emploi fictif. M. Renard est aussi très taquin. Petit et râblé. Un œil de verre, la faute d'un grave accident de vélo, dit la légende. C'est peut-être vrai. Je ne lui demanderai jamais. En tout cas l'œil qui reste est vigoureux et dégage de la malice pour deux.

— J'ai pensé que vous pourriez vous occuper de ça, Thibault, me dit-il. Vous prenez un ou deux surveillants, le Trafic du collège. Un petit tour à la déchetterie…

— Ben c'est pas trop le rôle des surveillants quand même, monsieur Renard…

— Je sais. Le bâtiment appartient au département. Sinon Claude avait l'accord du rectorat pour occuper l'appartement. Vous croyez que quelqu'un, dans l'une de ces deux magnifiques institutions, est capable de lever son derrière d'une chaise ? Non : ils sont collés.

— Oui, je m'en doute, mais…

— Vous leur filez une demi-journée en échange, on s'arrange. C'est entendu ?

— Oui.

— Vous avez tout le temps, personne ne reprend le logement derrière.

— Déjà, pas aujourd'hui.

— Mais… vous pouvez vous en occuper dans trois mois, encore une fois : aucune urgence. Sacré Claude, il nous aura tout fait…

— C'est sûr.

— C'est marrant, je l'imaginais pas du tout homosexuel.

— Comment ça ?

— Un homme qui écoute Florent Pagny et Ophélie Winter, quand même !

À peine sorti du bureau de M. Renard, je fonce en commission menus retrouver Sophie et ses lubies alimentaires. Je l'observe sans l'écouter et me demande quel est son rôle dans la vie. Enfin je veux dire : sur terre. Elle tourne en rond autour de son point fixe, son obsession : les animaux. Sophie est venue au monde pour sauver des bébés steaks tartares. Elle est si militante qu'elle en devient asexuée. Célibataire, en tout cas. Un mec ? Elle ne saurait pas quoi en faire. Comme si vous refiliez une planche à repasser à un surfeur. Le sexe masculin ? Elle considère certainement la verge des hommes comme une excroissance héritée de leurs lointains ancêtres et que le darwinisme leur a laissée par pure coquetterie évolutionniste.

Sophie tient le crachoir depuis cinq bonnes minutes. C'est long. Elle est fâchée. Les deux collégiens qui participent à la commission la regardent sans savoir comment se tenir. Ils sont hallucinés. C'est ça alors, un adulte ? Ils doivent se dire qu'ils n'y arriveront jamais ou, plus vraisemblablement, qu'ils n'ont pas du tout envie de devenir ça. Sophie a la même utilité dans la société que le cochon d'Inde dans la chaîne alimentaire. Elle m'énerve parce qu'elle n'a pas dit un mot sur la mort de Claude, son voisin de palier. Ces deux-là auraient pu s'entendre. Deux solitudes. Deux âmes égarées. Autant essayer d'enfoncer un cube dans un trou rond.

Je suis de mauvaise humeur, aujourd'hui. Sophie dispose d'un radar à connards, on dirait, puisqu'elle évite soigneusement tout conflit avec moi. Tiens, elle est peut-être un peu plus subtile que ce que je croyais. Ça ne me la rend pas plus sympathique, elle est soûlante, exigeante, militante, et moi j'ai rendez-vous ce soir avec des fous furieux pour négocier un deal de 100 kilos de cannabis. C'est pour ça, mon humeur.

Nous avons convenu d'un terrain neutre et public.

Au camion Flash Kebab, sur le parking du centre commercial d'Île-de-France, à 21 heures.

Et pour être tout à fait honnête, l'hypothèse d'un piège n'est pas totalement exclue. J'envisage en effet avec le plus grand sérieux la possibilité de me faire descendre à la kalachnikov. Donc les histoires de graines et de racines de Sophie, bon…

*

Les frères Traoré ont peu d'écart et se ressemblent tellement qu'on pourrait les prendre pour des jumeaux. Les frères Pogba du shit. Beaux gars, si l'on apprécie l'espèce gangsta. Déguisés en eux-mêmes, survêtement Lacoste, Nike à 200 euros et sacoche Dior, dans laquelle ils rangent leurs petites affaires. C'est leur sac à main, qui leur donne presque une attitude de gonzesses. Je vais bien me garder de le leur dire.

Je me présente devant le camion Flash, commande un menu kebab, deux Coca, et un coup de tampon sur ma carte de fidélité plus tard, je retrouve les frères Traoré sous la coursive du centre commercial, côté rue du Luxembourg. Driss et Laye ont eux aussi pris à manger.

Ils sont assis sur un muret qui supporte depuis 1975 tous les petits culs de cailleras de Planoise. Je m'installe sur un bac à fleurs, enfin un bac à terre plutôt, face à eux. Ils sont en hauteur et me toisent. En silence, ils s'appliquent à manger leur kebab, m'ignorant superbement. Ils imitent à la perfection la mastication des ruminants. Leurs paupières s'abaissent légèrement lorsqu'ils déglutissent, ils ont les yeux mi-clos de demeurés, ce qu'ils sont par ailleurs : demeurés.

Sans me démonter, j'attaque mon kebab en les regardant bien en face.

Je ne suis plus le gars qui se prenait des tartes en rentrant chez lui, le soir. J'ai compris une chose essentielle depuis mon arrivée à Planoise : les racailles n'ont d'autre stratégie que la posture. Ils sont en représentation permanente. Intermittents de leur propre spectacle, ils se racontent des histoires, se rêvent en Pablo Escobar. Mais, les gars, Pablo ne se promenait pas dans Medellín avec une sacoche en cuir d'escort-girl pendue autour du cou.

J'attends. Je ne baisse pas les yeux.

Je tiens tête et cela suffit pour les décontenancer. Je les sens moins hautains. Les paons ont la roue qui se débine. J'en profite pour m'imposer un peu plus :

— Bon, les gars, c'était sympa de partager ce repas avec vous. Alors ? Vous avez réfléchi ?

— Explique-moi pourquoi on te bute pas là, maintenant, demande Driss, l'aîné.

— Je sais pas… Parce qu'on est là, juste. Si vous êtes venus, c'est pour causer.

— Pourquoi on aiderait un concurrent ?

— T'aimes pas l'argent ?

— …

— On entre en affaires. Vous y gagnez, j'y gagne. Accessoirement, c'est la paix entre nos deux fours. D'une certaine façon, vous devenez actionnaires de la rue du Piémont.

— Le kilo, c'est 5 000.

— Non. C'est 4 000. Et je prends 100 kilos.

24

Total western

Farid était contre, il l'est toujours. Il n'y a aucun jugement moral de sa part. J'ai d'ailleurs constaté que la morale ne l'intéressait quasiment pas. Entendons-nous bien : je ne parle pas d'immoralité, mais bien d'amoralité. Il ne prend pas en compte ces considérations dans le business, alors même qu'il est tout à fait capable de bienveillance, d'empathie et d'altruisme dans la vie normale, la vie civile.

Traiter avec les frères Traoré ne pose donc aucun problème moral à Farid. Juste, est-ce bien malin de se lancer là-dedans ? Stratégiquement ? Évidemment, non. Et quoi ? On arrête ? On se carapate dans nos vies fadasses ? Je le refuse. Je confesse, je n'ai moi non plus aucune considération morale ou éthique. Le biz relève d'un autre registre. L'unique questionnement concerne donc la faisabilité. J'ai un argument béton : l'argent. Les frères Traoré ont à peu près autant d'empathie qu'un crocodile s'approchant d'une antilope qui a décidé de traverser la rivière au mauvais endroit. Mais il y a l'argent. J'ai déjà retourné le problème dans tous les sens et je ne vois pas quel intérêt ils auraient à nous niquer. Car si on analyse la situation, que faisons-nous ? Nous achetons leur protection. Nous leur payons une franchise.

Les 100 kilos ? J'estime que nous les passons en deux mois.

Et 200 000 euros par mois, c'est le prix de la paix. Quel fou cracherait sur une telle manne ? Une rente assurée. Myriam n'était ni chaude ni récalcitrante, et a toutefois fini par se rendre à mes arguments. L'unique totem des frères Traoré étant l'argent, dealer avec eux revient à les museler.

Je donne une tape amicale dans le dos de Farid. Un des gars des Traoré nous précède, nous le suivons et pénétrons dans la cage 1 de la rue de Dijon. Farid se tord la bouche en une moue, moitié sourire, moitié on est en train de faire de la merde, là. Nous empruntons l'escalier. Le mec devant, Farid et moi derrière lui, disciplinés. J'ai 4 000 euros sur moi. J'ai également mon sac de boxe, un antique Puma, un tube muni de deux anses courtes. Pas besoin de plus, pour 1 kilo. Les Traoré ont insisté pour que l'on procède à un essai, avant de se lancer. On se renifle le derrière, voilà ce que ça veut dire. Façon pour eux de voir si on peut sortir 4 000 euros, déjà, et de savoir en combien de temps nous pouvons passer leur marchandise. Façon pour nous de la tester, leur marchandise. On verra bien si nos clients – surtout ceux de Farid, à qui il peut demander un retour – apprécient ou non le changement de fournisseur. Cette première transaction me convient parfaitement et, si Driss et Laye n'en avaient pas parlé les premiers, je l'aurais proposée moi-même.

Farid tire encore la tronche.

On passe le troisième étage. On continue. Quatrième. Cinquième. Sixième. C'est au septième étage. Une porte blindée. Ce n'est pas le four, qui, je le sais, est situé au deuxième. Est-ce que c'est chez eux ? Non. L'appartement est vide. Notre guide nous indique un couloir et s'efface pour nous laisser passer. Je repense à Joe Pesci dans *Les Affranchis*. Il est persuadé qu'il va être intronisé *capo*, on le fait entrer dans une maison, il découvre une pièce vide. Il comprend au dernier moment qu'on va surtout l'introniser dans un cercueil.

Je longe le couloir.

Quelques gouttes de sueur me glissent le long du dos. Farid, pas beaucoup plus relax. Une pièce quasiment vide. Je constate qu'on n'a pas placé de bâche en plastique sur le sol. Bon point. Les frères Traoré sont là, sur un vieux clic-clac. Sur une table basse trône le kilo de cannabis qu'ils nous ont réservé. C'est bon, tous les doutes s'estompent. Je pourrai chambrer Farid en sortant d'ici, me moquer de sa paranoïa. D'autant que la transaction est beaucoup plus rapide que ce que j'aurais imaginé si je m'étais posé la question : nous ne nous asseyons même pas. Driss, sans un mot, désigne le shit de la main, m'invitant à le prendre. Je sors les 4 000 euros de mon sac de sport et les lui tends. Surprise. Driss n'en veut pas. Je fronce les sourcils. Driss :

— C'est le premier de tes 100 kilos. Tu paieras en une fois.

— Comme tu veux, je fais.

— On peut te livrer dans une semaine. Je te redirai quand exactement.

— OK.

— Ben… tu peux y aller.

Je range la plaque de shit dans mon sac, le referme et m'apprête à vider les lieux lorsque Laye m'interpelle :

— Attends deux s'condes.

Ah tiens, c'est peut-être maintenant que tout part en couilles et que Farid me balance un « Je te l'avais bien dit » rageur. Je me tourne. Fais face. Laye veut savoir un truc :

— C'est vous, les enveloppes noires ?

J'ai à peu près tout imaginé de cette entrevue, mais celle-là, franchement, pas vue venir. Je souris et, sans réfléchir, lui rétorque :

— Quelles enveloppes noires ?

— Des enveloppes dans les boîtes aux lettres.

— Et… ?

— Rien. Juste… on trouve que c'est bien. C'est tout.

Alors que nous descendons l'escalier, je suis conforté dans mes idées, mes principes et, disons-le, ma jugeote. Je crois en l'intelligence et les frères Traoré en font preuve : ils ont vu, ils ont compris leur intérêt. Je les paie, j'arrose le quartier, c'est du gagnant-gagnant.

Farid descend plus vite que moi. Il est un demi-étage plus bas. Je l'entends presque bougonner dans sa tête. Sa théorie, à lui, était que les Traoré n'étaient que des fils de putes et que leur accorder de la confiance confinait à la débilité. Sa théorie, à lui, était que les Traoré ne pouvaient qu'enfiler un petit Blanc comme moi. Deux visions de l'humanité : j'ai gagné.

Nous arrivons au cinquième.

Farid s'arrête, se tourne vers moi, horrifié. J'entends des bruits en bas. Des chuchotements. Des pas étouffés. Farid pose l'index sur ses lèvres pour me dire de la fermer. Il rebrousse chemin. Remonte. Doucement. Pas un bruit. Je ne comprends pas. Je l'imite. Je regarde en bas et putain… je vois dépasser un poing ganté qui tient fermement un flingue. Un type avance, genoux fléchis. Un flic. Genre équipe d'intervention, RAID ou GIGN.

J'accélère le mouvement et suis Farid.

Et d'un coup, ça part. Ça hurle. « Police ! Police ! Police ! »

Ils arrivent d'en haut. Ils arrivent d'en bas. Courant, hurlant. Je suis baisé comme jamais de ma vie je n'ai été baisé. Les Traoré nous l'ont faite à l'envers. C'est tout ce à quoi j'ai le temps de penser : ils nous ont piégés. Ils ont prévenu les flics. Ils se débarrassent ainsi d'un four concurrent sans avoir à sortir les armes. Ils m'ont juste fait venir dans cette cage d'escalier. Avec mon petit sac de boxe qui contient 1 kilo de shit et 4 000 euros.

La dernière chose que j'entends est :

— Ils sont deux ! Je les veux tous les deux !

Je reconnais la voix du commissaire Martin. Il n'est qu'à une volée de marches. Il va être très déçu.

QUATRIÈME PARTIE

A confondu la troisième avec la marche arrière

Mon cerveau, mon esprit, est une salle de torture. Il n'est pas mon ami. Il faut que je le contrôle pour trouver une stabilité dans la vie. Et c'est mon plus gros problème aujourd'hui : garder le contrôle.

Mike TYSON

25

Habeas corpus

— C'est simple, Hakim. Dans les sociétés passées, le pouvoir ne peut être tiré que de deux choses : la force ou l'hérédité. Et l'hérédité, tu le sais comme moi, c'est la conséquence, c'est l'application pragmatique du droit divin. C'est une double arnaque, tu comprends : c'est la monarchie. Le roi est le point de jonction de ces deux oukases ! Dans une main il a l'épée, dans l'autre la Bible : il te protège et il t'endort. Ce que tu dois comprendre, mon p'tit Hakim, c'est que dans libéralisme il y a *libre*. Mais pour que tu puisses conduire ta vie de façon libre et autonome, la société doit être tolérante. J'entends : la tolérance religieuse. Tu connais le chevalier de La Barre ? Non, bien sûr. Il est le dernier condamné à mort pour blasphème, en France – enfin, avant Samuel Paty… C'est arrivé vingt ans avant la Révolution française. Le chevalier de La Barre était accusé d'avoir fait des entailles à l'arme blanche sur un crucifix. On l'a guillotiné, on a cloué le *Dictionnaire philosophique* de Voltaire sur son torse et on a jeté son corps au bûcher. Je te le dis, Hakim : c'est arrivé en 1766, à l'époque le libéralisme ne pouvait voir le jour. La société n'était pas mûre, le diktat religieux gangrenait, tuait dans l'œuf toute idée d'entrepreneuriat… Quand tu as autant d'intolérance, seul un pouvoir tyrannique peut tenir la société. Et c'est ce qui a explosé au dix-huitième siècle : l'intolérance ! C'est là que nous sommes tous devenus rousseauistes. Toi aussi, Hakim, tu es rousseauiste : tu participes au pouvoir en votant et en échange tu aliènes partiellement tes droits individuels. Tu comprends ?

— Mais moi, j'ai treize ans.

— Et alors ? s'emporte Farid. Ton roi, c'est la loi. Tous les business d'aujourd'hui sont possibles parce que, au dix-huitième, l'intolérance et l'inégalité religieuses ont explosé.

Hakim regarde Farid comme s'il s'agissait d'un junkie fraîchement débarqué de la planète Mars. Il est en classe de quatrième. Au programme en histoire, entre autres, la révolution industrielle et son cortège de bouleversements sociaux et politiques. Farid y va un peu fort et, d'une certaine façon, se rend coupable de hors-sujet. Je décide d'intervenir, de tempérer :

— Eh, Farid… Hakim est en quatrième.

— Oui ? Et ?

— Ses cours, c'est pas sur le libéralisme. C'est sur la révolution industrielle en Angleterre. Tu vas l'embrouiller, nan ?

— Vous reprenez du thé à la menthe, Thibault ?

Je n'ai pas le temps de répondre. On frappe à la porte de Mme Zeghmati, façon Gestapo au milieu de la nuit. Elle ne peut réprimer un sursaut et m'interroge du regard.

— Police ! hurle-t-on de l'autre côté de sa porte d'entrée.

Je me contente de lui sourire. Elle va ouvrir. C'est Martin.

— Police, madame ! Nous sommes à la poursuite de deux suspects qui sont dans cette cage d'escalier. Est-ce que vous nous autorisez à entrer chez vous pour nous assurer qu'ils n'y sont pas ?

— Comment ? Pardon ?

— Écoutez, madame, si vous refusez, je reste devant votre porte. J'attendrai une commission rogatoire du procureur pour entrer chez vous. S'ils sont là, vous serez considérée comme complice d'un trafic de stupéfiants.

— Je comprends pas…

— C'est simple : vous me laissez entrer ?

C'est le moment que je choisis pour effectuer mon entrée en scène. Je quitte le salon et passe ma tête dans l'entrée. Je fais genre étonné :

— Commissaire Martin ? Mais qu'est-ce qui se passe ?

Là, je vois qu'il est sidéré. Les informations qui se cognent entre elles dans son cerveau sont incohérentes, ça lui dresse un tableau tout bancal. Mme Zeghmati s'efface et l'invite à entrer d'un geste de la main. Hagard, Éric Martin pénètre dans le salon, où Farid et Hakim continuent de disserter sur la tolérance, le libéralisme, Jean-Jacques Rousseau et la Révolution française. J'entends Farid asséner une sentence dont il a visiblement le secret :

— D'une certaine façon, Robespierre est le père du capitalisme.

À la vue du commissaire, ils lèvent la tête des cahiers de cours et du manuel scolaire. J'introduis :

— Vous connaissez Farid, un de mes surveillants ? On fait du soutien. L'association Avenir…

Perdu dans ses pensées, Martin acquiesce vaguement. Il repart déjà, shoote sans y prêter attention dans mon sac de boxe et va proférer ses menaces de complicité de trafic de stupéfiants chez le voisin de palier. Mme Zeghmati referme sa porte. Elle est, en effet, complice d'un trafic de stup. Mais Martin n'en saura jamais rien.

*

Les locaux de l'association Avenir ont été visités dans la nuit de samedi à dimanche. La police a joint Samia, qui a appelé Myriam, qui est descendue me chercher chez moi tout à l'heure. Les cambrioleurs ont découpé les gonds de la porte du bas à la disqueuse. Simple, efficace, presque sobre. Ensuite, à l'intérieur, ils ont tout saccagé. Retourné. Défoncé. Mais, et c'est là que les choses deviennent intéressantes, ils n'ont rien volé. Pas même un VTT. C'est l'unique point positif : ils ne vont pas nous mettre notre Thierry dans un état de cataclysme émotionnel.

Le policier blasé qui nous dresse un compte rendu remarque la chose :

— Ils ont rien pris, c'était bien la peine de découper la porte à la disqueuse... On dirait qu'ils cherchaient quelque chose, mais quoi ?

Il pose la question à la manière d'un Hercule Poirot low cost. C'est du moins l'impression que j'ai au début, style il nous lance une perche, prêche le faux pour obtenir le vrai, puis il soupire de dépit et je réalise que non, pas du tout. Il a juste dit ça comme ça. Cela dit, l'information fait son chemin dans les cerveaux de Samia, de Myriam et de moi-même : « On dirait qu'ils cherchaient quelque chose. » Nous échangeons des regards lourds de sens.

Les policiers m'ont aidé à remettre la porte en place avant de partir. J'ai trouvé du fil de fer au garage, en ai enroulé une extrémité autour de la poignée, côté intérieur, l'ai tendu et ai attaché l'autre extrémité à un barreau de la barrière de sécurité de l'escalier qui mène au premier. Cela ne sert pas à grand-chose, juste la porte tient debout et fait illusion. Samia se chargera demain de faire venir une entreprise. Dans l'immédiat, à un peu plus de 11 heures du matin, il ne nous reste rien d'autre à faire que déjeuner. Ainsi je propose à Myriam et à Samia de se joindre à moi pour mon désormais repas hebdomadaire et dominical dans le restaurant de Simon. Elles ne rechignent pas et nous nous retrouvons dans mon Espace, direction Dole, les caissons isothermes dans le coffre. C'est Samia, assise à l'arrière, qui aborde la question cruciale, la question entre toutes :

— Vous pensez que c'est les Traoré ?

— Qui d'autre ? fait Myriam.

— Ils cherchent l'argent, je dis.

Ils peuvent toujours le chercher. Ils peuvent retourner l'association Avenir, mon appartement, celui de Myriam, le collège Voltaire même. La planque des frères Mehmeti demeure la meilleure qui soit et c'est évidemment là, sous la baignoire, que nous avons entreposé notre fortune commune. Myriam a déniché dans ses affaires une petite valise à roulettes, dimensions cabine, avec un cadenas à code dont nous avons changé la combinaison. Nous avons opté pour un classique, une date de naissance, celle du fils aîné de Myriam. Précaution dérisoire, évidemment. Si quelqu'un tombe sur cette valise en sachant ce qu'elle contient, ce n'est pas le minable système de fermeture qui l'empêchera de l'ouvrir. Seulement voilà, a priori, personne ne va tomber dessus.

L'argent est donc à l'abri, mais comment dire… ça nous fait une belle jambe.

Les Traoré ont choisi de me balancer, laissant à la police le soin de me mettre hors course. Par paresse ou par civisme, ils ont préféré m'envoyer en prison plutôt que de me descendre, purement et simplement. J'applaudis leur choix. Cela dit, nous nous retrouvons donc avec de bien belles jambes, 400 000 euros dans une valoche à la con et plus aucun fournisseur.

Simon nous a installés sur une belle table ronde, un peu à l'écart. Il nous apporte trois coupes et ne peut s'empêcher de reluquer Samia au passage. Enfin, reluquer, non. Simon n'est pas ce genre de type, il est fidèle à sa femme, il n'est pas même un mateur du dimanche. Seulement il a senti, malgré mes efforts pour le masquer, que j'avais des sentiments. Que Samia n'était pas juste une amie. Alors il regarde, essaie de définir dans quoi je m'embarque.

Nous trinquons, pas la grosse ambiance.

Myriam rompt le silence :

— Je crois que j'ai compris pourquoi les Traoré veulent que tu disparaisses, Thibault.

— Pourquoi ?

— Ce n'est pas pour éliminer un concurrent. Tu m'as bien dit qu'ils t'avaient cuisiné pour les enveloppes ?

— Oui. Ils m'ont carrément demandé si c'était moi.

— C'est ça, leur problème. C'est la communauté de Planoise.

— Je comprends pas.

— C'est toi qui aides les gens, alors que tu es un petit Français, un Blanc. Tu es censé être raciste. Tu sais, l'islamophobie, le racisme systémique…

— J'y avais pas pensé, reprend Samia, mais c'est vrai. Eux ne dealent que pour eux, ils ne reversent pas le moindre euro, à personne. Ils sont violents, à cause de leur business les gamins du quartier manipulent des kalachnikovs, et ils n'offrent rien en échange.

— Voilà, surenchérit Myriam. Et toi, Thibault, tu arrives avec ta gueule enfarinée et tu jettes l'argent par les fenêtres.

— Je suis pas tout seul. Vous êtes avec moi, vous deux…

— Ça, ils le savent pas. C'est à toi qu'ils ont affaire. Tu es en première ligne. C'est toi. Enfin bref, nos enveloppes accentuent leur nuisance à eux. Ils passent pour des salauds à côté de toi, et ça, ce n'est pas possible.

— Et quoi ? je demande.

La réponse est évidente : nous sommes en guerre avec le clan Traoré. Ils ne vont pas cesser de nous traquer, de chercher notre argent, notre stock (ce qu'il en reste) et, évidemment, notre clientèle. Mais surtout, ils voudront que je disparaisse. Que j'arrête d'aider les gens. Que je meure, peut-être.

Je vide ma coupe de champagne d'un trait.

Je fais le point. Je réfléchis à haute voix et dis :

— De toute façon ils ont gagné, là. Dans quelques semaines, on n'aura plus rien à vendre. Sauf si on cherche un nouveau fournisseur.

— Et tu en connais, toi ? demande Myriam.

— Non. Moi, non. Mais vous deux, peut-être.

— Comment ça ? fait Samia, limite sur la défensive.

— Avec votre réseau.

— Ça y est, soupire Myriam, il recommence…

— Ben oui, réfléchissez. La solution, c'est le Maroc. C'est le bled.

— Tu t'entends parler, Thibault ?

— Vous avez de la famille, là-bas. Des gens sûrs. Il faut juste prospecter, tâter le terrain. Ça n'engage à rien dans un premier temps.

— Mais bien sûr, me rétorque Myriam, pleine d'ironie. Je vais demander à mon cousin Usman de me rancarder avec un producteur de cannabis. Après, on pourra réfléchir tranquillement à la logistique. Je suis comptable, Thibault, je n'organise pas des go fast.

— Chaque chose en son temps, Myriam. C'est comme les films de braquage. Tu commences par montrer au spectateur toutes les sécurités de la banque, les trucs impossibles à contourner. Et après, étape par étape, le héros trouve des solutions.

— C'est ça, ouais. Toi t'es George Clooney et nous tes assistantes ?

— Cela dit, c'est pas totalement idiot… intervient Samia.

26

Le dîner de cons

Il est impensable d'évoluer dans ce business sans développer de façon naturelle et quasi immédiate une paranoïa à la fois maladive et salvatrice. Je passe tout au prisme du chichon, nouvelle moulinette à réalité. Une voiture que je n'ai encore jamais vue, garée sur notre parking depuis quelques jours : questionnement. La petite vendeuse qui a changé à la boulangerie d'Île-de-France : anxiété. Un parent d'élève qui sollicite un rendez-vous pour évoquer la sécurité des gamins à la sortie du collège : angoisse. Éric Martin qui m'invite à dîner un samedi soir juste après le coup de la cage d'escalier, rue de Dijon : alarme niveau DEFCON 1. Décliner : trop louche. Je vais devoir accepter et poser les questions d'usage, imiter le savoir-vivre dont j'ai tant de fois vu maman faire preuve. À quelle heure ? Fleurs ou champagne ? Plutôt le dessert ? Rien ? OK, je prendrai une jolie plante alors.

Je viens de recevoir son texto. « Bonjour Thibault, mon épouse et moi aimerions vous avoir à dîner samedi, à la bonne franquette. Vous êtes dispo ? » Je me fais tout de suite une réflexion assez simple : il veut me tester.

Il m'attire sur son terrain, m'incite à baisser la garde. Il m'invite à un repas lors duquel je serai cuisiné, dont je serai le plat de résistance. Ou bien pas du tout ? Suis-je un type assez sympa et avenant pour que le commissaire Martin veuille me présenter sa femme, son fils de cinq ans et son intérieur ? Je n'ai aucun moyen de le savoir et dois donc considérer qu'Éric Martin est un vicieux : il utilise sa propre famille pour mettre en place une garde à vue à sa façon. La perspective de ce repas me stresse mais, pour être tout à fait transparent, me galvanise aussi. Parce que cette soirée revêt un caractère manichéen, une guerre froide de salon, Martin le type de la CIA, moi l'agent soviétique dormant : moi, l'espion venu du shit congelé.

Deux options, donc. Soit Éric Martin m'invite à dîner chez lui parce qu'il m'apprécie, et tout ce que je risque c'est de passer une soirée cool chez un fonctionnaire de police, un type par ailleurs tout à fait sympathique. Soit Éric Martin a compris que je l'avais enflé dans cette cage d'escalier. Précautionneux, je privilégie la seconde option, l'option merdique.

Je dois répondre.

Je dois profiter de la situation. Ainsi je décide que nous jouons aux échecs, j'ai les noirs. Mon objectif est simple : ressortir blanchi de ce repas. Apporter des gages au commissaire. Le convaincre le plus subtilement possible que notre présence dans le salon de Mme Zeghmati, à Farid et à moi-même, était justifiée. Rien à voir avec ses histoires à lui, rien à voir avec deux dealers qui s'enfuient avec 1 kilo de haschisch et 4 000 euros sur eux.

Les échecs, donc. Le gambit est le sacrifice d'un pion pendant la phase d'ouverture, sacrifice offrant en retour un avantage stratégique. Le plus connu est le gambit de la reine. Les blancs offrent le pion de la reine, en c-4, pour, six coups plus tard, venir y planter le fou f-1. Le gambit, vous l'acceptez, vous le refusez, peu importe, mais dans tous les cas vous le voyez venir. Et j'ai le sentiment qu'en m'accueillant chez lui Martin me fait une ouverture du pion dame. Refuser serait difficile à justifier. J'accepte. Mais, en parallèle, je me fortifie de mon côté par un SMS : « Bonjour Éric, ce sera avec plaisir. Est-ce que cela vous embête si je viens accompagné ? »

Voilà, j'ai pris le pion de la dame.

J'ai accepté le gambit et me prépare à me jeter dans la diagonale du fou.

À toi de jouer, Martin.

*

La librairie Forum, place de la Révolution, est immense. Sur deux étages, elle bénéficie d'un puits de lumière aménagé dans le toit. La lumière du soleil inonde chaque rayon. Ils sont bien mieux ici qu'à leur ancienne adresse, Grande Rue, à l'époque où j'étais étudiant. Mais ce n'est pas pour le puits de lumière que je pousse la porte de la librairie aujourd'hui. C'est pour Marion, la fille du rayon polars. Je tombe d'ailleurs sur elle assez rapidement et me félicite qu'elle soit toujours là.

— Ah mais vous êtes vivant ! J'ai cru que vous vous étiez fait enlever par la mafia géorgienne, moi !

Marion s'encombre peu des conventions et, surtout, maîtrise parfaitement le sujet qui m'amène : la littérature policière.

— Je cherche un bon polar sur la drogue. C'est pour un ami policier.

— OK. Plutôt américain ou français ?

— C'est quoi, le mieux ?

— Ben je sais pas, vous préférez Elvis ou Johnny ? Dr. Dre ou Booba ?

— OK, j'ai compris…

— Alors. Sur la drogue, il y a *La Griffe du chien* de Don Winslow. Grosse saga, mégapavé, on est sur du *Narcos*, vous voyez, la série Netflix. C'est un super polar. Mais si vous voulez de la littérature, de la vraie, il faut prendre *Trinité* de Nick Tosches.

— Vendu.

Petit passage chez Barthod, rue Bersot, meilleur caviste de la ville, pour une bouteille de crémant du Jura. Petit passage chez un fleuriste, pour un bouquet de fleurs. Petit passage, enfin, en bas de chez Samia, pour la prendre au vol. Au risque de me la péter un peu, j'ai envie de qualifier sa présence dans ma voiture, là, de coup de génie. Sur le plan stratégique, pour commencer. Quand Martin m'a débusqué chez Mme Zeghmati, j'ai justifié ma présence par le soutien scolaire. L'association Avenir comme parasol. En arrivant avec Samia, directrice de ladite association, je renforce ma légende. Je fricote avec la patronne de l'assoce, ce qui explique mon implication auprès des jeunes.

Sur le plan sentimental, cette fois. Samia m'accompagne pour renforcer mon alibi. C'est ainsi que je lui ai présenté la chose : « Je lui ai fait le coup du soutien scolaire, s'il croit que toi et moi on est ensemble, ça blinde l'histoire. » Samia en a convenu et a accepté de jouer le rôle. Cela dit, je rêve en secret que ce ne soit pas seulement de la représentation. Je rêve en secret que, comme cette histoire d'appétit qui vient en mangeant, Samia se rapproche de moi ce soir. Mais, alors que j'emprunte la rue de Dole, direction le centre-ville de Besançon, elle clarifie les choses :

— Donc on est censés être en couple ou pas ?

— Je sais pas. C'est mieux, non ?

— Oui, c'est sûr. Mais je te préviens : n'en profite pas pour me peloter ou me rouler une pelle.

— Ben non, bien sûr.

Que Samia me pense capable d'abuser de la situation me file un coup au moral. L'idée ne me serait d'ailleurs jamais venue à l'esprit. Séduire par le stratagème, par le vice, ce n'est pas moi. Toutefois, je vois le bon côté des choses : elle admet que je puisse avoir des vues sur elle. Un petit pas pour le prétendant…

La rue des Villas est une petite rue sans aucun passage, à deux pas de la boucle que forme le Doubs et qui entoure littéralement le centre-ville. À Besançon, il y a d'ailleurs deux catégories d'êtres humains : ceux de la boucle et les autres. Une version bouseuse du rive droite/rive gauche de la capitale. Cela dit, la rue des Villas, c'est mieux que le centre. La mairie écolo a quasiment banni les voitures de la boucle, mais pas autour. Ainsi les Martin ont les avantages, sans les inconvénients majeurs que représente la galère du stationnement et des voies fermées à la circulation. Leur rue étant un sens interdit sauf riverains, on peut dire qu'ils sont par ailleurs très tranquilles niveau nuisances.

L'appartement, au deuxième étage d'un immeuble des années 1980, a été refait à neuf et avec goût. Pas loin de cent quarante mètres carrés. Épuré, presque japonisant, un parquet flottant marron foncé, des murs blancs, quelques cadres, pas trop. La cuisine équipée est ouverte sur le salon, dont un pan de mur entier est recouvert d'étagères et de bouquins. Cette bibliothèque, sur mesure, fait aussi office de meuble TV. Il y a au moins autant de livres que chez moi. Je n'aurais pas pu mieux trouver comme cadeau que le Nick Tosches. C'est madame, les livres. Elle est professeure agrégée de lettres à la fac. La pièce à vivre a encore la particularité d'être traversante et munie de grandes fenêtres. C'est très lumineux. Petit plus, enfin : une porte-fenêtre donne sur une terrasse suspendue d'une vingtaine de mètres carrés. Martin m'explique avoir obtenu l'autorisation de toute la copro ainsi que de l'urbanisme, à la ville. Le résultat est sous nos yeux ou, plutôt, sous nos pieds : une armature de métal fixée sur le toit de l'appartement du dessous, qui forme une excroissance. L'immeuble est biscornu, on en profite.

Martin me fait comprendre que ça lui a coûté une blinde, au point que c'est lui qui mettra en place le sol en teck, et non un artisan, dès qu'il en aura le temps. Il désigne les planches soigneusement empilées dans un coin de la terrasse et recouvertes d'une bâche en plastique. Voilà, donc, on parle immobilier, travaux terrasse, plus-value du bien escomptée. Sans parler de la simple jouissance d'une terrasse, avec les beaux jours. Martin n'exclut d'ailleurs pas d'installer un jacuzzi. Le ton est donné.

Au salon, Samia écoute Gaspard, leur enfant. Il a beaucoup de choses à dire sur l'école Helvétie, sur son maître à peine trop sévère et sur Pia, sa petite amoureuse.

Anne, l'épouse Martin, lui répète de ne pas embêter Samia mais est bien contente de cette diversion qui lui permet de terminer les toasts à la rillette de saumon. Finalement, nous nous installons dans le coin salon, les toasts sont toastés, le crémant est ouvert et Gaspard joue à Mario Kart sur l'écran géant, sans le son. Très honnêtement, il me paraît cette fois évident que Martin m'a juste invité à dîner par sympathie. Inenvisageable qu'il m'ait fait venir chez lui pour me tester, me cuisiner. Je suis soulagé. Samia, qui se dit peut-être la même chose, me fait un sourire craquant et me prend la main. Pas prévu, ça. J'adore.

Fatalement, on parle boutique. Et nous, notre boutique, c'est Planoise.

Ce qui choque le plus Martin, ce sont les écoutes. Les types qu'ils écoutent… 90 % des dealers sont maghrébins et ce qu'ils disent de la France et des Français, entre eux, est odieux. Les filles arabes sont bonnes à marier, les filles françaises sont bonnes à baiser. Les Français de souche mâles sont des pédales. La France est un pays de pédales et de salopes, sans les rebeus il ne se passerait rien, etc. À mesure qu'il énumère les exemples, Martin s'agace, s'emporte. Il est sincère : ce qu'il entend dans le cadre des écoutes téléphoniques le dégoûte. Encore la semaine dernière, une petite frappe racontait à un de ses potes qu'avant de se faire sucer par une Française, il allait systématiquement pisser et ne se lavait pas le bout. Exprès. Façon de pisser dans la bouche de la France, un truc du genre. Samia et moi n'avons pas grand-chose à lui opposer. Les types qui disent et pensent cela, d'ailleurs, Samia les conchie. Elle les hait.

Anne vient à notre secours. Elle dit :

— Éric, je te l'ai déjà dit : ceux qui sont sur écoute sont des voyous, des dealers. Tu crois sérieusement qu'ils vont être de bons gars ? Qu'ils vont faire preuve de civisme ?

— Oui, je sais…

— Tu devrais écouter tous les autres Maghrébins, ceux qui travaillent, paient des impôts…

— OK, OK, Anne, ne me fais pas un procès en racisme : si je l'étais – j'ai quand même un peu d'éducation –, je n'aborderais pas le sujet devant Samia. Désolé, Samia, si je vous ai…

— Non, non, ça va. Je connais bien le public, vous savez.

— Je me doute. Vous dirigez Avenir, c'est ça ?

— Oui.

— Je vais vous dire : je n'ai aucune animosité envers les Maghrébins, sur le papier. La plupart de mes collègues, c'est pareil. Mais le terrain, je vous jure… ça fout un coup.

— Je sais. Justement vous venez de dire le mot magique : le « terrain ». Pas les gens. Quand vous naissez et que vous grandissez à Planoise, vous n'êtes quasiment pas en France. C'est des choses toutes bêtes. Au centre-ville, vous avez des copains en classe, et vous avez des copains dans votre quartier. À Planoise, c'est les mêmes. Les uns sur les autres, tout le temps. Le quartier est moche. Vous comprenez ? Chez vous, c'est moche. C'est nul et y a pas de travail. C'est con parce que c'est l'endroit que vous connaissez le mieux. Vous avez les codes, le réseau, l'histoire du seul endroit en France où il ne faut surtout pas être. Mais c'est chez vous !

— Je ne le nie pas, fait Martin.

— Tout ce que vous dites est vrai, Éric. Les gens que vous écoutez sont des raclures. Mais il faut juste remplacer le mot « maghrébin » par le mot « racaille ». C'est tout. Et c'est vrai que la plupart sont arabes : c'est normal, on nous a tous mis là.

— Ah mais les raisons, je ne les conteste pas. Et je ne parle même pas de responsabilités. Juste, le constat : ce quartier n'est plus vivable. Et il est dangereux. Si j'étais aux manettes, je ne saurais même pas par où commencer.

La même conversation a plus ou moins animé le repas jusqu'au dessert. Ping-pong feutré et mou. Un débat dont il ne peut rien sortir puisque les deux ont raison. Seuls leurs points de vue diffèrent. C'est finalement Anne qui a lancé une conversation alternative, au moment du café. En parfaite maîtresse de maison, elle a imposé le sujet des vacances, qui approchent à grands pas.

— Et pour ces vacances ? elle a demandé à Samia. Vous avez des projets ?

— Oui. Nous partons en Espagne.

— Oh, la chance !

27
Les vapeurs de toi

Myriam n'a pas de réseau, mais elle a tout de même joint par téléphone son cousin à Ketama, dans le nord du Maroc. Enfant puis adolescente, elle a passé des mois entiers au bled, l'été. Grande famille sur place, et donc ce cousin, Usman.

Myriam n'a pas de réseau, mais elle s'est souvenue qu'Usman faisait les quatre cents coups avec un type à peine plus âgé, Amar.

Myriam n'a pas de réseau, mais elle a appris qu'Amar était dorénavant à la tête d'une sorte de coopérative agricole sur les versants du mont Tidirhine. On parle de centaines d'hectares.

Myriam n'a pas de réseau, mais elle a facilement découvert qu'Amar était un peu plus habile que les autres cultivateurs en important de la critical, une variété de cannabis mise au point en laboratoire et bénéficiant d'une très forte concentration en THC. Gourmande en eau, la critical est responsable de l'assèchement de la région à la fin de l'été, période de la récolte. À moyen terme, on se dirige vers une guerre de l'eau, mais honnêtement, qu'est-ce que cela peut bien nous foutre ?

Myriam n'a pas de réseau, mais Amar lui a donné le contact d'un certain Sylvain, un Espagnol. Un Espagnol qui s'appelle Sylvain me paraît aussi crédible qu'un Finlandais qui se prénommerait Giovanni. Passons. Contact pris, Sylvain nous propose de communiquer via un système ultra-sécurisé et crypté : la PlayStation 5.

Myriam n'a pas de réseau, mais nous nous retrouvons à lancer une partie de Minecraft sur la console de son fils aîné. Nous rencontrons Sylvain dans ce méta-monde composé de cubes. Nous pourrions tenter de survivre ensemble en évitant les squelettes et les zombies. Nous préférons parler business, via le tchat intégré.

Bref : Myriam n'a pas de réseau.

*

Samia et moi nous installons au fond de la salle de restaurant. Crevés, un peu. Nous sommes partis ce matin par le train de 6 h 51, direction la gare de Lyon-Part-Dieu. De là, la navette la plus chère au monde – 16 euros le ticket – nous a amenés à l'aéroport Saint-Exupéry, où nous avons pris notre avion à 12 h 12. À 14 h 20, arrivée à l'aéroport de Madrid. Une petite demi-heure pour en sortir et trouver le chemin de l'hôtel, l'Ibis Madrid Aeropuerto Barajas.

Check-in.

Chambres correctes.

Restaurant de l'hôtel, donc. Je découvre que Samia se débrouille plutôt bien en espagnol, alors qu'elle commande deux cafés et deux verres d'eau à la serveuse. Et puis, comme s'il nous attendait caché quelque part, Sylvain entre et se joint à nous. Nous devons disposer d'un « truc français », attitude ou aura, en tout cas une signature culturelle : Sylvain n'hésite pas une seconde, il sait que c'est nous. Petite trentaine, style sobre, simple, jean, Stan Smith usées, polo bleu foncé sans marque et lunettes de soleil Ray-Ban pas trop tape-à-l'œil. Rien dans son apparence ne renvoie à l'imagerie, quelle qu'elle soit, du dealer. On dirait un prof, à dire vrai. Chauve, barbe fournie et savamment taillée. Il commande lui aussi un café lorsque la serveuse nous apporte les nôtres, puis il se tait, nous observe, nous étudie, un petit sourire narquois au coin des lèvres. Il m'énerve tout de suite. J'ai du mal avec les Espagnols, rapport au foot. Déjà. Mais lui, il y a autre chose, que je définis mal.

Je laisse faire. Je l'observe, moi aussi.

— Vous avez fait bon voyage ?

— Oui, dit Samia. Un peu long, presque huit heures... Mais ça va. T'es français, en fait ?

— Mon père était français. Ma mère espagnole. Je parle bien français, mais j'ai toujours vécu ici.

J'ai trouvé ce qui m'agace : c'est sa barbe et son sourire pédant, fiché en plein milieu. Cela doit faire une bonne dizaine d'années maintenant que les chauves ont trouvé cette parade : la barbe. Ils en tirent une arrogance, une assurance de chauves décomplexés. C'est un véritable coming-out capillaire. Et souvent, donc, ils ont ce sourire qui veut dire : « J'ai gagné la guerre des cheveux, dépassé ce handicap, transcendé la sacro-sainte coupe de veuches ! » La barbe efface la calvitie. Je suis de cette génération qui décide de ce qui est réel et de ce qui ne l'est pas. Nous passons tellement de temps devant des écrans que la réalité est devenue secondaire, anecdotique. Nous passons tellement de temps devant des écrans que nous nous évaporons, physiquement. Certains décident qu'ils ne sont ni un homme ni une femme, la réalité biologique étant balayée d'un revers de main. Et d'autres, donc, réfutent la calvitie. Je ne suis pas chauve, puisque j'ai une barbe. Je décide du vrai.

C'est donc cela qui m'agace chez Sylvain. Le tatouage maori qui lui mange tout le bras gauche aussi, peut-être. Ne pas être tatoué, de nos jours, revient à être punk, tant la pratique est répandue. Avec ses dérives : combien d'hommes se retrouvent à devoir enfiler des pantacourts ou des bermudas, alors que le temps n'est pas forcément adapté, uniquement parce qu'ils ont un dragon ou un lion tatoué sur le mollet ? Je m'amuse à imaginer qu'un jour le fils de Sylvain lui demandera, en larmes, pourquoi lui est né sans dessins sur le corps. Samia me sort de mes pensées connes : elle me pousse du genou sous la table. Sylvain vient de poser une question et je n'ai pas écouté.

— Pardon ? je fais.

— Combien de kilos ? il répète.

— Ben… ça dépend du prix.

— C'est ce que je te disais, ajoute Samia. Quel est ton prix au kilo ?

— Ça dépend de la commande, si tu as de gros volumes. Je ne vends pas en dessous de 200 kilos. Et c'est 2 000 euros le kilo. La livraison à Málaga.

— Livraison ici, à Madrid, et 1 500 euros, je tente.

— Écoute, je te l'ai dit déjà, tout est histoire de volume et…

— On veut 100 kilos par mois.

— Tous les mois ?

— Oui, 200 kilos tout de suite. Et on revient dans deux mois, on en prend autant.

Sylvain reste impassible mais ne répond pas. Il vide son café d'un trait, se lève et quitte la salle de restaurant. Je le vois téléphoner dans le hall, devant la réception de l'hôtel. Quelqu'un, quelque part, décide du sort de tant de Planoisiens. Samia me fixe du regard, elle n'a l'air ni fâchée ni emballée. Juste, elle ne sait pas si ce que je viens de proposer est bien bien malin. Vendre 100 kilos de shit par mois, c'est beaucoup plus que ce que nous avons prévu. C'est le double. Organiser, de fait, un sacré paquet de go fast durant toute l'année, alors que nous n'avons pas même entamé le sujet épineux du tout premier. Je souris bêtement, je sais très bien le faire. Et puis ça y est, Sylvain nous rejoint.

— OK pour 1 500 euros le kilo, 100 kilos par mois. C'est oui ou non, là, maintenant.

— C'est oui, répond tranquillement Samia.

*

Sylvain est parti depuis dix bonnes minutes, Samia et moi n'avons pas bougé. Nous regardons cette feuille blanche au format A4 qui a été pliée de nombreuses fois, qui a dû traîner longtemps dans la poche de Sylvain et qui semble nous défier. Une simple feuille pliée et dépliée, origami ni fait ni à faire. Des chiffres et des lettres sont imprimés. Il s'agit d'un numéro de compte bancaire.

Pour Sylvain, c'est la routine. Il a déposé le RIB sur la table et a annoncé que nous devions verser la somme avant la livraison. Il l'ignore, mais deux problèmes, qui me paraissent totalement insolubles, se présentent à nous. Comment virer 300 000 euros, le prix de 200 kilos de résine de cannabis, sur un compte bancaire, alors que nous les avons en liasses de billets dans une valise ? Et enfin – encore plus ardu à mon sens –, comment transporter 200 kilos de shit entre Madrid et Besançon ? Sans compter que nous aurons à accomplir cet exploit régulièrement par la suite. Une solution simple serait d'abandonner le projet, là, immédiatement. Nous prenons notre avion demain matin, rentrons à Planoise, remboursons tous ceux qui ont participé à ce crowdfunding alternatif et oublions cette histoire. Seulement voilà, les 200 kilos nous rapporteront 1 300 000 euros à la revente. Un chiffre d'affaires de 650 000 euros par mois : quasiment 8 millions d'euros par an. Qui s'assied là-dessus, hein ?

Je lève enfin la tête, Samia m'imite, nous nous regardons sans rien dire.

Il se passe les mêmes choses dans nos deux cerveaux. Nous cherchons comment faire, car ni elle ni moi ne voulons laisser tomber.

Après avoir traîné au restaurant de l'hôtel, je me suis douché, changé, et ai retrouvé Samia. Pas envie d'aller visiter Madrid, d'autant que notre vol est tôt demain matin. Et puis nous sommes des dealers, merde ! Pas des touristes.

En plus de ses coordonnées bancaires, Sylvain nous a laissé deux joints.

Sensation bête d'être un privilégié, comme si un grand chef étoilé nous avait préparé un Tupperware. Dealers, donc : nous décidons de pousser le professionnalisme jusqu'à goûter la marchandise. La chambre de Samia est un peu mieux que la mienne, elle dispose d'un petit balcon. Je lui propose de descendre chercher au bar une bouteille, ce qu'elle accepte volontiers. De son côté, elle commande un assortiment de tapas au room service. Une demi-heure plus tard, nous voilà installés sur son balcon, deux chaises et une table ronde minuscule, une bouteille de vin rouge espagnol pas terrible, du jambon espagnol pas terrible et tout un tas de petits trucs pas terribles à grignoter. Je nous sers du vin, Samia allume un des deux joints, tire une looooongue taffe et soupire de plaisir. J'ai l'impression de voir les pupilles de ses yeux se dilater en direct, devant moi.

Samia me tend le joint et, tandis que j'aspire une grosse taffe à mon tour, elle dispose les tapas dans les assiettes et commence à manger. L'effet du shit sur mon petit cerveau de CPE inoffensif est immédiat. Il faut dire que je ne suis pas un habitué. Adolescent, je me souviens, je n'étais pas hyper fan. Bien obligé de consommer, pour faire comme les copains, pour éviter de passer pour une mauviette.

Deux autres taffes rapides, avant de passer le joint à Samia.

Elle gère magnifiquement la situation. Elle mange une tranche de jambon sur un morceau de pain, boit une gorgée de vin, tire sur le spliff, puis admire la vue : une façade d'immeuble. Moi, pas pareil. Moi, effets dévastateurs. Oh, rien d'extraordinaire. Comme quand j'étais plus jeune : je coince. Je bloque sur un mot, je le répète cent fois dans ma tête, jusqu'à ce qu'il devienne absurde et se vide de son sens. C'est forcément un mot chelou. Je me souviens une fois, avec mes potes, à dix-sept ans, d'avoir passé toute une soirée à me débattre avec le mot « rectitude ». À jongler avec la sonorité, à le chanter mentalement et à me demander, donc, d'où venait le mot. C'est de l'étymologie sauvage et défoncée.

Là, pareil.

C'est mon esprit qui me joue un tour. Mauviette. Putain, mais c'est quoi, ce mot ?

Passer pour une mauviette, une gonzesse, une fiotte. Insulte suprême et tellement désuète. Plus personne ne dit ça. Insulte de grand-mère, insulte pour laquelle on va avoir de la tendresse mais qu'on n'ose pas employer, de peur justement de passer pour une…

mauviette mauviette mauviette mauviette mauviette mauviette mau

Le problème avec les joints, c'est aussi que je me crois transparent, pour ainsi dire. Je suis persuadé que les gens qui m'entourent lisent dans mes pensées, comprennent ce qui se trame et, bien sûr, se foutent de moi. Ça ne manque pas avec Samia. Alors qu'elle me tend à nouveau le joint, nos regards se croisent et je vois dans ses yeux qu'elle a compris : elle SAIT que je me prends la tête sur le mot « mauviette ». Samia sourit. Mes pupilles doivent avoir triplé de volume. Elle se contente d'un « J'te demande pas s'il est bon ? ». Je suis défoncé. Mauviette. Je répète le mot dans ma tête à toute vitesse, jusqu'à en faire une litanie interminable, le mot n'a plus ni début ni fin, il est fondu dans un magma phonétique, une non-phrase au sens absurde qui me transperce la tête.

Je tire encore une taffe.

mauviette mauviette mauviette mauviette mauviette mauviette mau

Bois une bonne gorgée de vin. J'ai l'impression que c'est un vin extraordinaire, le meilleur auquel j'aie goûté de toute ma vie. Et puis je ne tiens plus. De trop longues minutes que je lutte. Je prends mon smartphone et interroge Google. J'écris dans la barre de recherche. « Mauviette. » Et la sentence tombe : « Nom féminin. 1. Alouette ou petit oiseau bon à manger. 2. Personne chétive, au tempérament délicat, maladif. Personne poltronne. *Quelle mauviette !* »

Ça veut dire quoi, bordel, un oiseau bon à manger ?

Est-ce que des gens mangent des oiseaux dans la vraie vie ? Sérieusement ? Des poulets, quoi. Mais un poulet, est-ce vraiment un oiseau ou pas ? Je me débats avec toutes ces questions lorsque Samia commence à se bidonner. Je la regarde, inquiet. Je vois qu'elle regarde l'écran de mon tél. Le Robert, dico en ligne. Mauviette. Elle rit de plus belle, doucement, sans faire aucun bruit. Ses épaules sautillent. J'ai déjà remarqué ça aussi, avec le shit : les gens rient en silence, comme si on mettait le silencieux d'un flingue sur leur poilade. Je regarde l'écran à mon tour. Samia se fout de moi parce que j'ai fait cette recherche, mais ce qu'elle ignore, c'est que je suis déjà en train de me demander ce que veut dire, exactement, l'expression « Personne poltronne ».

C'est la dernière chose qui me traverse l'esprit, avant que Samia pose ses lèvres sur les miennes. Son haleine est un mélange de jambon espagnol, de vin espagnol, de shit marocain. J'ai à peine le temps de me dire : « Tiens c'est chelou, une Marocaine qui mange du *jamón.* » Sa langue s'enfonce dans ma bouche, à la recherche de son homologue. Elles se trouvent. Elles s'enroulent. Samia commence à respirer bruyamment, par le nez. Nous savons tous ce que cela veut dire.

Je n'ai pas l'impression que nous avons utilisé nos jambes entre le balcon et le lit.

On a dû léviter.

Très vite, les fringues par terre, épluchures des fruits que nous sommes.

Je suis sur le dos. Samia vient sur moi, me présente les deux poires de ses seins, se place au-dessus de ma verge et se laisse descendre, d'un coup. C'est merveilleux. Les va-et-vient commencent, nous ne sommes plus des corps, nous sommes des feux follets, nous nous mélangeons dans l'air, nous nous évaporons. Nos quatre yeux forment un carré. On ne se lâche pas. Samia n'est plus Samia, je ne suis plus moi, nous sommes des vapeurs. Des vapeurs de toi.

Samia approche son visage du mien tout en accélérant les mouvements de son bassin. Elle veut que je jouisse. Elle s'enfonce de plus en plus fort, de plus en plus vite. Et au moment où je viens, où elle sent en elle que je viens, elle me fait son plus beau sourire et me susurre :

— Dans ma chatte, c'est chez toi…

28
Dealer, c'est un métier

Globalement tout le monde me soûle au taf, depuis mon retour. Les surveillants sont les moins chiants, c'est normal, au collège ce sont eux les précaires, alors ils la ferment. Les enseignants et les élèves ont tous des problèmes, les adultes n'ont guère plus d'autonomie que les moutards. C'est à désespérer et c'est d'ailleurs ce que je fais : je désespère. La crise des vocations dans l'Éducation nationale ne va pas aider. Étonnamment, les mecs ne sont pas hyper chauds pour passer quarante ans à enseigner à des enfants qui se foutent de tout, et ce pour un salaire de misère. Sans compter que les premières années se dérouleront en banlieue parisienne, où un provincial n'a aucune chance de survie. J'ignore si c'est lié, mais les élèves sont de moins en moins brillants. Des écoles d'ingénieurs se plaignent depuis quelques années du niveau exécrable des bacheliers en mathématiques.

Le reste de l'actualité ne m'offre pas beaucoup plus de satisfaction. Les Français se rétrécissent, se regroupent en communautés de plus en plus étriquées et se jettent la pierre, se détestent, n'ont plus ni avenir ni destin communs. Les femmes et les hommes politiques n'ont plus ni colonne vertébrale ni discours vrais, ils ânonnent ensemble à contretemps et à contrecœur des éléments de langage vides de nous. Les crises mondiales se suivent et ne se ressemblent même pas, allant du sanitaire à l'alimentaire en passant par la géopolitique, et donc la guerre. J'ai le sentiment diffus de rebattage de cartes général, bordélique et de grande ampleur, effectué sous la table. On ne voit rien, on sait juste qu'à un moment rien ne sera plus comme avant et que ça peut faire très mal. Un petit parfum de IIIe République qui s'achève, coincée entre Napoléon III et Philippe Pétain. Sans compter le dérèglement climatique, qui nous promet d'évoluer dans les prochaines décennies au cœur d'un shaker pour cocktails à la merde.

Ambiance de fin du monde ou, en tout cas, de fin de cycle. Et pourtant je m'en branle. On ne peut pas s'imaginer à quel point je m'en branle. Parce que moi, j'ai de vrais problèmes. Myriam et moi avons convenu que trouver une solution pour le virement bancaire relevait plus de ses cordes, en tant que comptable d'une petite PME. Quant à moi, je me retrouve préposé au go fast, en tant que… garçon. Les voitures, c'est forcément mon truc. Si, comme dans tout bon film de gangsters, on estime la faisabilité du coup à l'aune des compétences de l'équipe réunie, eh bien, je ne mets pas un rouble sur nous. J'ignore comment Myriam va s'y prendre, mais je ne serais pas étonné qu'elle demande à un fournisseur comment il fait, lui, pour gérer son black.

Moi ? Moi, je suis trop con.

Jacquet, le type de la mairie, ouvre la cellule de veille du quartier en annonçant une très grosse recrudescence des nuisances dans ma rue, et même plus précisément à mon numéro. Nous ne sommes pas sans savoir que le trafic a repris et a vraisemblablement dépassé les volumes des tauliers précédents. J'ai beau être plutôt concerné par ce qui se dit, je n'écoute que d'une oreille. Martin affirme qu'ils sont sur le coup, ils ont obtenu des informations pour arrêter le nouveau boss, mais il leur a échappé. La police poursuit ses investigations, le travail de terrain, les écoutes, blabla, blabla. Je décroche. Je repense à mon histoire de go fast et au fait que je suis définitivement trop con. J'ai déniché une agence de location de voitures de luxe à École-Valentin, un village à côté de Besançon. Je m'y suis rendu, j'ai été reçu par un commercial sympathique et désireux de bien faire son job. J'ai dit un truc du genre : « Voilà, ce qu'il me faudrait, c'est deux Porsche Cayenne ou deux Range Rover puissants, pour deux jours. » Le gars me demande : « C'est pour aller où ? », voulant se faire une idée des kilomètres, et moi je réponds : « L'Espagne. » Là, plus du tout souriant, le commercial. Ça a mis la même ambiance que quand une femme annonce, en plein milieu d'une partouze : « Ah, au fait, je vous ai pas dit ? J'ai de l'herpès génital. »

Martin continue de promettre que le four de la rue du Piémont sera démantelé dès que possible et je continue de ne l'écouter qu'à moitié. Location de deux Porsche Cayenne pour un aller-retour en Espagne. L'autre a pigé tout de suite, ça, c'est sûr. Dès lors, il a fait semblant de regarder les disponibilités dans son ordinateur, et moi j'ai fait semblant d'avoir envie de regarder les modèles exposés. À ce stade, je n'avais pas encore donné mon nom. J'ai zoné au milieu des voitures de luxe stationnées en vitrine, me suis nonchalamment dirigé vers la porte, ai encore un peu traîné sur le parking pour constater, ô joie, que les caméras de surveillance étaient dirigées vers les luxueuses berlines proposées à la location et non vers le parking clients, où j'avais garé l'Espace. Le type m'a rejoint dehors, alors que je caressais machinalement le capot d'une Maserati. Avant qu'il parle, je lui ai sorti le bobard que je venais de mettre au point :

« Finalement, la Maserati, c'est peut-être mieux que le Porsche Cayenne. Je vous ai pas dit : on fait un enterrement de vie de garçon à Barcelone. Voyez le genre : bar à filles, un match du Barça au Camp Nou…

— Ah, OK. Super, ça.

— Oui. Je sais pas encore si on sera six, huit, plus…

— Plutôt Maserati alors ?

— Je vais voir avec les autres et je reviens vous dire, OK ?

— Parfait. »

Alors qu'une meuf d'Habitat 25 explique à Martin que les boîtes aux lettres de la rue de Champagne ont toutes été brûlées pour la troisième fois de l'année, et que le commissaire avoue son impuissance, je me demande si le mec des bagnoles a cru à mon histoire de week-end à Barcelone. Peu importe, je m'en suis sorti à peu près dignement. J'ai attendu qu'il rentre dans l'agence avant de démarrer et de sortir du parking, des fois qu'il aurait eu envie de retenir ma plaque d'immatriculation. Une certitude en tout cas : je ne suis pas doué pour les go fast.

*

Je retrouve mes deux complices, Myriam et Samia, chez Myriam. Cette dernière a préparé des petits cakes au citron qui sont à tomber. Elle nous fait couler trois expressos. Je n'ai qu'une envie, c'est de sauter sur Samia et de l'embrasser partout, mais non, on fait genre. Et puis si nous sommes réunis ce soir, c'est pour échanger sur nos avancées. Enfin, surtout sur celles de Myriam, parce que moi…

Myriam commence, c'est mieux. Elle a peut-être trouvé une solution.

— Y a un type, elle fait, qui est à Épinal. C'est sa spécialité. Il prend ton cash et il l'injecte dans le système bancaire : bref, il blanchit. On lui confie la valise, il prend 10 % et il fait le virement pour nous.

— Et tu l'as trouvé comment ? je veux savoir.

— J'ai appelé un de mes fournisseurs qui… Le type à la compta est sympa. Je lui ai dit que mon patron avait trop de black et que ça commençait à lui poser un problème.

— Il t'a crue ?

— Poker face, tu connais ?

— Poker face au téléphone ?

— Bon, Thibault, tu me fais confiance, ou pas ?

— Oui… je soupire. Pardon.

— Le problème qu'on a maintenant, c'est la confiance, justement. On donne 300 000 euros à un type qu'on ne connaît pas. S'il disparaît dans la nature, on est niqués.

— Faut rester avec lui, déclare Samia. Jusqu'à ce qu'il fasse le virement. Jusqu'à ce que Sylvain nous assure qu'il a bien reçu la thune.

— Ouais, pas con, estime Myriam. Bon, OK, disons que pour le paiement, ça peut le faire. Pour le transport ? Thibault ?

Je raconte piteusement ma tentative de location de Porsche Cayenne. Myriam me fait remarquer que, même si le type n'avait pas tiqué, il aurait fallu que je paie en carte bleue et j'aurais ainsi laissé une trace qui aurait pu me coûter très cher un jour.

Je reprends un cake au citron.

Samia et moi échangeons un bref regard, sans faire exprès. Ça me fait comme si je prenais un petit coup de jus dans le dos. Alain Souchon a définitivement raison : les filles sont électriques. Mais bon, pas trop le sujet, là. Personne ne parle, nous regardons tous les trois un point imaginaire et réfléchissons à une solution. J'explique finalement aux filles que j'ai effectué quelques recherches sur Internet, pour savoir comment font les vrais dealers. J'ai tout vu. Il y a la solution des 4 × 4 surpuissants, donc. Certains font passer la frontière à leur marchandise grâce à des drones qui peuvent supporter une charge de 30 kilos et qui effectuent des allers-retours. Il y a aussi les bateaux. J'ai même déniché une histoire de sous-marin nucléaire de l'ère soviétique qu'un cartel colombien avait acheté à un dignitaire russe, à la suite de la chute de l'URSS.

À Planoise, nous ne disposons ni de drones ni de bateaux offshore.

Je ne crois pas non plus qu'il soit possible de trouver un sous-marin nucléaire.

La seule piste dont je dispose, c'est un court article du *Parisien* dans lequel j'ai appris que certains dealers abandonnaient les go fast, jugés à la fois dangereux et trop voyants, pour privilégier une version… familiale. Ils envoient des familles de Blancs, avec des gueules de Blancs tout propres sur eux, des enfants, pourquoi pas un chien, au volant d'un van Volkswagen Transporter. La famille joue la comédie des vacances passées en Espagne et remonte avec l'arrière chargé de shit.

— C'est tout ce que t'as ? me demande Myriam, consternée.

— Ben… ouais. Je sais pas… Samia et moi, on pourrait y aller avec tes fils ?

— Tu plaisantes, là ? me dit Myriam en me fusillant du regard.

— Ouais, nan… Je réfléchis tout haut. Excuse…

— Sinon juste toi et moi ? propose Samia. On prend ton Espace. Week-end en amoureux.

— Le volume ça va pas, je dis. Ça tiendra pas dans le coffre.

— En plusieurs fois ?

— Faire plusieurs fois Madrid-Besançon, ça va prendre un temps fou. J'ai regardé, il y a trois mille kilomètres, aller-retour.

— Bon on n'a rien, quoi, conclut Myriam.

29

Feu de forêt

Lorsque je me présente au siège des Transports Brunet, dans la zone industrielle de Rang, petit village de quatre cents habitants situé entre Besançon et Montbéliard, je suis loin de me douter que je vais prononcer cette phrase : « Eh bien merci, Vladimir Poutine ! » Pas plus qu'en me levant ce matin, d'ailleurs. C'est le moment précis où j'ai eu une illumination, une révélation. Encore cette histoire du cerveau qui bûche tout seul, dans son coin, afin de résoudre une énigme sur laquelle, en pleine conscience, il bute complètement. Et cette révélation, la voici : les Transports Brunet !

Inutile de préciser qu'en débarquant comme je le fais là, à un peu plus de 11 h 30, je n'ai aucune idée de l'accueil qui me sera réservé. Cet accueil est blond, cheveux coupés à la garçonne, avec de grands yeux bleus magnifiques. Elle porte une jolie robe à fleurs, est souriante, hyper sympa, me dit bonjour et me demande ce qu'elle peut faire pour moi. La douche froide. L'accent… Le dieu des Terroirs a refilé aux Francs-Comtois la plus belle région de France, devant la Corse, la Bretagne ou le Cantal ; afin de compenser ce favoritisme, il a affublé leurs femmes de l'accent le plus pourri de toutes les parties francophones de la planète Terre. Même au Québec, ils ont l'air moins cons quand ils se tordent la bouche pour en sortir leur français dégradé.

La fille redescend d'un coup de son piédestal de fille désirable et se transforme en fille qui a un putain d'accent : le tue-l'amour. Cela dit, je ne suis pas là pour draguer une agente d'accueil. Je demande à parler au patron, M. Brunet. Sans rendez-vous, non. Pourquoi ? J'ai une proposition commerciale à lui soumettre. Non, je ne suis pas repré, je ne vends rien. Moi, je paie.

Denis Brunet est un type de presque deux mètres et je dirais, comme ça, de 110 ou 120 kilos. Il a des cernes de la taille des seins de la petite de l'accueil. Ses yeux d'un bleu délavé sont ternes, fades, on voit au travers. Franche calvitie sur le haut du crâne, cheveux légèrement hirsutes à l'arrière et sur les côtés, bref : un vrai chauve.

Je m'attache vite aux objets présents sur son bureau, tentant d'anticiper ce que je peux me prendre dans la gueule si je ne trouve pas les mots justes. Ça va. Il ne va tout de même pas me balancer son écran d'ordi. Je me lance donc :

— Ma proposition est simple : il s'agit de remonter de la marchandise de Madrid jusqu'à Besançon pendant l'un de vos trajets. Ça doit être… discret. Et le paiement sera tout aussi discret. Ce serait sans facture, si vous voyez ce que je veux dire.

— Je crois que je vois très bien ce que vous voulez dire, monsieur… ?

— Grosperrin. Antoine Grosperrin.

— Je vais peut-être vous surprendre, mais vous n'êtes pas le premier à me faire une telle proposition. Marchandise + Madrid + discrétion, je connais le résultat de l'addition. Ça fait : drogue.

— OK, j'ai compris, je dis. Vous n'êtes pas intéressé. Bonne journée, monsieur Brunet.

Je me lève et m'apprête à sortir de son bureau, m'en voulant déjà d'avoir cru en cette idée tellement loufoque, lorsque Brunet ajoute dans mon dos :

— En revanche, vous êtes le premier à me faire cette proposition depuis le début de la guerre en Ukraine.

— J'imagine que ça change quelque chose ? je dis en me retournant.

— Le prix du carburant, monsieur Grosperrin. Le prix du carburant… Les Transports Brunet ont plus de quatre-vingts ans. C'est mon grand-père qui a créé la boîte. Et je suis en train de couler à cause de cette connerie de guerre. Donc, je veux bien entendre ce que vous avez à me dire.

— Eh bien, j'ai envie de dire : « Merci, Vladimir Poutine ! »

*

Du monde, ce soir, au Flash Kebab. Je n'ai pas pensé à prendre un livre de poche, pas le temps non plus de lancer un sudoku sur mon tél. C'est étonnant, les vies que l'on mène, on court beaucoup, il y a l'ambition, il y a les obstacles, les imprévus, ça te fait un slalom sans skis. Tu te poses quand ? Faire des points, des bilans ? Dans quoi tu t'embarques ? Est-ce que ça ressemble, de près ou de loin, à ce que tu voulais faire à l'âge de dix-sept ans ? Est-ce que tu l'as trahi, ce gamin, ou pas ? Une file d'attente, ultime possibilité de réflexion, de pause dans l'existence.

J'éprouve des sentiments antinomiques.

Une moitié trouve parfaitement aberrant d'être mêlé à un trafic de stupéfiants qui promet de brasser 1,2 tonne par an. L'autre moitié estime que c'est la meilleure chose à faire. Les événements se sont enchaînés pour déboucher sur cette évidence : l'argent de la drogue va compenser les carences de la société, qui laisse sur le carreau des gamins pas plus cons ou plus mauvais que les autres. L'argent de la drogue, en l'occurrence, c'est nous. Myriam. Samia. Ma pomme. Et Réda.

C'est mon tour. Deux menus kebab, quatre Coca, tout sauce samouraï.

Mon timing est parfait puisque j'arrive pile au moment où Réda ferme boutique. On se croise dans l'escalier alors qu'il repart. Je montre le sachet de Flash Kebab et annonce simplement que j'ai pris sauce samouraï. Réda a toujours son visage de connard avec moi. Impassible, les yeux mi-clos, à la fois ennuyé et consterné que je lui adresse la parole. J'ajoute, comme si cela allait emporter son adhésion :

— J't'ai pris deux Coca.

Cinq minutes plus tard, nous sommes sur mon canap'. J'ai lancé Deezer sur une enceinte et une playlist un peu au pif dans celles que j'écoute le plus souvent. Ça tombe sur David Bowie, « Modern Love ». Cette chanson est la quintessence de ce qu'ont été les années 1980 en musique. Cette chanson est l'ambassadrice de cette période que j'ai la faiblesse de considérer comme bénie par le dieu des boomers. Bowie a dépassé Prince, Depeche Mode, Madonna : tous.

« Modern Love ». Largement de quoi me faire passer pour une fiotte aux yeux de Réda, pour qui les années 1980, si elles représentent quelque chose, se situent plutôt du côté de NWA ou Public Enemy.

Tant pis. Je laisse passer la chanson. J'assume.

Réda expédie son kebab, puis se laisse aller au fond du canapé. Il balance un petit rot. Puis :

— Bon ? On fait quoi, là ? J'imagine que t'essaies pas de sortir avec moi ?

— Nan.

— Alors vas-y. Balance.

— J'aurais besoin qu'on… séquestre un type.

— Séquestrer genre… séquestrer, quoi.

— Voilà. Pas longtemps, je pense, mais… ce serait bien qu'on soit dans la même pièce, le temps qu'un truc se fasse.

— Tu t'es acheté des couilles ?

— Voilà.

— Et pourquoi je t'aiderais ?

— Parce que si on le fait pas, on arrête le four. T'as plus de taf.

— OK. Explique-moi.

Deux jours plus tard, je prends Réda en bas de chez lui en Renault Espace et nous partons pour Épinal, chacun un petit sac de voyage pour une nuit max, avec une valise contenant 330 000 euros en liquide. J'ai fouillé dans mes souvenirs d'amateur de peura et sélectionné des albums à la hauteur de l'événement sur Deezer. *Midnight Marauders* d'A Tribe Called Quest. Les

Beastie Boys, l'incontournable *III Communication*. Évidemment Cypress Hill et leur dément *Black Sunday*. *Radar* d'Earthling. D'autres trucs. Un peu de français, pas trop, juste le meilleur : NTM, TTC et Stupeflip.

La route est bonne. Réda hoche la tête en rythme, ne parle quasiment pas et allume un premier joint à la sortie de Besançon. Je n'ai pas l'impression que ce soit pour me tester ni même m'emmerder en empestant ma caisse neuve. Pour Réda, il n'y a rien d'anormal à fumer des tuyaux en voiture, quitte à transformer l'habitacle en fumoir de boîte de nuit. Réda s'enquille son stick seul et écrase le cul de joint dans le cendrier, qui n'est en réalité pas du tout un cendrier, plutôt un réceptacle à jetons de Caddie. Il referme la trappe coulissante sans se soucier de la fumée qui continue de s'en échapper et qui pue.

Une cinquantaine de kilomètres plus loin, Réda en allume un autre.

Il tire quelques lattes puis, me prenant au dépourvu, il me tend le joint sans prononcer un mot. Ça va avec la musique. J'hésite. Je suis tout de même en train de conduire. Oh et pis merde. Je prends. Ne dis pas merci. Nul besoin. Tire une taffe. Une autre. Encore une. Je suis bien. Je suis à ça de demander la nationalité marocaine.

Mauviette. Voilà que ça recommence…

Je passe le joint à Réda. Association d'idées, dérapage de la pensée. « Personne chétive, au tempérament délicat, maladif. Personne poltronne. *Quelle mauviette !* » Réda n'emploierait peut-être pas ce mot-là, mais ai-je encore ce statut à ses yeux ? Je ne pense pas. Juste, on est dans une caisse, on partage un pétard, rien que ça c'est une façon de se rapprocher, même s'il n'est pas là de son plein gré total.

C'est moi qui suis sur la fin du joint et, plutôt que de l'écraser dans le pseudo-cendrier comme l'a fait Réda, je le balance par la fenêtre. Il ne fait aucun commentaire. Il doit se dire que je suis un bourgeois à la con qui fait gaffe à sa caisse, mais je m'en fous, je suis un peu défoncé et bien, oui : bien. Après deux petites heures et deux joints supplémentaires, nous arrivons sur le lieu de rendez-vous avec Gaëtan, notre comptable. Parking du Carrefour à Jeuxey, une commune située au nord-est de la préfecture des Vosges. Nous avons convenu de nous retrouver sur la place de parking la plus éloignée de l'entrée du centre commercial, côté ouest, côté McDonald's. Je me gare à côté d'une BMW Série 1 tout ce qu'il y a de plus commun. Gaëtan en sort et monte à l'arrière de ma voiture. Il lance un « Salut, les gars ! » plutôt avenant. Je le mate dans le rétro : Gaëtan est un rouquin d'un petit mètre soixante-cinq totalement fade, insignifiant, presque flou. Un type moyen. Il porte un costume clair bon marché, propre, à la mode du moment, de ce que je peux en juger. Sa rousseur n'est pas très prononcée, on n'est pas sur l'orange flashy d'un prince Harry ou d'un Ed Sheeran. Compliqué de définir son âge, qui doit se situer entre trente et quarante-cinq.

— C'est toi, Antoine, donc ? il me fait.

— Ouais, je réponds.

— T'as l'argent ?

J'ai sorti ce faux nom lorsque je me suis trouvé dans le bureau de Brunet, j'ignore encore d'où cela m'est venu. Antoine Grosperrin. C'est un nom de famille courant par chez nous, il est vrai. Il y a eu Walter White et son double, Heisenberg ; il y a dorénavant Thibault Morel et Antoine Grosperrin. J'aurais peut-être dû bosser un peu mieux le pseudo. Là, avec les joints et tout, je trouve que ça fait con. Passons…

— On a l'argent, oui, mais on veut juste se mettre d'accord avant.

— Oui ? À propos de quoi ?

— On reste avec toi. Jusqu'à ce que l'argent soit viré.

— Euh, OK… Pour quoi faire ?

Réda se tourne vers l'arrière de la voiture pour la première fois. Il a sa tête du type qui peut tuer un être humain juste comme ça, parce qu'il est là.

— T'es con, Gaëtan ?

— Pardon, quoi ?

— Je te demande si t'es con.

— Ben… non. Enfin je sais pas, je crois pas.

— Parce que ta question est con. On reste avec toi. Quand notre type a l'argent sur son compte, on se claque la bise, et chacun rentre chez lui.

— Mais ça prend vingt-quatre heures, les gars, vous croyez quoi ?

— On croit rien, reprend Réda. C'est pas un problème, on a le temps.

La dernière fois que j'ai dormi à l'hôtel, c'était à Madrid, et c'était avec Samia. Autant dire que le Kyriad à 61 euros la nuit, avec un rouquin mou et un Réda ronchon, je ne suis pas fan. Mais c'est le taf.

Nous avons opté pour la chambre double, composée d'un grand lit deux places et d'un petit lit. Réda a pris le matelas du petit lit et l'a posé à même le sol, comme il a pu, dans le couloir, devant la porte. Il dormira là cette nuit, et si Gaëtan veut se barrer avec l'argent en nous la faisant à la *Trainspotting*, il tombera sur un os. Le comptable ne relève pas. L'échange d'amabilités dans la voiture semble lui avoir suffi. Il ouvre la valise, ponctionne ses 30 000 euros, compte le reste de la somme et s'assure qu'il y a bien 300 000. Il prend plusieurs liasses au hasard et regarde chaque billet. J'imagine qu'il nous soupçonne de lui refiler de fausses liasses, avec un vrai billet sur le dessus et des journaux découpés en dessous.

Cela fait, il ouvre son ordinateur portable. Je lui tends la feuille que m'a confiée Sylvain et sur laquelle figurent les coordonnées bancaires. Réda se laisse tomber à plat dos sur le lit double, la télécommande à la main. Il se cale deux oreillers sous la nuque, allume un joint qu'il a sorti de je ne sais où et entreprend de zapper. J'hésite à me placer à côté de lui, décide que je ne peux décemment pas rester debout. Et puis le lit est king size.

La fumée du joint emplit la chambre. Gaëtan, incommodé, se tourne et nous mate. Réda lui demande :

— Tu veux quoi, le comptable ? Focus sur la thune, mon pote.

Gaëtan reprend ses obscurs virements internationaux, tandis que Réda nous fait défiler vitesse grand V toute la merde que la télévision française est capable de produire. « Du temps de cerveau humain disponible », disait Patrick Le Lay. Nous y sommes clairement. La question étant : « Mais bordel, avec quoi est-ce qu'on va remplir toutes les cases entre les pubs ? » Et puis le miracle : Réda arrête son choix sur un documentaire dans le genre d'ARTE ou de France 5. Je vois son pouce en suspension au-dessus de la touche +. Une taffe de joint de l'autre main. Un scientifique, dans une forêt, tient dans ses mains une poignée de feuilles mortes. Un plan serré montre des filaments blancs à la surface des feuilles. Le type explique : « Les arbres sont capables de communiquer entre eux. Vous voyez ces stries, réunies en minuscules réseaux, sur chacune des feuilles ? Ce sont des champignons. Ces milliards de connexions représentent ce que j'appelle l'Internet de la forêt. Les arbres ont en effet la possibilité d'envoyer des pulsions électriques via ce réseau. Ainsi, si un animal dévore les feuilles d'un arbre par exemple, ce dernier envoie un message aux arbres de son entourage, qui produisent une sorte d'anticorps, à savoir un tanin amer qui rend leurs feuilles indigestes. Le message part à la vitesse d'un centimètre par minute. Le système fonctionne aussi en cas d'incendie. Les arbres peuvent se prévenir entre eux qu'il y a le feu. » Soudain, Réda éclate de rire. Il me tend le joint, déclare qu'ils sont vraiment défoncés, les scientifiques, puis met la 21. Là, je connais, on est sur un terrain commun. C'est La chaîne L'Équipe. Demi-finale de la Coupe du monde de pétanque, Marseille contre Namur.

Namur ? Décidément, cette journée est étrange.

Je tire une taffe. Je ne réfléchis même plus. Je deviens un consommateur. Je m'en fous. Ça me fait du bien. Le message électrique que les arbres peuvent s'envoyer entre eux, via ce fameux Internet de la forêt, se déplace à la vitesse d'un centimètre par minute. Il parcourt donc un mètre vingt en deux heures. Je souris à mon tour au comique de ce scoop de la forêt : en cas d'incendie, il faut à un arbre dans les cinq heures au minimum pour prévenir l'arbre d'à côté, qui ne peut pas se situer à moins de trois mètres. Et donc, quand le deuxième arbre est enfin au courant qu'un incendie est en train de ravager la forêt, cinq heures plus tard, il n'a plus qu'à s'enfuir en courant. Réda a raison : les scientifiques, parfois, ils doivent prendre un peu de crack avant de se pencher sur les documentaires.

7 à 2 pour Namur. Ce monde est dingue.

Je tire une dernière taffe et repasse le joint à Réda.

30

Tu sais pas

J'attends sur le parking, où je joue clairement ma vie. Ou dix bonnes années de ma vie, à la louche, si les choses ne se déroulent pas comme je l'ai prévu. Mais prévoit-on vraiment tout, lorsqu'on chapeaute le transport de 200 kilos de résine de cannabis ? Je ne vais pas tarder à le savoir.

Le virement bancaire n'a posé aucun problème. Gaëtan a même pu accélérer le processus, si bien qu'à 1 heure du matin c'était chose faite. J'ai prévenu Samia, qui a contacté Sylvain, à qui il a fallu une petite demi-heure pour obtenir la confirmation. Et, oui, les 300 000 euros étaient bien sur le compte du fournisseur marocain. Nous avons ainsi laissé repartir Gaëtan. De notre côté, étant bien défoncés par les quelques joints consommés dans la chambre et les documentaires animaliers et/ou historiques pour lesquels – je l'ai découvert – le Réda fumé a une franche passion, de notre côté donc, nous avons choisi de profiter de la chambre et avons dormi jusqu'à 11 heures le lendemain matin. Et c'est là, dans la banlieue d'Épinal, dans cette zone commerciale insipide et sans âme, cette étendue glauque de parkings qui se succèdent, de magasins de bricolage et de cuisinistes qui se tirent la bourre à coups de panneaux publicitaires, que j'ai découvert le Croissan'wich egg and bacon de chez Burger King. Je pensais qu'on avait tout inventé en matière de nourriture plastique mâtinée – c'est le cas de le dire – de culture US faussement pop. Comme je me trompais…

Prenez un authentique croissant français coupé en deux dans le sens de la longueur. Placez trois belles tranches de bacon fumé et frit. Une tranche de fromage fondu. Un œuf au plat. De la moutarde. Fermez le tout. À vos souhaits. Réda s'en est enfilé deux, arrosés d'un Coca maxi. Difficile pour moi de prendre Réda de haut et de lui tenir le discours de la malbouffe. Je n'irais pas jusqu'à affirmer que nous avons des relations, mais disons qu'il me tolère dans son cercle. Nous sommes en affaires, en deal, en quasi-concubinage commercial. Je me suis donc plié au menu choisi par cet « associé ». Je n'en ai pris qu'un et ai découvert, ébahi, que ce n'était pas si mauvais. J'ai juste agrémenté mon Croissan'wich egg and bacon d'un jus d'orange Minute Maid, histoire de me démarquer un peu. Je n'ai pas pu cependant m'empêcher de demander à Réda comment cela se faisait qu'il mangeait du porc, ce à quoi il m'a répondu : « C'est pas du porc, c'est du bacon. »

Pour ce qui est du transport, Denis Brunet a toute ma confiance.

Comme il me l'a lui-même affirmé, notre arrangement va tout simplement sauver sa boîte. Il ne sera pas le Brunet qui aura coulé les Transports Brunet. Il a d'ailleurs repris le volant pour l'occasion, après des années passées au bureau. Il a dû mentir un peu à son épouse, à sa secrétaire de direction, à ses chauffeurs. Prétexter que la crise lui dictait de le faire, que bientôt il serait forcé de dégraisser si tout le monde n'en mettait pas un coup, lui le premier. C'est passé crème. Et me voilà donc à attendre sur ce parking, tendu, pas rassuré. Ce qui me ferait vraiment du bien, là, tout de suite, c'est un joint. Mes poumons se dressent sur la pointe de leurs petits lobes inférieurs, ma plèvre froufroute, mes bronches beuglent aussi fort que des tuyaux d'aspirateur croisés avec des didgeridoos.

Je stresse depuis quelques jours. Depuis le retour d'Épinal, à vrai dire.

C'est vrai que j'ai beaucoup fumé là-bas. La parano vient avec. Seulement voilà, les mecs qui me suivent dans Planoise, je ne crois pas les avoir inventés, si ? Ce sont des Noirs. Je suis suivi par des Noirs. Ils se parlent entre eux en plaçant la main devant leur bouche, comme si j'étais capable de lire sur les lèvres. Ils m'épient. J'en suis persuadé. J'en ai parlé à Myriam, qui s'est un peu foutue de ma gueule. Elle a dit : « Des Blacks à Planoise ? Nan, tu déconnes ? » Genre comme un mec qui s'étonnerait de trouver beaucoup d'Asiatiques à Pékin.

J'ai pris du shit à la maison et, j'avoue, je m'en grille un ou deux, le soir.

Myriam s'est foutue de ma gueule mais je ne suis pas fou. Hier soir par exemple, j'ai éteint les lumières au salon, je me suis placé derrière les rideaux et j'ai vu que ça bougeait dans les buissons derrière l'immeuble. Je ne suis pas dingue : je ne suis pas dingue !

Il y a quelques années, Lisa et moi avons passé une semaine en Corse, à Bastia, chez un de ses cousins. Lisa a en effet des origines là-bas. Son cousin, Sébastien, d'un peu plus de quinze ans mon aîné, m'a sorti un soir. Oh, pas la grosse soirée, on a juste mangé une pizza sur le port en éclusant des casas et des bières Pietra, tandis que nos femmes étaient à la maison et s'occupaient comme des femmes corses à la maison. Sébastien a salué de la main un type qui passait puis, secouant la tête de tristesse, il m'a dit :

« Lui, le pauvre, il a perdu son frère. Le Guy. Si tu savais…

— Il lui est arrivé quoi ?

— Guy ? Il a pas traîné avec les bonnes personnes, c'est tout. Mais c'était un bon gars, j'étais au lycée avec lui. Il était drôle, il faisait tout le temps le con, tu vois ?

— Ouais. Et ?

— Son père, c'était un voyou, un vrai, il était avec ceux de la Brise de mer, carrément. Lui, Guy, il a cru qu'il était comme eux. Il allait en boîte, les types le respectaient parce que son père, tu vois… et pis je sais pas, il a trop parlé, il a trop pété les couilles à je sais pas qui, et voilà.

— Voilà quoi ?

— Ben quoi ? On l'a retrouvé dans le coffre de sa voiture, qu'est-ce que tu veux…

— Putain.

— Il avait les quatre membres coupés. Les deux bras, les deux jambes, à la scie sabre. Dans un sac à côté de lui.

— Mais c'est pas possible de faire ça !

— Bien sûr que si. Tu sais ici, si tu parles trop, si tu parles pas bien… Faut faire un peu attention.

— Vous avez quand même un problème avec les armes à feu, non ?

— Pourquoi tu dis ça, Thibault ?

— Ben toi, par exemple, tu as une arme ?

— Moi ? Bien sûr ! J'ai le Beretta. Toujours.

— Tu vois ! T'es journaliste ! À *La Provence*. C'est pas normal de se balader avec un flingue.

— Ben si.

— Mais pourquoi ?

— Faut toujours l'avoir avec toi parce que… tu sais pas.

— Tu sais pas quoi ?

— Tu sais pas, c'est tout. Ça peut arriver. T'as envie qu'on te coupe les bras et qu'on te les mette dans un sac de sport, toi ?

— Non.

— Ben voilà. »

Je pense à Sébastien et comprends aujourd'hui le sens de son « tu sais pas ». Tu évolues dans un milieu hostile et tu n'as aucune idée de ce qui peut arriver. Des Noirs peuvent très bien débarquer en trombe, me balancer dans un coffre de voiture et y mettre le feu. Pas envie de faire la chipolata dans un barbecue. Pas envie de me faire baiser alors qu'il suffit, pour me rassurer et assurer ma propre protection, d'avoir un flingue sur moi.

Ma décision est prise, d'ailleurs. Je vais aller farfouiller sous la baignoire, dans le four : il y a des armes. Il y a deux kalachnikovs, et également au moins une arme de poing. Je l'ai vue. Des balles, pas de balles, ça, aucune idée. S'il n'y en a pas, je me tournerai vers Réda. J'en trouverai. Parce que… tu sais pas.

*

Enfin, le voilà. Je vois le car pointer le bout de son nez, rue du Piémont, et avancer dans notre direction. Il semblerait bien que je sois passé maître dans l'art du go fast. Tout le monde est content autour de moi, mine de rien. Les voyages scolaires sont d'une banalité certaine, mais quand même, les parents sont contents de voir revenir leurs chers anges en un seul morceau.

Le car des Transports Brunet se gare devant le collège. Aux fenêtres, les gamins écrasent leurs minois ; ils sont crevés, radieux, bronzés. C'est Françoise Mille-Croix qui descend la première. Fatiguée elle aussi, elle prend le temps de répondre aux quelques parents qui ont des questions. Et puis le flot des moutards descend la travée centrale, sort du car et s'éparpille. Chacun retrouve son camp, sa famille. Denis Brunet descend à son tour et m'adresse un imperceptible hochement de tête qui veut dire : « C'est OK. »

Il faut presque une demi-heure avant que chaque père de famille ait récupéré la valise de son fils ou de sa fille, que tout le monde s'en aille et que nous nous retrouvions entre adultes : Françoise, Stéphane Faucon – son collègue de SVT –, deux autres collègues professeurs d'EPS, Denis Brunet et moi-même. Les professeurs squattent un peu, je ne comprends pas bien pourquoi. Ils devraient en avoir marre, non ? Ils doivent aussi se demander ce que moi je fous là, pourquoi je reste alors que les enfants sont rentrés dans leurs foyers. Denis trouve la parade idéale. Il prétexte :

— Bon, allez-y, hein, moi je dois attendre encore deux heures à cause du compteur. J'ai trop roulé sur la fin…

— Ben quand même, Denis, on va pas te laisser comme ça ! s'émeut Françoise.

— T'inquiète, je suis habitué, fait le patron des Transports Brunet, le nouveau prestataire du collège pour tout ce qui concerne les voyages scolaires.

— Je vais rester, je dis. Vous devez être crevés. Moi, j'habite à côté.

Quelques tergiversations plus tard, les enseignants lâchent prise. Planoise dort, ou presque, à un peu plus de 22 heures. Je n'entends aucune sirène de police. Pas de commissaire Martin qui débarque comme un ouf, avec à sa suite la ribambelle de types casqués et armés jusqu'aux dents. Pas de frères Traoré non plus venus me voler. Cela ne change rien au fait que je veuille porter une arme sur moi dès que possible, mais disons que là, ce soir, tout roule.

Denis m'invite à entrer dans la soute à bagages, accroupi. Denis ouvre une trappe, qui dévoile sept caissons isothermes semblables à ceux que j'utilise pour transporter les repas que confectionne mon frère Simon à l'intention des familles pauvres de Planoise. J'ai eu cette idée, rapport à l'odeur. Vous n'imaginez pas ce que cela peut puer, 200 kilos de shit. Je ne suis pas peu fier d'avoir eu l'idée de ces caissons. Je ne suis pas peu fier d'avoir eu l'idée du voyage scolaire à Madrid.

Quel flic va fouiller un car scolaire ?

Denis me fait remarquer que ce serait quand même pas mal si on se magnait un peu. Oui, pas bête. Je fais glisser les caissons, qu'il prend et pose sur le trottoir. En dix minutes, c'est fait. À deux, nous mettons la touche finale au go fast le plus tranquillou de l'histoire du trafic de stupéfiants.

31

Tu sais

Ce soir, Morrade nous a défoncés à la boxe. L'échauffement était interminable. Je n'ai même pas compté les pompes que j'ai effectuées. Pour conclure cette séance de torture, j'ai eu droit à la chaise agrémentée de directs dans les abdominaux, appliqués par Morrade *himself*, en grand seigneur pugiliste.

Pour couronner le tout, Morgane s'est ratée sur la fin. On se battait en combat libre, le ventre et les épaules seulement. Morgane m'a envoyé une énorme droite dans l'épaule gauche, son poing a ripé et est venu se ficher sur mon arcade. J'ai un œuf et l'œil au beurre noir.

Arrivé à Planoise, juste le temps de me doucher avant de voir Farid, qui doit passer à la maison. Disons que je l'ai convoqué. Faut qu'on parle. Qu'on réfléchisse et qu'on mette au point une stratégie de business. L'accord tarifaire passé avec Sylvain veut que nous vendions 100 kilos par mois, le double de ce que nos capacités actuelles permettent. Notre four étant déjà à son rendement maximal et en ouvrir un autre impliquant nécessairement une guerre de territoires, il faut que nous soyons ingénieux. Et Farid l'est, ingénieux.

J'ai de toute façon moi aussi une idée de ce que nous pouvons faire.

Je nous fais couler deux cafés et mets une musique d'ambiance, un album d'Eminem. Nous sommes au salon, sur le canapé, discutons des semaines et des mois à venir. Je roule assez vite un petit stick, sur lequel Farid refuse de tirer. Il n'est pas opposé à la conso, en théorie, mais il doit livrer ce soir et si des condés lui imposent un contrôle de routine et qu'il a le regard d'un golden retriever, les choses peuvent mal tourner. Évidemment. Je fume seul, donc, l'écoute, me levant sans cesse pour checker à la fenêtre. Je surveille. Cherche des Noirs qui se promènent la main devant la bouche. Cherche des buissons qui bougent tout seuls. Je vois, du coin de l'œil, que j'agace Farid. Et, alors que je me rassois et écrase le cul de joint dans le cendrier, il entame mon procès :

— Tu fais quoi, Thibault, sérieux ?

— Quoi ?

— Tu fumes. Tu psychotes. T'es chiant, quoi.

— J'ai pas envie de finir dans le coffre d'une bagnole. T'as envie, toi ? T'as envie qu'on te coupe les bras ?

— Mais de quoi tu parles, putain ?

— Laisse tomber. Allez, vas-y, continue : t'en étais où ?

— Je te disais que je peux mettre deux gars sur orbite. Des types sûrs. On leur procure un bon scoot, comme le mien. J'en mets un sur la fac de droit, un sur la fac de médecine. Moi, je garde la fac de lettres, en ville.

— Tu peux tripler tes ventes ?

— Oui. Et s'il faut, je connais des mecs à Dijon. C'est pas mal étudiant aussi, là-bas.

C'est tout ce que je voulais entendre. Farid repart, il est attendu. Nous décidons de nous revoir très vite, je lui donnerai de quoi acheter deux nouveaux TMAX.

22 h 58. Je me place à nouveau à la fenêtre du salon : vue dégagée. Rien à signaler. Je passe à la cuisine, lumières éteintes : le devant de l'immeuble est clean aussi. Mais si vous croyez que cela va me rassurer, vous vous plantez. Les types qui sont après moi sont un minimum professionnels et ne vont pas débarquer à l'air libre, comme des glands. Ils sont malins, connaissent le terrain par cœur et sont surmotivés. Oh, je sais à qui j'ai affaire : les Traoré. Qui veulent mettre la main sur nos 200 kilos. Vous imaginez le pactole pour eux, s'ils y parvenaient ? Pas moins de 1 300 000 euros, à la revente, qui tombent du ciel. Oui, mais voilà : là, le ciel, c'est moi. Et ce qui va leur tomber dessus, c'est pas un cadeau. C'est eux ou c'est moi, et ce ne sera pas moi.

23 h 30. Les Traoré ignorent tout de notre deal avec Sylvain, le Maroc, l'Espagne. Mais ils savent que nous disposons de 400 000 euros et que nous voulons acheter. Si j'étais à leur place, je disposerais des types un peu partout, à l'affût. Et au moindre détail qui sortirait de l'ordinaire, je tomberais sur la proie.

Moi. La proie.

0 h 54. Je suis derrière les rideaux, dans le noir, depuis deux bonnes heures. J'attends, scrute, épie. Ces fils de putes ne vont pas me la faire à l'envers. Trop de fric en jeu. Et pis c'est des dealers de cité, des bas du front qui n'ont pas d'autre avenir. Moi, je suis malin. Moi, j'ai plusieurs coups d'avance sur eux.

0 h 63. Le vice de la rue n'est qu'une légende urbaine, il masque une réalité beaucoup moins glorieuse : la

cruauté. Voilà la réalité : les types avec qui je suis en guerre ne sont pas malins ni vicieux. Ils sont cruels. Barbares. Atrophiés de l'empathie. Amputés du cœur.

0 h 75. Je m'en refais un petit, rapide. Je ne mets pas trop de tabac. Je passe la flamme du briquet sur le shit, attends que le marron s'assombrisse et malaxe une bonne pincée. Je recommence. Trois fois. Déchire le carton du paquet de feuilles RIZLA+, enroule le carton pour former un filtre et le place dans le joint. Je roule, j'allume, la fumée pénètre mon torse.

0 h 136 : j'estime que la voie est libre.

Ce soir, ils n'y ont pas cru. Ils n'ont pas eu le courage d'attendre. Ces bâtards ne m'arrivent pas à la cheville.

J'ai ouvert les différentes serrures du four. Refermé derrière moi. Tiré la baignoire au milieu de la salle de bains. Descendu l'échelle. Farfouillé et trouvé, juste à côté des kalachnikovs, un revolver. Noir mat. Il tient parfaitement dans ma main. Le poids est rassurant. Je lis les inscriptions sur le côté : « Smith & Wesson. Airweight. Made in USA. Marcas Registradas. Springfield. Mass. »

J'entends un bruit en haut. Je tends l'oreille. Non… Rien. Farid a raison : je psychote. Une boîte de cartouches, marque Geco, calibre 38. J'ouvre le barillet de l'arme, découvre qu'il s'agit d'un cinq-coups, ouvre la boîte de munitions et glisse une balle dans chaque chambre.

Me voilà armé.

Indestructible.

Je remonte par l'échelle à l'étage. Remets la baignoire en place. Traverse le four sans avoir à allumer la lumière de mon smartphone, car je connais dorénavant les lieux par cœur. Déverrouille les serrures de la porte d'entrée. Ouvre la porte. Et me prends une droite en pleine face. J'ai juste le temps de réaliser que les phalanges qui s'abattent sur mon nez sont noires. Étonnamment, je pense à Sébastien, le cousin de Lisa. Je le revois sur cette terrasse à Bastia me dire : « Tu sais pas. » Sauf que là, je sais. J'avais raison de vouloir trouver une arme. J'avais raison d'être paranoïaque et de voir des Noirs partout. Il n'y a qu'une chose à laquelle je n'ai pas pensé : avoir une arme sur soi, c'est bien ; avoir le temps de la sortir, c'est vachement mieux.

CINQUIÈME PARTIE

Conseil de discipline

La glace fondait dans les spritz,
c'était à n'y comprendre rien
Tout le monde se plaignait en ville du climat subsaharien
On n'avait pas le moral mais l'on répondait bien
À tous les mots, les traits d'esprit du serveur central

Un monde nouveau, on en rêvait tous
Mais que savions-nous faire de nos mains ?
Monde nouveau, on en rêvait tous
Mais que savions-nous faire de nos mains ?
Zéro, attraper le Bluetooth
Mais que savions-nous faire de nos mains ?
Presque rien, presque rien.

Feu ! Chatterton, « Monde nouveau »

32

Les buissons ardents

Quand vous prenez des cours de conduite automobile, il y a un moment où l'instructeur vous explique qu'en cas d'arrêt d'urgence il ne faut surtout pas piler. Il faut pomper. Freiner un coup, relâcher, freiner à nouveau, relâcher, etc. Sans quoi les roues du véhicule se bloquent et vous partez à la fois en glissade et en sucette. En général on écoute d'une oreille distraite car, à dix-huit ans, la notion de devoir s'arrêter un jour en urgence est totalement abstraite, absurde. Pourtant, sans que l'on s'en rende compte, l'information est intégrée. Et puis un jour vous êtes sur l'autoroute, des voitures se cartonnent juste devant vous. Vous êtes si proche que vous roulez sur des débris de pare-chocs et d'optiques de phare. Votre cerveau vous ressort alors l'information « pompage ». Vous n'avez évidemment pas le temps de formuler consciemment la phrase, mais l'injonction est lancée et vous pompez : freinez, relâchez, freinez. C'est la magie du cerveau. Le mien, de cerveau, opère un tour de passe-passe similaire.

Les phalanges d'une droite s'abattent sur mon nez. Les consignes de l'instructeur Morrade clignotent à toute blinde dans ma tête. « Esquive rotative ! Monte ta garde ! » J'ai en effet le temps d'effectuer une légère rotation du bassin, grâce à quoi le coup de poing glisse sur ma pommette au lieu de s'aplatir sur mon nez. Puis je lève les poings et place mes jambes en position, la droite en arrière, ferme sur les cuisses, souple sur les chevilles, dressé sur la pointe des pieds, prêt à bondir.

Contre deux opposants, cela dit, je ne peux pas faire grand-chose.

Driss et Laye Traoré s'engouffrent dans l'appartement. Laye tire les verrous. Driss me saute dessus et me roue de coups. J'esquive, balance quelques jabs pour le maintenir à distance, mais il est trop puissant et rapide : trop félin. Disons que je me fais laminer avec les honneurs et que je ne me recroqueville pas en position fœtale, comme cela aurait été le cas il y a à peine six mois.

Lorsque Laye a terminé de fermer les différents verrous, il rejoint son frère et me savate à son tour. Des kicks dans les genoux pour me faire tomber au sol. Efficace, ça, rien à dire. Voilà donc la situation : moi au sol, les deux Traoré debout devant moi, imposants et menaçants. Je sais ce qu'ils veulent : mon stock. J'essaie de réfléchir vite, en vain. Je suis tellement dans la merde… Et puis c'est le coup de grâce. Laye sort d'un petit sac à dos une caméra, qu'il me montre. Il me demande :

— Tu sais ce que c'est, ça, fils de pute ?

— Une caméra ? je propose.

— Presque : une caméra thermique, mec. Ça fait cinq soirs qu'on est planqués dans les buissons comme des clochards. Et là, ce soir : bim ! On te voit sortir de chez toi, venir ici. Et descendre.

— Par où tu descends en bas ? me demande Driss.

Une caméra thermique. Une putain de caméra thermique. Je suis bel et bien vaincu, ils ont été dix fois plus intelligents que moi. Pour le dire en langage un peu familier : je me suis fait niquer grave. Leur caméra thermique, braquée sur mon appartement, leur a dévoilé ma silhouette rouge à travers les murs. Ils me voyaient évoluer chez moi. Et ce soir, ils m'ont vu passer dans l'appartement en face du mien. Le four. Ils ont vu que je descendais dans l'autre appartement grâce à une échelle. À quoi bon continuer de mentir ? Ils finiront par comprendre que le seul accès possible est sous la baignoire, puisque l'appartement est vide de meubles.

— La salle de bains, je dis.

— La salle de bains ? répète Driss.

— Faut tirer la baignoire…

Driss passe devant. Laye m'attrape par les cheveux et me force à me relever. Je suis désemparé, hagard, perdu, je ne parviens pas à aligner deux idées. C'est pourtant le moment de ma vie où je devrais être le plus intelligent possible. C'est tout de suite, maintenant, nom de Dieu, que je devrais avoir un éclair de génie.

Hélas, cela ne vient pas.

Driss tire la baignoire et s'exclame :

— Nique sa mère la planque !

— C'est toi qu'as fait ça ? me demande Laye.

— Nan. C'était aux Mehmeti.

Laye éclate de rire. Driss descend, je le suis, Laye juste après moi. Je suis pris en sandwich, un sandwich à la merde. Pas terrible. Une fois dans la pièce principale, les deux frangins éclairent partout à l'aide de leurs smartphones. Driss s'approche de moi et me balance une droite que je n'ai pas le temps de voir venir, il me chope au menton – le pire endroit. Je suis sonné, voile noir. L'instant d'après, je réalise que je suis allongé sur le sol. Knock-out.

— Il est où, ton shit, fils de pute ?

— Quel shit ?

Driss se rue sur moi et c'est à coups de pied qu'il me corrige cette fois. Je me roule en boule. J'en prends plein la tronche, dans le ventre, les tempes, les couilles aussi. En roulant sur moi-même, je sens dans mon dos le Smith & Wesson. Honnêtement, je ne me pose pas la question de savoir s'il est bien malin de tirer sur deux mecs. Je suis en panique, je suis en légitime défense.

Je parviens à saisir la crosse.

Je parviens à m'asseoir et à tendre les bras devant moi. Les frères Traoré tiennent leurs smartphones pour s'éclairer.

Je vise les deux points lumineux, chacun leur tour. Les cinq balles. Jamais je n'ai eu aussi mal aux tympans de toute ma vie. Le bruit des détonations me déchire le cerveau. Un sifflement insupportable, continu, qui vrille la tête. Pourtant, je sais que le silence s'est imposé. Et pour cause. Les téléphones portables des deux frères Traoré ont volé. Ils ont été touchés. Driss, qui était juste devant moi, a pris une balle dans un genou, deux dans le ventre. Laye, légèrement en retrait, a pris une balle dans la gorge. La cinquième s'est perdue. Je pense que Laye est mort en quelques secondes. Il y a du sang partout, malgré la vaine et maladroite compression qu'il a tenté de se faire de la main gauche. Ça pue, mélange de sang, de fumée du flingue.

Driss n'est pas tout à fait mort.

Je ramasse son téléphone portable, dont la lampe de poche est encore activée. Je braque le faisceau sur lui et constate les dégâts. Il n'arrive même pas à lever la main devant son visage pour se protéger de la lumière. Il meurt sous mes yeux. Je suis évidemment impuissant. Cela dit, même si j'avais des compétences en médecine, je n'en ferais pas profiter Driss Traoré. Si je le regarde mourir, ce n'est d'ailleurs ni par plaisir ni par curiosité morbide. Non.

C'est seulement pour m'assurer qu'il meurt.

C'est la guerre.

Je suis le dernier debout.

Je suis un assassin.

*

Je suis sidéré d'avoir tué deux hommes. Mais je dois me couper des sentiments. Évacuer le stress et la frayeur tout de suite, d'un coup, sans faiblir. Je dois tirer la chasse d'eau dans mon crâne.

J'inspire et expire lentement, à plusieurs reprises, les yeux fermés.

Reprendre le contrôle. Deux cadavres sur les bras, mes empreintes sur l'arme du crime : la panique. Je me concentre sur les faits. Comment m'en sortir ? Dans un premier temps, je penche pour rentrer chez moi, me glisser sous les draps, ni vu ni connu. Presque aussitôt, je me dis non. Je peux tirer profit de la situation, si catastrophique soit-elle. J'ouvre les yeux et je vois la lumière. Oh, elle n'a rien de divin, non : je parle de la lumière du smartphone de Driss, abandonné au sol à côté de son corps. Son pouce est peut-être déjà froid, mais ses empreintes digitales ne se sont pas effacées pour autant. Je me relève, viens m'accroupir à côté de Driss, saisis son pouce et l'applique sur le bouton Touch ID de son iPhone. L'écran se déverrouille, j'ouvre les SMS et trouve ce que je cherchais : des échanges avec un numéro de téléphone qui n'est pas enregistré dans les contacts. Je sais déjà qui est l'interlocuteur, mais contrôle toutefois le numéro en le comparant à celui que j'ai, moi, entré dans mon phone. Bingo : c'est Éric Martin. Mon pote commissaire.

Un des premiers textos émane de Driss et prévient Martin que le nouveau taulier du four de la rue du Piémont sera le lendemain après-midi dans la cage d'escalier du 1 de la rue de Dijon, avec 1 kilo de shit sur lui. À lui de mettre en place un dispositif pour le serrer. Driss a ajouté que le commissaire serait très surpris. Ça, c'est sûr. Si nous n'avions pas été sauvés in extremis par Mme Zeghmati, Farid et moi, le commissaire Martin n'en serait pas revenu. Je suis censé être un partenaire dans sa lutte, certainement pas un opposant. Pire : un ennemi. Je commence par me demander pourquoi les Traoré n'ont pas juste balancé mon nom. Leur but, à l'époque, était de se débarrasser d'un concurrent dans le marché que représente Planoise. Par jeu, peut-être, histoire de bien se marrer en voyant la tête d'un commissaire qui devait arrêter un CPE. Une chose est sûre, Driss, à aucun moment, n'a mentionné mon nom dans la vingtaine de SMS qui ont suivi. La raison, ce soir, me paraît évidente : ils voulaient récupérer mon stock de shit avant de me donner.

Martin ignore tout.

Martin ne m'a pas invité à dîner chez lui pour me passer à la question entre deux verres de blanc. Martin est dupe. La lecture des SMS de Driss me pousse même à croire qu'il est le dindon de la farce. Les frères Traoré jouaient avec lui, lui faisant croire qu'ils allaient lui livrer le nouveau big boss du quartier. Balances, les frérots, mais pas inféodés. C'étaient eux qui avaient le dessus, qui menaient la danse. Je suis presque déçu que le commissaire ait passé un deal avec eux. Dans un monde meilleur, je lui avouerais ma seconde activité, serais sa balance en chef, et à nous deux nous ferions de Planoise *the shit-place to be*. Oui. Non. Nous ne sommes pas dans le monde meilleur et ne le serons jamais. Nous évoluons, ou plutôt j'évolue dans le monde des paratonnerres. La foudre tombe sur moi, je n'ai pas envie de la prendre.

Je ne réfléchis pas longtemps. Je sais qui sera mon paratonnerre.

Je saisis l'index de Driss. La rigidité cadavérique n'a pas entamé son obscur travail. Pas évident, cela dit, de taper un SMS avec un doigt mort. Je m'applique. Je reprends la façon d'écrire de Driss, sa syntaxe d'enfant de quatre ans et son total désintérêt pour l'orthographe. J'envoie ce SMS au commissaire Martin : « Le boss fis de pute sai réda. On va le fumé. »

J'ai fini par apprécier Réda et cela me coûte de le foutre à ce point dans le pétrin, mais c'est lui ou moi. Et ce ne sera jamais moi. C'est le business, ni morale ni sentiments, juste des coups que l'on prépare, d'autres qu'on improvise. Et je peux dire qu'en termes d'impro je suis assez satisfait. Est-ce que mon SMS envoyé à Martin suffit à incriminer Réda ? Je ne le crois pas. C'est pourquoi je vais aider les forces de l'ordre en leur refilant ce qu'elles préfèrent, la friandise qui fait remuer la queue des types de l'identité judiciaire : de l'ADN. Je n'ai pas à aller chercher bien loin. Dans le « cendrier » de mon Renault Espace… Là où Réda a commis l'erreur d'écraser un joint lorsque nous sommes allés à Épinal.

Une fois chez moi, je m'aperçois qu'il y a des résidus de tir sur ma manche droite, au niveau du poignet. Je dirais bien que j'ai vu ça dans un film, en réalité je l'ai vu dans au moins cent films. La poudre de l'arme à feu, la poudre sur la main qui a tiré. Vite. J'enlève mon sweat. Passe ma main sous une eau bouillante et la frotte à l'aide de la limaille de fer dédiée d'ordinaire aux poêles, et ce durant un bon quart d'heure.

Le sweat. Le flingue. Les cacher.

Je regarde autour de moi, cet appartement sans meubles ni cachette. Y a-t-il un recoin, ici, que personne ne trouverait en cas de fouille ?

Oui. Un seul.

33

Le rouleau de printemps

Le plus délicat, lorsqu'on a perpétré un double homicide, est de se comporter de façon normale ensuite. J'ai effacé mes traces cette nuit. Envoyé le SMS à Martin, placé le mégot de joint à proximité des corps, me suis frotté la main droite à la limaille et ai planqué mon sweat et le flingue. Dès que j'ai accompli toutes ces tâches, j'ai prévenu la police. Franchement, cinq coups de feu auraient été tirés dans l'appartement en face du mien et je n'aurais rien entendu ? Bien sûr que je suis censé entendre ce genre de raffut. J'ai donc appelé les flics en bon citoyen lambda, en panique, reniflant, chouinant, jouant à la perfection le rôle du voisin effrayé.

Ce que les policiers ont trouvé à leur arrivée ? Une scène de crime parfaite. Les cadavres, évidemment, mais aussi l'ADN de Réda déposé sur le joint. Avec un peu de chance, peut-être même un bout d'empreinte digitale sur le filtre. Parfait, je vous dis. Voilà pourquoi j'ai répondu à la convocation du commissaire Martin sans m'inquiéter outre mesure, tout à l'heure, vers 10 heures du matin. Je vois ça comme un oral à la fac. Le dernier oral, faut juste assurer le coup, ensuite tu as ton année et c'est les vacances. Je vais y arriver, c'est certain. Car ce que j'ai à dire est très simple : rien. Je ne sais rien. Des coups de feu, j'ai prévenu les forces de l'ordre, basta.

Je suis descendu au commissariat de la Gare-d'Eau en tram.

L'agent de police à l'accueil m'a demandé d'attendre sur un siège en plastique et j'attends, observe la valse des allées et venues d'un commissariat de province. Je m'amuse d'un grand rebeu d'une vingtaine d'années qui vient se présenter. Il porte un survêtement mais n'a pas une attitude de racaille. Il est calme, s'exprime poliment. Bon, juste un détail : il a un joint roulé glissé derrière l'oreille. Il l'a oublié. La scène est d'autant plus cocasse que l'agent d'accueil s'en amuse lui aussi. Il sourit, regarde le gamin d'un air de dire : « T'es sérieux ? » avant de se tapoter la tempe de l'index. Il indique ensuite du menton la tempe de l'autre, qui réagit, comprend, attrape prestement le joint et le glisse dans sa poche de survêt. Puis il annonce qu'il vient pour déclarer le vol de son scooter. Je me dis que le flic a eu la bonne réaction, et puis Martin débarque à l'accueil et me tend la main.

— Désolé, Thibault, je vous ai fait attendre… Holà, qu'est-ce qui vous est arrivé ?

Je ne vais pas lui répondre que je me suis fait démonter la tronche par deux renois mais que j'ai eu gain de cause, puisque je les ai finalement butés. J'ai une explication toute prête et indiscutable :

— La boxe… Je me suis fait dérouiller, et par une fille en plus.

Dans un coin de son bureau, Éric Martin laisse ses affaires de running. J'ai la vue sur une paire de baskets

La Sportiva couvertes de boue. Il faut dire que le commissariat de Besançon, situé à la Gare-d'Eau, est au bord du Doubs. Il n'a qu'à sortir du bâtiment pour se trouver sur les rives. En suivant le cours de la rivière et en empruntant le tunnel sous la citadelle, en une grosse demi-heure il peut faire le tour de la ville. Ça doit faire dans les six ou sept kilomètres. Il peut aussi s'amuser à grimper la colline de Chaudanne par un sentier de trail.

Si je suis dans le bureau du commissaire Martin, ce n'est pas pour causer de course à pied. La partie d'échecs dont j'ai parlé plus tôt, avec l'ouverture sur un gambit de la reine, s'achève maintenant. Je suis en plein dans la diagonale du fou. À lui de jouer.

— Vous connaissiez Driss et Laye Traoré, Thibault ?

— Pas personnellement. J'ai cru comprendre qu'ils tenaient le four rue de Dijon.

— Comment vous savez ça ?

— C'est vous qui avez dû le dire en cellule de veille, non ?

— Je ne pense pas. Je ne donne pas de nom en cellule de veille.

— Ah. OK. C'est important ?

— Ça dépend.

Je laisse passer un peu de temps et fais mine de réfléchir, avant de faire un pet avec la bouche qui veut dire : « Ben, j'en sais rien. » Je reprends :

— Vous savez que je suis beaucoup avec les gens d'Avenir. Avec Samia, forcément… je m'implique. C'est sûrement l'un d'eux qui a évoqué le nom des Traoré devant moi.

— Oui, sûrement. Vous pouvez me raconter à nouveau ce qui s'est passé hier soir ?

— Bien sûr. J'étais chez moi, j'ai lu assez tard. Je me suis couché et j'ai été réveillé par des coups de feu. Il était… Je sais pas. J'ai appelé la police assez vite. Il était peut-être 1 heure du matin.

— 1 h 17, précise Martin.

— Oui, peut-être.

— Et vous lisez quoi en ce moment ?

— *Cher Connard.*

— Pardon ? demande Martin, à la fois surpris et autoritaire.

— C'est un roman. Virginie Despentes.

— Connais pas. Aucune importance. J'ai un problème, Thibault. Enfin, en réalité j'ai surtout une théorie. Je pense que vous n'êtes pas étranger à la reprise du four dans votre cage d'immeuble.

— Vous déconnez ? je demande.

Je prends l'information de plein fouet. Voilà un coup que je n'ai pas du tout anticipé. Je ne peux rien dire. Je ne peux pas lui parler du SMS envoyé par Driss juste avant de mourir, car je ne suis pas censé en avoir connaissance. Je ne peux pas plus parler du joint de Réda retrouvé sur place, pour la même raison. Je suis condamné à écouter la suite et à froncer les sourcils.

— Je ne déconne pas, non. Absolument pas. Vous vous doutez bien que si je vous en parle, c'est que je suis sûr de moi. Car cette théorie implique que… Comment dire ?… Que vous avez tué les frères Traoré hier soir, dans votre four.

— Je sais pas quoi vous dire, commissaire, tellement c'est… dément. Et qu'est-ce qui vous fait croire ça ?

— Il y a un nouveau boss à Planoise. Je le cherche et, chaque fois que je m'en approche, je tombe sur vous.

— Si vous parlez de la rue de Dijon, c'était du soutien scolaire. Je vous l'ai dit. Je présentais notre surveillant, bénévole lui aussi, à Mme Zeghmati et à son fils.

— Je sais.

— Quoi d'autre alors ?

— La vidéo.

Éric Martin ne peut réprimer un sourire triomphant. Je sens ma mâchoire inférieure se décrocher. La vidéo ? Quelle vidéo ? Il ouvre alors le tiroir de son bureau et en sort la caméra thermique des frères Traoré. Putain… Comment j'ai pu l'oublier ? Je masque. Je fais style : « Ça me fait rien. »

Je fais style : « C'est quoi, cette caméra ? » Mais ça brûle sur ma nuque. C'est la fournaise sur mes joues. Martin le voit, c'est certain ; je rougis. Pas bon, tout ça.

*

Comment je me sens, là ? Simple. Je sais maintenant ce que ressent une crevette enfermée dans un rouleau de printemps. Martin m'a roulé, enroulé, trempé dans un bol de sauce au soja. Je viens de découvrir le concept de flagrant délit. Le double homicide représente le flagrant délit qui autorise la police à interroger comme témoin n'importe quelle personne en lien avec l'affaire. Je ne suis pas en garde à vue, n'ai pas d'avocat pour m'épauler et ai des morpions, morpions qui portent un petit nom : OPJ. Officiers de police judiciaire.

J'accuse le coup. Pas vraiment le temps de me ressaisir, Martin enchaîne :

— Nous allons procéder à une perquisition à votre domicile.

— Quoi ? je fais, incrédule.

— Visite domiciliaire et, le cas échéant, perquisition. Chez vous.

— Ah. Vous avez le droit ? Y a pas de mandat ?

— On n'est pas aux États-Unis. Dans le cadre d'un flagrant délit, je perquisitionne où je veux. Mais si vous n'avez rien à vous reprocher, comme vous l'affirmez, cela ne devrait poser aucun problème. N'est-ce pas ?

Je crois que si Martin ne me met pas en garde à vue c'est pour ne pas griller cette cartouche car ça, on le sait tous, y compris moi, il n'y aura droit qu'une fois, et durant vingt-quatre heures. Et de toute façon, là, avec sa connerie d'histoire de flagrant délit, il atteint deux objectifs importants : le premier est de fouiller mon appartement, le second de me mettre une pression d'enfer.

Voilà comment je me retrouve à l'arrière d'une voiture de flics, entre deux OPJ et donc, comme je le disais, avec cette sensation toute pourrie d'être une crevette dans un rouleau de printemps. Martin conduit la même Audi que la dernière fois – sa voiture de fonction, j'imagine. Personne ne l'ouvre dans l'habitacle. Ils sont trop concentrés sur les vannes pas très drôles de Coluche que Rire et Chansons continue de diffuser, presque quarante ans après sa mort.

Nous arrivons rapidement rue du Piémont. Martin se gare à côté de mon Espace, nous sortons de la caisse et ils me suivent. Je ne porte pas de menottes mais leur présence a le même effet qu'une paire de pinces : c'est mon cerveau qui est entravé. De nouveaux scellés ont été apposés sur la porte du four. J'ouvre ma porte d'appartement, me place sur le côté, dans le vestibule, et tends la main vers le salon pour les « inviter » à entrer. C'est long. J'observe celui qui est de corvée de bouquins et qui doit ouvrir et feuilleter chacun de mes livres de poche. À la recherche de quoi, j'aimerais bien qu'il m'explique. Aurais-je planqué l'arme du crime entre deux pages ?

Plus le temps passe, plus Martin fait la gueule. Il était plein d'arrogance tout à l'heure, dans son bureau. Cette fois, je le qualifierais volontiers de petite bite. Il ne trouve rien. Il passe devant moi, silencieux, dégoûté, et je réalise à sa tête qu'il n'a pas de billes. C'est pour ça que je ne suis pas en garde à vue. La vidéo a forgé sa conviction, il a compris. Ce qui ne m'étonne pas outre mesure. C'est un bon, Martin. Le problème est qu'il ne dispose que de cela : sa conviction. Trop maigre. Je décide de lui rentrer dedans.

— C'est de la connerie, votre vidéo, là, Éric…

— Commissaire Martin !

— Si vous voulez. C'est de la connerie, votre vidéo, commissaire Martin.

— On verra.

— On voit une silhouette rouge dans un bâtiment. Elle descend une échelle, c'est ça ? Mais on sait pas quel bâtiment c'est.

— Ne vous inquiétez pas, monsieur Morel. On trouvera. OK. Mais pas aujourd'hui j'ai l'impression.

34

La terrasse

Martin et les deux autres OPJ viennent de quitter l'appartement. Je me place à la fenêtre pour les regarder partir. Martin se tourne et m'observe. Il doit croire que je le provoque. Pas du tout. Je viens m'assurer que ses collègues et lui partent bien. Je suis victime du choc post-rouleau de printemps, mes mains sont agitées et suent, mon genou droit tremble, je ne le contrôle plus, il cogne contre le radiateur.

La voiture des flics part enfin, on sonne à la porte et je sursaute.

Myriam et Samia sont en panique, elles ont les traits tirés. Samia me saute au cou et m'embrasse à pleine bouche, ce qui n'a pas l'air de surprendre Myriam. J'ai rapidement l'explication de ces effusions de tendresse : elles ont cru que j'étais mort, moi aussi. Le téléphone arabe des choufs a fonctionné plein pot et ce qui est arrivé à leurs oreilles est que les frères Traoré ET le boss de la rue du Piémont avaient été assassinés dans le four. Réda a été arrêté. Les filles ont cru qu'il m'avait tué.

— Qu'est-ce qui s'est passé, Thibault ? veut savoir Myriam.

— Entrez, je dis.

— Mais ta tête ! s'inquiète Samia. Qu'est-ce que t'as fait ?

— Ah non, ça, c'est à la boxe.

On s'installe à la cuisine, je prépare trois cafés et Myriam revient à la charge. Ce qui s'est passé ? J'ai eu le temps de réfléchir, cette nuit et ce matin. J'ai imaginé cette scène, la grande explication avec mes deux complices. Et ma décision a été très vite arrêtée : je vais leur mentir, leur sortir la même histoire qu'à la police. Pour ne pas les mouiller. Et puis quand on ne sait pas, on ne peut ni parler ni gaffer.

— J'ai entendu des coups de feu cette nuit, en bas, je dis.

— J'ai rien entendu, moi, constate Myriam.

— Ouais, mais toi, t'es en haut ; moi, c'est juste en face. Donc voilà, j'ai entendu des coups de feu. Le temps de me lever, d'aller voir… Le four était ouvert. La baignoire était tirée et je suis descendu. Les Traoré étaient en bas : morts.

— Putain…

— Je suis remonté direct et j'ai appelé les flics. Je leur ai pas dit que j'étais descendu. Juste… que j'avais entendu des coups de feu. Et ils ont trouvé les corps.

— Et Réda ? demande Samia.

— Ah ça, j'en sais rien.

— Les choufs racontent partout que Réda a été arrêté ce matin en arrivant. Mais je ne comprends pas pourquoi Réda aurait descendu les frères Traoré, dans notre four en plus ! s'interroge encore Samia. Peut-être qu'il a voulu dealer avec eux ? Nous doubler ? Et c'est parti en sucette ?

Il est un peu moins de midi lorsque Samia prend congé, elle doit aller au taf. Myriam lui dit à plus et reste dans ma cuisine, ce que j'interprète immédiatement comme « choc des titans ». Elle et moi, on se connaît bien maintenant. Et s'il s'avère qu'il est difficile pour moi de lui mentir, il est tout aussi dur pour elle de me cacher son jeu. Je la vois venir.

Je raccompagne Samia à la porte, l'embrasse, on se dit à vite, très vite, le plus vite possible. Je rejoins mon associée à la cuisine. Il y a un silence, un malaise. Nous commençons par parler de choses et d'autres. Enfin, de choses et d'autres... Les thèmes abordés tournent tout de même autour du négoce de shit. Car, oui, nous avons de nouvelles préoccupations : le four est grillé. Condamné. L'option scooter fonctionne à merveille, Farid a en effet lancé deux autres types sur orbite, des gars qui dépotent. À eux trois, ils refourguent du cannabis à tous les étudiants de la ville. On brasse un pognon de dingue.

Myriam, toujours empruntée, voire froide, m'explique maintenant qu'elle a commencé à rembourser nos investisseurs. Ils ont touché leur mise de départ, ainsi qu'un pourcentage sur les ventes. Un autre pourcentage revient à la cagnotte, la communauté : nos enveloppes et nos bourses d'étudiants. Je ne m'intéresse que très moyennement aux revenus générés et aux divers dividendes que nous versons. C'est la partie de Myriam, ça. Mon job à moi, c'est la logistique. Et notre rythme de croisière me laisse croire que nous allons pouvoir remettre ça, comme prévu, dans un peu moins de deux mois. Le patron des Transports Brunet a trois voyages scolaires et linguistiques prévus à Madrid dans ces eaux-là.

Myriam plante son regard dans le mien. Pour la première fois, elle me donne l'impression de ne pas me cerner, de chercher à farfouiller dans mon âme. Je souris.

— Quoi ? je dis.

— Tu vas arrêter de me prendre pour une conne ?

— Comment ça ? je tente.

— Thibault, s'il te plaît : arrête. Pas avec moi. T'as vu ta tête ? Tu vas pas me faire croire que vous vous mettez dans des états pareils au club de boxe. Comment ça s'est passé ?

Je dévisage Myriam en essayant d'estimer mes chances de la rouler dans la farine : nulles. Il faudra que je pense un jour à lui demander ce qui fait que je ne peux jamais, mais vraiment jamais lui cacher la moindre chose.

— Je suis descendu prendre un flingue, hier soir. Assez tard. Je t'ai dit que je me faisais suivre par des renois. Je le sentais, d'façon, qu'on allait me tomber dessus. Bref, j'ai trouvé une arme et en sortant du four ils étaient là. Ils m'ont pété la tronche, fait descendre, et voilà. J'avais l'arme sur moi, je m'en suis servi.

— T'étais obligé ?

— C'étaient des balances, Myriam. Ils s'envoyaient des textos avec Martin. Ils voulaient nous piquer le shit et après me balancer.

— Mais comment Martin remonte jusqu'à toi, alors ?

J'explique à Myriam le coup du SMS envoyé à Martin. Je justifie : j'ai sacrifié Réda, certes, mais me suis maintenu, et mon maintien assure la poursuite du business et donc de l'aide à des dizaines de familles planoisiennes et d'étudiants. J'ai sacrifié Réda, certes, mais ai ainsi sauvé l'ONG du chichon. Encore une fois, il n'y a pas de morale dans tout cela, il y a du pragmatisme, des intérêts fluctuants et parfois divergents : de la chaise musicale. On a fini de danser, Réda n'a pas été assez rapide, il est baisé. Point. Sauf qu'il y a la vidéo enregistrée par la caméra thermique de Driss. Le grain de sable.

— Tu parles comme eux, Thibault.

— De quoi ?

— Tu réfléchis comme eux, tu parles comme eux.

— « Eux » ? C'est quoi, « eux » ?

— Les frères Traoré. Les frères Mehmeti.

— Mais eux ne nourrissaient pas Planoise.

— C'est vrai, admet Myriam. Un point pour toi.

— On sait pas où ça va aller, Myriam. Mais on sait un truc : c'est qu'on est embarqués, toi et moi. On ne peut plus faire machine arrière. On a créé des besoins chez les gens.

— Oui, je sais, j'en ai parfaitement conscience.

— C'est pour ça que je dois aussi faire disparaître Martin.

— Tu déconnes ?

— Non. Réfléchis. Je l'ai sur le cul. Il sait que c'est moi. La vidéo, c'est pas une preuve, mais il est convaincu. Il ne va pas me lâcher et il finira par m'avoir. Il doit donc disparaître de l'équation avant que ce soit moi.

— Tu me fais peur, Thibault.

— Tu me fais confiance, non ?

— Ben là je sais pas. Je sais plus.

— Je vais te le dire autrement, Myriam : s'il te plaît, fais-moi confiance.

— OK. Juste un truc…

— Oui ?

— Il est où, notre shit ?

*

Je ne me souviens plus de quel album il s'agit, mais il y a un *Tintin* où, pour déjouer une surveillance, Dupond et Dupont déplacent des mannequins aux allures de Tintin et du capitaine Haddock devant une fenêtre, dans l'appartement du journaliste à la houppette. Les types dans la rue voient passer et repasser devant la fenêtre, en ombres chinoises, leurs cibles et sont persuadés qu'elles sont présentes.

Je ne dispose hélas pas des frères Dupond et Dupont.

Je me contente du matériel que j'ai sous la main, à savoir une lampe à l'éclairage faible et indirect dans un coin de mon salon, et la télévision allumée. J'ai choisi un film assez long, sur Netflix, que j'ai par ailleurs visionné de nombreuses fois : *Il était une fois en Amérique*. Trois heures quarante et une minutes. Large. J'ai enfilé un jean noir, un sweat à capuche de la même couleur. Mes Nike Air, qui apportent la touche finale à mon accoutrement, véritable uniforme du Planoisien lambda, impossible d'être plus passe-partout. Je sors de chez moi, descends jusqu'au rez-de-chaussée et m'arrête devant la meilleure cachette de mon appartement : ma boîte aux lettres. Je récupère le sweat, le Smith & Wesson, les glisse dans un petit sac à dos et sors de l'immeuble par la porte de derrière.

À un peu moins de 23 heures, il fait bien assez nuit. Je constate avec soulagement que personne ne planque derrière le bâtiment. Mains dans les poches, épaules en boule, je trace. J'arrive à l'arrière du centre commercial d'Île-de-France et retrouve Farid sur un parking réservé au personnel. Je lui ai filé rencard plus tôt dans l'après-midi. Sans que l'on s'échange le moindre mot, j'enfourche son scooter et démarre. J'emprunte une série d'allées et de pelouses entre les immeubles, sans jamais traverser aucune rue, pour me retrouver rue de Savoie, tout au bout de Planoise, côté collège Voltaire. Je prends sur ma gauche, rond-point, puis première à droite rue du Languedoc, rond-point, tout droit en face rue Alfred-de-Vigny et, enfin, quitte Planoise, direction le village d'Avanne, son ensemble sportif, son église, son crématorium. Et, surtout, son accès à Besançon par une petite route qui longe le Doubs et par laquelle ne passent que les gens du coin.

En une grosse demi-heure, je suis arrivé à destination.

La rue des Villas.

Scooter sur la béquille. J'enjambe facilement la grille qui donne accès au parking. Je monte sur la poubelle au couvercle jaune, réservée aux papiers et cartons qu'ici on remplit consciencieusement, persuadés de sauver ainsi la planète. Debout, je me pends facilement à une des poutrelles de métal qui soutiennent la magnifique terrasse du commissaire Éric Martin. Je me hisse, atteins la terrasse et constate que l'appartement est plongé dans la pénombre. Ça dort déjà. Tant mieux. Ce sera beaucoup plus facile pour moi. J'ouvre le sac à dos et sors le Smith & Wesson.

35

Avocat commis d'office fucking

Paulin Fanon n'est pas un renoi comme les autres puisque, à Planoise comme ailleurs, on l'appelle maître. Les mauvaises langues diront qu'il n'est pas un renoi comme les autres parce qu'il a réussi, et de la meilleure des façons : par les études. Paulin est avocat. Les débuts ont été difficiles. Il a été pris dans un gros cabinet de la ville, où on lui a confié les dossiers les moins épais, les moins intéressants, ceux qui ne peuvent en aucun cas vous mener dans la lumière des procédures. Rien de choquant, cela dit. Tout jeune avocat doit faire ses preuves au sein de l'équipe qu'il intègre. Gravir les échelons des affaires et, progressivement, monter sur des dossiers plus pointus. À la différence près que Paulin n'a pas évolué. Pour être tout à fait précis, les associés du cabinet qui l'employait ne l'ont pas fait évoluer. C'est la banale histoire d'un bizutage qui ne s'achève pas.

L'impasse.

Et cette conclusion qu'il a fini par formuler en son for intérieur, à tort ou à raison : le diplôme n'efface pas la couleur.

Paulin cochait pourtant toutes les cases du bon citoyen. Les études et le diplôme, évidemment, mais aussi les efforts pour s'arracher à sa condition première. Il a quitté Planoise dès qu'il a pu et s'est installé dans le centre-ville de Besançon, fuyant ainsi le marasme, les embrouilles et la criminalité viscérale, endogène, du tiéquar. Sans parler d'échec, Paulin s'est tout de même rendu à l'évidence qu'il était et resterait longtemps un homme de loi de seconde zone. Quitte à être un sous-avocat, autant le faire tout seul. Voilà pourquoi il a décidé d'ouvrir son propre cabinet, avec une particularité : il ne pouvait s'appuyer sur aucune clientèle. Paulin s'est tourné vers les seuls clients à sa portée en se positionnant comme avocat commis d'office.

Avocat de ceux qui n'ont pas d'avocat.

Avocat de la lose.

Il a tenu plusieurs mois, enchaînant les petites affaires, les cassos et, il faut bien le dire, la misère. Beaucoup de stups, beaucoup de gamins, presque exclusivement des Arabes et des Noirs des quartiers. Mais dans cette corporation, contrairement au reste de la société, on a repéré son talent, son sérieux, et on lui a offert la promotion qu'on avait été incapable de lui proposer dans le cabinet où il avait occupé son premier poste. Ce sont les frères Traoré qui ont débarqué un jour dans son bureau, quai Vauban. Paulin louait un studio au quatrième étage de l'immeuble, avec vue sur la place du Marché. Une vingtaine de mètres carrés, un coin kitchenette, une douche et un chiotte. C'était en réalité une chambre d'étudiant qu'il avait maquillée, travestie, pour en faire un cabinet.

Qui était dupe ?

Pas lui, déjà. Encore moins Driss, lorsqu'il s'était affalé sur une des deux chaises disposées devant le bureau de Paulin.

« On m'a parlé de toi, l'avocat. En bien. Mais c'est quoi, ce bureau de merde, là ?

— Pardon ?

— On dirait un truc de clochard. T'es un avocat clochard ?

— Je fais ce que je peux.

— T'es de Planoise, i'paraît ?

— Ouais. Cassin.

— On veut un avocat pour nous, et les gens qui travaillent pour nous. On veut quelqu'un de confiance. Est-ce qu'on peut te faire confiance ?

— Je suis tenu au secret professionnel comme tous mes collègues et je...

— J'm'en branle de ça. Est-ce qu'on peut te faire confiance ? Est-ce que tu comprends ce que je veux dire ? Je te parle du dépassement de fonction, comme au foot. T'es latéral droit, mais t'es aussi ailier, milieu de terrain, gardien, tout, tu fais la compta du club et tu laves les maillots. Tu vois, ou pas ?

— Je crois, oui.

— Alors ? »

Paulin a accepté de travailler pour les frères Traoré et il ne l'a regretté à aucun moment. Ce Planoise qu'il avait voulu fuir lui a ouvert les bras, et très vite Paulin a délaissé sa chambre d'étudiant. Il lui a préféré un T4 dans la tour Miramas, qui a été au moment de sa construction un immeuble de grand standing et qui en a gardé l'allure, plus de cinquante ans après. Septième étage, larges baies vitrées, vue à trois cent soixante degrés sur Planoise. À ça de se prendre pour un grand avocat dans un film de gangsters.

Donc non, Paulin n'a à aucun moment regretté de devenir l'avocat des Traoré.

Enfin, si : le jour de leur mort. Car même si – il faut lui rendre justice – il a eu l'intelligence de diversifier sa clientèle, il vient de perdre une énorme partie de son chiffre d'affaires. C'est d'ailleurs ce qui m'amène aujourd'hui à pousser la porte de son cabinet : lui parler de son chiffre d'affaires.

Paulin Fanon est un Noir pur, si on veut. J'entends qu'il est si noir de peau qu'elle en est presque bleue lorsqu'on la regarde de très près. Il est le genre de type qui parle peu et qui, de toute façon, commence par écouter avant de l'ouvrir. Chez certaines personnes, cette propension est due à leur timidité. Chez d'autres, il s'agit d'une marque d'intelligence. Fanon est de la seconde catégorie. Reste à définir son niveau de souplesse par rapport à la loi. J'espère avoir affaire à un hyperlaxe.

La baie vitrée dans son dos donne sur l'immeuble de la rue de Dijon. Sur la cage 1, précisément. Le four. L'autre four. Paulin réfléchit un instant et se tourne, comme si l'antre des Traoré pouvait lui souffler son texte. Il reporte son regard sur moi et, enfin, j'entends le son de sa voix :

— Ce sont Driss et Laye qui vous ont conseillé de faire appel à mes services ?

— Disons-le comme ça, oui.

— Dans quelles circonstances ?

— Pour tout vous dire, je suis le voisin qui a découvert leurs corps, rue du Piémont.

— Ah, d'accord ! Vous êtes principal au collège Voltaire, c'est ça ?

— CPE.

— Oui, CPE, pardon…

— J'imagine qu'il s'agit d'une sacrée perte pour vous. Ils étaient de gros clients. Et… comment dire… histoire de vous mettre à l'aise tout de suite, je sais exactement quelle était la nature de leur activité.

— Très bien.

— Mais ce n'est pas le propos. Si je suis là, c'est effectivement pour faire appel à vos services. J'ignore juste si ma requête ne va pas générer une sorte de… conflit d'intérêts pour vous.

— Je vous écoute.

— J'aimerais que vous assuriez la défense de Réda Sadoun. C'est le jeune homme qui…

— Je sais qui est Réda Sadoun. C'est lui qui est accusé d'avoir tué mes clients. Mais vous n'êtes pas sans savoir qu'il a déjà un avocat.

— Oui, commis d'office…

— Pourquoi moi ? veut encore savoir Fanon.

— Vous êtes de Planoise. Et vous êtes familier des affaires qui concernent Réda. Ce que je veux avant tout, c'est que vous lui fassiez lire une lettre, que j'ai ici. Vous ne pouvez évidemment pas la lui laisser – il ne faut pas que la police en apprenne le contenu. Vous ne devrez pas la lui lire non plus – la police va sûrement sonoriser la pièce.

— Vous savez que je vais vouloir la lire.

— Je m'en doute. Cette lettre explique à Réda comment il peut se tirer d'affaire. Ce sont des instructions. S'il les suit, il est sauvé. Je me propose également de subvenir aux besoins de sa famille en attendant qu'il sorte.

— Vous êtes un seigneur.

— Si vous voulez, je dis, ignorant la pique. J'ai juste… deux détails à voir avec vous. Le premier est que vous ne devez pas parler de moi. Je ne dois apparaître nulle part. Vous prenez Réda comme client, c'est tout. Du coup, je vous paierai en liquide, avec un supplément, cela va de soi.

— Cela ne pose pas de problème. Et le second point ?

— Vous avez perdu vos patrons, hein ?

— Les Traoré étaient mes meilleurs clients, c'est vrai.

— Eh bien, il se pourrait que vous en ayez trouvé de nouveaux. Si tout se passe bien pour Réda Sadoun, évidemment.

36
Années collège

J'estime qu'entre cent cinquante et deux cents élèves sont sur le point de quitter l'établissement et forment un paquet de cartables. Ils se ruent sur les grilles, trop heureux de s'évader de l'univers carcéral de l'Éducation nationale. Je ne suis pas toujours présent aux sorties, mais essaie de me montrer deux ou trois fois par semaine. C'est une démonstration d'autorité, en quelque sorte. Faire passer le message qu'on est là et qu'on ne tolère pas le bordel, y compris devant les portes du collège.

Rérat, un grand couillon de troisième, attrape la casquette d'un autre élève et la pose sur la tête de Giselle Magnin, notre enseignante à moitié aveugle. Cette dernière sent vaguement qu'on l'a bousculée, elle beugle et s'éloigne, une casquette Nike de couleur jaune et de guingois sur le sommet du crâne. Ça éclate de rire. Celui qui s'est fait piquer sa casquette hurle un « Putain, sale bâtard ! », il rattrape la prof et tente de récupérer son bien. Giselle ne comprend pas ce qu'il veut, s'emporte, l'envoie paître avant de sentir la casquette, de la saisir et de la balancer par terre. Témoin de la scène, je m'en amuse. C'est con à dire, mais les gamins sont marrants, ils se chambrent, s'envoient des vannes à longueur de journée et ont une seule ambition : faire éclater de rire leurs trois potes les plus proches. À côté d'eux, les adultes en général et les enseignants en particulier sont sinistres. Pas un pour rattraper l'autre, apporter un coussin péteur en conseil de classe ou balancer une bombe à eau sur le dirlo.

Bon, eh, attention, je critique pas : moi, c'est pareil. J'ai l'attitude du CPE. Juste, cette nostalgie du temps où je n'avais pour objectif de la journée que de planter des buts au foot, entre midi et deux. Échanger un regard avec une ou deux filles de la classe, regard que quémandent une horde de petits mecs à la moustache duveteuse et à la barbichette aussi soignée que du poil aux pattes. Un horizon simple, des objectifs clairs, quoique inatteignables. C'est tellement simple, un garçon. Un adolescent. Il se pâme devant les filles et cela lui suffit, ou presque. Il ne reste qu'à le nourrir, lui payer sa licence de foot, et il ne vous emmerde plus.

Oui, c'était vraiment bien, les années collège.

Nettement moins fun maintenant qu'il s'agit de mon gagne-pain. Alors que le petit Loukhiar s'amuse à jongler avec une orange récoltée à la cantine ce midi, Coutenay se joint à lui et s'improvise ainsi un tennis-ballon-orange au milieu de la rue. Ces deux-là sont les stars footeuses du collège. Je les vois jouer régulièrement et je ne connais personne qui jouait aussi bien à leur âge. C'est bête à dire, mais si j'avais un conseil à leur donner, ce serait de faire du foot plutôt que des études. Je me dois toutefois d'intervenir, car un bus de ramassage scolaire se pointe et ces deux couillons vont bloquer la circulation. Ce sont de bons gamins : un simple « Loukhiar ! Coutenay ! » suffit à leur faire rejoindre le trottoir, non sans continuer leurs jonglages à l'orange.

Et c'est au milieu de ce foutoir que je reçois l'appel que j'attendais.

Nous sommes vingt-quatre heures après mon entrevue avec l'avocat Paulin Fanon. C'est lui. Je décroche, zappe toutes les formules de politesse et demande :

— Alors ?

— C'est bon, monsieur Morel.

— Sûr ?

— Oui. Le commissaire Martin est en garde à vue depuis deux heures.

*

Morrade nous impose un exercice un peu chiant. À deux, sans gants ni protège-dents, nous devons toucher les genoux de l'autre. C'est pour travailler la mobilité, la dextérité et la vitesse. Les feintes de corps aussi. Bref : tout ce dont a besoin un boxeur. Il a bien sûr raison mais, concrètement, ça soûle. Je suis avec un nouveau dont je n'ai pas retenu le prénom. Il est militaire. J'ignore si cela procède de son logiciel, mais il n'attaque jamais. Il attend. Je n'aime pas attendre, j'attaque et il esquive, il me baise la gueule ou, plutôt, le genou. Je reviens pourtant à la charge, sans cesse. Je préfère perdre en attaquant plutôt que gagner en me contentant de contre-attaquer. Qui de nous deux a raison ? Sur le papier, moi, évidemment. En pratique, pas moi du tout.

Je viens de prendre un coup de boule. Disons que je me suis pété contre son front en attaquant tête baissée. L'arcade, du sang, pas grand-chose. Je me retire malgré tout, récupère du PQ aux toilettes et l'applique contre la plaie. Retour dans la salle, je m'assieds sur un banc en bois, sous la photographie grandeur nature de Jean Josselin, première gloire bisontine de boxe anglaise, champion de France et d'Europe dans les années 1960. Mes condisciples sont toujours deux par deux, en combat cette fois.

Les casques.

Les gants.

Les protège-dents.

Chacun tourne sur lui-même en piétinant. Tous singent les vrais athlètes visionnés sur YouTube, tendent le bras avant pour des jabs poussifs, encaissent sur les épaules ou le ventre, sans grands dommages. Ils se débattent, inoffensifs, et me font penser aux arbres de la forêt qui s'envoient des messages à la vitesse d'un centimètre par minute. Comme Réda. Cela fait des années que le message lui a été envoyé : « Quitte Planoise, mec ! » Il l'a reçu trop tard. Et quand bien même, il n'aurait pas pu suivre ce conseil. Pas fuir. Pas courir le monde. Ses Nike étaient plantées dans le sol de la cité aussi fermement que les racines des arbres.

Réda, en prison, attend son procès. Il est confiant, son avocat est confiant, je suis confiant. Il n'est plus inquiété maintenant que par le volet stup. Il a fait

37

La citronnade et le diable

Elle me regarde en posant sur la table le plat de bœuf bourguignon. Elle estime que je ne suis pas dans mon assiette, ajoute des « je te connais, mon fils », « je connais ce regard ». Papa n'a rien remarqué, ce qui lui a valu une vanne de maman : « Oh, toi, tu verrais même pas si je me faisais amputer d'un bras ! »

Je botte en touche. Je ne vais pas dire à maman que je suis à la tête d'un trafic de stupéfiants. Je ne vais pas dire à papa que j'ai sauvé le restaurant de Simon grâce à l'argent de la drogue et que j'ai tué deux hommes. Des dealers, certes, mais des types de chair et d'os. Ce qui me chagrine le plus dans cette histoire, c'est Éric Martin. C'est lui, mon ulcère. Je culpabilise. C'était lui ou moi, certes. Cela ne rend pas plus supportable le fait que j'ai ruiné sa vie, sa carrière, sa réputation.

Maman sert les assiettes et change enfin de sujet.

Elle regarde Samia, lui fait un immense sourire. Maman est sous le charme. Je n'avais pas beaucoup d'appréhension, je savais que ma chérie passerait l'épreuve de ce premier dimanche midi en famille sans la moindre difficulté. Maman est fière que je ramène une Maghrébine à la maison. Cela m'agace un peu. Cette « mixité » est pour elle le signe qu'elle m'a bien élevé. Nous sommes partage, nous sommes ouverture sur les autres cultures, nous sommes antiracisme : nous sommes de gauche. Les gens de droite sont comptables, les gens de gauche sont humanistes, c'est ainsi, cela me fait penser au Monopoly, tu joues avec les rues que tu as eu la chance de pouvoir acheter et voilà. Ceux de droite ont la rue de la Paix et l'avenue des Champs-Élysées, ceux de gauche ont les rues de merde, Belleville et Lecourbe. C'est dans nos gènes, c'est inscrit, tatoué, gravé. Pour maman, l'expression « pourri de droite » ne représente pas qu'une formule. Elle le pense, elle le croit. Pour être de droite, il faut être une mauvaise personne, qui préfère la réussite et le profit personnel au partage et à la solidarité. Pour être de droite, il faut, en gros, ne pas aimer les Arabes. Et donc nous, nous sommes l'inverse de cela. Partant, il ne peut pas y avoir de bonne personne de droite, tout comme il ne peut pas y avoir de mauvaise personne de gauche.

Vision simpliste. Dogmatisme.

Pas envie d'entrer dans un débat avec maman, mais sa joie est presque une forme de racisme. Car cette espèce de discrimination positive souligne la « maghrébinité » de Samia, qui n'est donc pas une simple fiancée, mais une fiancée maghrébine. Ainsi notre couple n'est pas transparent, nous ne sommes pas juste amoureux. Je sais évidemment que maman n'est pas raciste mais sa fierté me dérange, je la trouve mal placée. D'une certaine façon, la joie de maman fait de Samia une demi-Française. Bon, je sais que le problème est bien plus profond. Le problème est qu'un tel couple mixte demeure encore, en France, une sorte d'anomalie, en tout cas une exception.

Je ne pense pas que Samia soit tracassée, en revanche. Elle est radieuse. Elle illumine le salon de maman et de papa. Elle balaie d'un lancer de cheveux en arrière Lisa et toutes les souffrances que cette dernière m'a infligées. Elle fait pétiller ma vie, mon cœur, elle est la plus belle meuf de Planoise et c'est moi qu'elle a choisi.

*

J'aurais pu demander à un ou deux surveillants de m'aider, comme M. Renard me l'a suggéré. L'entente est bonne au bureau de la vie scolaire, et je parie que la plupart auraient accepté sans rechigner. Peut-être pas non plus avec plaisir mais, disons, avec entrain. Avec bonhomie. La proposition d'une journée de congé supplémentaire en échange aurait contribué à la motivation générale. Je préfère toutefois m'acquitter seul de la corvée. Je n'étais pas présent aux funérailles de Claude, pourtant je suis celui qui trie et débarrasse ses maigres affaires. Sentiment de ne pas être invité à un mariage mais d'être le bienvenu pour faire la plonge, à la fin de la soirée.

Qu'importe.

C'est samedi. J'ai emprunté le Renault Trafic du collège, que j'ai garé en marche arrière sur le parking du petit immeuble qui abrite les logements de fonction, au fond de la cour. Instinctivement, avant d'attaquer, j'effectue un inventaire des CD. Pas mal de conneries, de la variété, ces albums de Florent Pagny qui ont fait croire au principal que Claude était gay, mais aussi des pépites, comme *Suprême NTM*, album qu'on a souvent appelé, à tort, *Laisse pas traîner ton fils*. J'ai eu ce CD, plus jeune. Je l'ai usé à force d'écoutes. La chaîne hi-fi a l'air d'être encore en vie, je l'allume, appuie sur le bouton eject. Le tiroir à CD ouvre sa gueule, prêt à gober du son. Je glisse le *Suprême*, appuie sur play et zappe l'intro. Tous les groupes de rap balancent des intros, et des outros, et des interludes entre les morceaux. C'est super relou, c'est chiant, c'est daté, toujours les mêmes petits sketchs de mecs qui se branchent entre eux, dans la rue ou dans le studio d'enregistrement. C'est du folklore et le folklore m'ennuie.

Les premières notes de « Back dans les bacs ».

Je monte le son. Les adolescents en arrivent toujours à farfouiller dans le passé musical de leurs darons. Dans les années 1990, on redécouvrait Jimi Hendrix et Jim Morrison. À mon époque, on s'émouvait des NTM, d'IAM ou de la Mano Negra. Et on s'époumonait. Papa n'écoutait pas ça. Pas sa musique, pas son monde. Je n'aurais pas soupçonné Claude d'avoir cette culture basanée. Il ne m'en est que plus sympathique.

Rapidement, ce sentiment positif s'estompe. À mesure que je découvre l'ampleur du bordel dans les placards, je ne le trouve en effet plus du tout sympathique, le Claude. J'ai eu un éclair de génie, celui d'avoir pensé à prendre un rouleau de sacs-poubelle d'une contenance de 100 litres. J'en ai déjà accumulé cinq, pleins à craquer de vieilles fringues, dans le couloir de l'entrée. Je vais maintenant me lancer dans la paperasse, plusieurs décennies de feuilles de paie, de déclarations de revenus. Ça pèse son poids, un coup à vous faire une hernie fiscale. Je découvre avec horreur que Claude conservait toutes ses factures dans des boîtes d'archivage en carton. Il y en a sept. Toutes les cafetières qui ont partagé sa vie et l'ont approvisionné en caféine, ses réfrigérateurs, lave-vaisselle, écrans plats. De quoi écrire plusieurs thèses de micro-histoire. Ces boîtes représentent, d'une certaine façon, le compte rendu administratif de la vie de Claude. Son biopic électroménager.

Quoi d'autre ?

Des meubles à bon marché. Il me faut quatre heures et autant d'allers-retours à la déchetterie, située heureusement de l'autre côté de la rue de Dole, derrière l'hôpital Jean-Minjoz, à cinq minutes à peine. À la dernière rotation, j'ai la bonne surprise de voir Tophie sortir de son appartement. Friday wear, cheveux lâchés, elle ressemble à une autre version d'elle-même.

— C'est toi qui t'y colles alors ? elle me demande.

— Ben ouais, tu vois…

— Tu veux une citronnade ? C'est moi qui la fais.

— Avec un p'tit cake aux carottes ?

— T'es con, elle fait en se marrant.

C'est la première fois que je vois Tophie sourire depuis que je suis en poste. Et même si je me fous comme de ma première paire de protège-tibias de sa citronnade, j'accepte volontiers. Son invitation ressemble à un on-brise-la-glace et cela ne se refuse jamais. Cela dit, je ne reste pas longtemps. Il me reste du taf. Je bois le verre de citronnade glacée – excellente, je dois dire –, préparée au Vorwerk, me précise-t-elle. Je lui avoue posséder moi-même la toute dernière version du robot Thermomix, nous en plaisantons, elle promet qu'elle me filera des tuyaux. Je ne suis pas certain qu'elle me drague, mais ce n'est pas exclu. Trop tard, je suis pris maintenant, mais je me surprends à penser que c'est peut-être dommage. Il aurait pu se passer quelque chose.

Je charge une dernière fois le Trafic et, avant de quitter les lieux, j'opère une visite de contrôle. Les pièces sont vides, j'ai bien bossé. Je ferme les volets et les fenêtres. Je passe par la chambre de Claude, où sont entreposés les caissons isothermes. Ils sont là, parfaitement alignés contre le mur : 400 kilos de résine de cannabis. Je me revois le soir où Denis Brunet a ramené les enfants de Madrid. Lorsque nous avons enfin été débarrassés des parents et des enseignants. Lorsque Denis m'a montré les caissons dans la soute. Que nous avons commencé à les décharger sur le trottoir. J'avais pris ma décision dans la journée, comme une évidence. J'étais tellement parano ! Et à juste titre puisque – je le sais aujourd'hui – j'étais la cible d'une filoche : celle des frères Traoré. Je me méfiais, je me défiais de tous. Myriam ? J'ai préféré ne pas la mettre tout de suite dans la confidence. Vrai, j'ai agi seul, dans son dos, mais pour le bien de notre affaire.

J'ai assuré le coup, voilà comment je vois les choses. J'avais emprunté un diable à l'atelier, que j'ai dissimulé dans les buissons, avant l'arrivée du car. J'ai ensuite effectué les allers-retours entre le parking devant le collège et le logement de fonction de Claude, Denis restant à côté de son car pour surveiller, le temps que je finisse.

Seul dans la chambre de Claude, là, je ne peux m'empêcher de sourire.

Comme j'ai eu raison ! Comme j'ai eu du pif ! J'ai sauvé notre shit et nous allons poursuivre notre œuvre de bienfaisance, car ce n'est pas autre chose.

*

Je laisse le Trafic sur le parking du collège et reprends mon Renault Espace.

Au lieu de rentrer chez moi directement, je décide de traverser Planoise en glissant le dernier album de NTM dans les enceintes. Je mets la chanson « That's my People ». J'ai conscience de l'aspect à la fois ringard et ridicule de la scène. *J't'explique, c'que j'kiffe, c'est de fumer des spliffs, et puis de construire des riffs qui soient compétitifs.* Je passe devant la cage 1 de la rue de Dijon. Le four des frères Traoré est coulé. Juste en face, dans la tour Miramas, Paulin Fanon doit être en train de bosser sur le dossier de Réda. *Pouvoir faire de la musique tout en gardant mon éthique, faire du fric sans jamais tacher l'image de ma clique... j'aime quand ça fait paw.* Un peu plus loin, je passe devant le collège Diderot. Le soleil se couche quelque part sur terre et envoie des traînées de lumière, glaviots célestes. *Je préfère m'approcher de la vérité sans tricher, sans jamais changer mon fusil d'épaule... On veut plus subir et continuer à jouer les sbires. Sache que ce à quoi j'aspire c'est que les miens respirent.* Je me sens tellement bien, putain de sa mère. Est-ce ce qu'on appelle l'état de grâce ? Je l'ignore. Un moment d'existence pure. Je me sens comme jamais auparavant totalement à ma place en ce monde, sachant précisément où je vais, pourquoi, et surtout avec qui. *À part fumer des spliffs, mon premier kiff, c'est de chiller, rester tranquille au sein des miens, me laisser aller à déballer des conneries, parler juste pour parler, refaire le monde avec notre vision décalée.* Je tourne rue du Luxembourg, le camion de Flash Kebab est garé sur le parking du centre commercial, le patron est en train de découper de longues lamelles de veau. *On est des fous bloqués dans des cages d'escalier, pris en otages par le nombre élevé de paliers. Et à la longue, mec, j't'assure, tout ça, ça pèse. 96, je vois toujours des braises allumées dans les yeux fatigués des gosses du quartier. Passe, passe le mic que je développe mes idées contaminées.* Planoise est calme. Planoise va bientôt s'endormir. Planoise est beau. Je tourne rue du Piémont et me gare sur le parking de mon immeuble. Le four est fermé. Chez moi, je m'allume un petit spliff, me plante à la fenêtre du salon et contemple l'arrière du bâtiment. La vraie vie. Trois gamins de quinze ou seize ans rouillent « dans les bancs », comme ils disent. Ils éclatent de rire. Ils sont deux à se foutre de la gueule du troisième, qui s'énerve pour de faux, lance un « Vas-y, dégage, fils de pute ». *J'ai pas la clé du bonheur, j'ai même jamais été à la hauteur pour ce genre de truc. Mais aujourd'hui j'ai peur car l'horloge a tourné.*

Je pense à Éric Martin. C'est chaud pour lui. Son procès approche. Il est en préventive. Je n'ose pas imaginer comment sont réellement traités les flics en prison. C'est dommage pour lui, d'autant qu'il est agréable et sympathique. Oui, je l'aimais bien.

Je tire une longue et dernière latte.

D'une pichenette, j'envoie le cul de joint dans le champ.

Je vais me coucher tôt. Demain, j'ai un business à faire tourner.

REMERCIEMENTS

Merci, en premier lieu, à la CPE Pauline Baudry-Millet, ainsi qu'à Pauline Salvi et à tous ceux de l'association Pari, à Planoise. Les entretiens et visites de locaux m'ont été très utiles pour décrire ce Planoise qui a tellement changé.

Merci aux premiers lecteurs, qui ont lu, relu, re-relu… Sébastien Bonifay et Patrick Vignoli, les Bastiais. Marie Nallet, Paule de Millau, Anaïs Maillot-Morel, Valérie Wambeke, Maud Morel, Martial Cavatz, Hélène Déprez (qui corrigeait déjà mes copies en 1988…), Françoise Croizat-Mille, Aimée Rouge et Stéphane Faucogney (avec qui j'ai sillonné l'Écosse, l'Angleterre et l'Irlande, des hordes d'élèves aux basques…), Bernard et Hélène Portugal, Tinmar, Béatrice Mariat et Marc Jeannenet, qui a tout relu avec un regard de sniper-comptable. Un grand merci également à Olivier Caracotch, procureur de la République à la ville, procureur de la littérature à ses heures perdues. Merci au commissaire Sébastien Giordano, qui a pris le temps de m'écouter et de m'aiguiller au tout début de l'écriture. Merci à Emmanuel R., enquêteur en section de recherche de la gendarmerie nationale, mon fidèle conseiller pour tout ce qui concerne les procédures, les descentes du GIGN et les gardes à vue et… les parties de tennis-ballon.

Merci à Daniel Roy, grâce à qui je sais quel outil utiliser pour découper une porte blindée.

Il y a dans ce roman beaucoup de souvenirs de Planoise dans les années 1980 et 1990. Souvenirs, entre autres, dans le champ, entre les rues de Dijon et d'Artois. Merci, d'une certaine façon, à tous les habitants. J'ai retrouvé l'ambiance de ces années-là en écoutant et en m'inspirant du fantastique podcast *La Cité des hommes* de Seham Boutata, sur Arte Radio.

Mention spéciale pour la *Nouvelle Histoire des idées politiques*, ouvrage collectif dirigé par Pascal Ory.

Un merci plein de reconnaissance à Didier Morville et à Bruno Lopes pour l'ensemble de leur œuvre. Nike mouk !

Un merci grand comme ça à Gwenaëlle Denoyers, mon éditrice, qui m'énerve quand je relis ses corrections et que j'adore une fois le livre achevé. Sans oublier Antoine Toureix, notre chose aujourd'hui, notre boss demain…

Merci à l'équipe de la librairie Reservoir Books, pour le soutien sans faille.

Merci à Hugues Jallon, pour avoir trouvé ce titre à la fois simple, efficace et percutant.

Merci à Laurent Chalumeau, le patron, pour rien de précis, juste parce qu'il est un peu mon Mickey Goldmill…

Et enfin un merci tout particulier à Thomas VDB, pour ta lecture et ton petit mot. Attention, pour ta prochaine venue à Besançon, aux attaques de pintes.

Du même auteur :

BAD TRIP
Hugo et Cie, 2008 ; Pocket, 2009

MAUVAIS COÛTS
La Fosse aux ours, 2016 ; Points, 2017

DEMAIN C'EST LOIN
Seuil, « Cadre noir », 2017 ; Points, 2018

PENSION COMPLÈTE
Seuil, « Cadre noir », 2018 ; Points, 2019

PYONGYANG 1071
Paulsen, « Démarches », 2019 ; 2023

STOPWORK
Dargaud, 2020 (bande dessinée, avec Morgan Navarro)

KASSO
Seuil, « Cadre noir », 2021 ; Le Livre de Poche, 2023

ILS SONT PARTOUT
Les Arènes, 2022 (bande dessinée, avec Valérie Igounet et Morgan Navarro)

ALLEZ VOUS FAIRE FOOT
Le Petit Écart, 2022

Le Livre de Poche s'engage pour l'environnement en réduisant l'empreinte carbone de ses livres. Celle de cet exemplaire est de :
150 g éq. CO_2
Rendez-vous sur www.livredepoche-durable.fr

PAPIER CERTIFIÉ

Composition réalisée par Belle Page

Achevé d'imprimer en France par
CPI BRODARD & TAUPIN (72200 La Flèche)
en juin 2024
N° d'impression : 3057483
Dépôt légal 1re publication : mars 2024
Édition 04 - juin 2024
LIBRAIRIE GÉNÉRALE FRANÇAISE
21, rue du Montparnasse – 75298 Paris Cedex 06

10/6381/1